# MARILLENKNÖDELMORD

AF217552

Fanny Svoboda ist das Pseudonym von Andrea A. Walter. Sie wurde 1980 in Melk geboren, lebte seitdem in Krems und in München. 2011 zog die ausgebildete Sozialpädagogin mit ihrer Familie zurück in die Wachau. Inspiriert von der Landschaft und den Menschen, schreibt sie schwarzhumorige, regional angesiedelte Kriminalromane und als Andrea A. Walter fesselnde Psychothriller.

Dieses Buch ist ein Roman. Handlungen und Personen sind frei erfunden. Ähnlichkeiten mit lebenden oder toten Personen sind nicht gewollt und rein zufällig.
Auf Seite 222 befindet sich eine Zutatenliste für ein Marillenknödel-Rezept.

FANNY SVOBODA

# MARILLENKNÖDELMORD

*Kriminalroman*

emons:

**Bibliografische Information der Deutschen Nationalbibliothek**
Die Deutsche Nationalbibliothek verzeichnet diese Publikation
in der Deutschen Nationalbibliografie; detaillierte bibliografische
Daten sind im Internet über http://dnb.d-nb.de abrufbar.

© Emons Verlag GmbH
Alle Rechte vorbehalten
Umschlagmotiv: Westend61/photocase.de
Umschlaggestaltung: Nina Schäfer, nach einem Konzept
von Leonardo Magrelli und Nina Schäfer
Umsetzung: Tobias Doetsch
Gestaltung Innenteil: DÜDE Satz und Grafik, Odenthal
Lektorat: Julia Lorenzer
Druck und Bindung: CPI – Clausen & Bosse, Leck
Printed in Germany 2024
ISBN 978-3-7408-2212-5
Originalausgabe

Unser Newsletter informiert Sie
regelmäßig über Neues von emons:
Kostenlos bestellen unter
www.emons-verlag.de

Die automatisierte Analyse des Werkes, um daraus Informationen
insbesondere über Muster, Trends und Korrelationen gemäß § 44b
UrhG (»Text und Data Mining«) zu gewinnen, ist untersagt.

*Egal, wie viel Gift du in einen*
*Marillenknödel mischst.*
*Ein wahres Verbrechen ist es erst,*
*wennst Vanillesoße dazu servierst.*

Margarete

# Prolog

Der Berti dreht den Fernseher auf stumm und lauscht. Es klopft schon wieder an der Türe. Da hat er sich also nicht getäuscht.

»Mama!«, schreit er aus Gewohnheit, dann fällt ihm ein, dass die Mama seit zwei Tagen in Bad Deutsch-Altenburg auf Kur ist. Dabei hat er sich vor fünf Minuten noch darüber gefreut, in Ruhe Lisa Eckhart schauen zu können, ohne von ihr vorgeworfen zu bekommen, er würde die Show nur aufdrehen, weil sie so gerne obszöne Sachen sagt. Doch die Mama hat recht. Er mag es, wenn Frauen obszön reden.

Seine Mama könnte ruhig ein bisserl toleranter sein. Er muss schließlich auch so einiges erdulden, seit sein neuer HD-Fernseher im gemeinsamen Wohnzimmer steht, weil sie irgendwo gelesen hat, von der Strahlung im Schlafzimmer bekäme man Krebs. Die Verkaufssendungen am Morgen, die Karlich am Nachmittag, die Vera am Abend, und wenn er besonders großes Pech hat, hält die Mama bis zum Seitenblicke-Magazin durch. Das alles auf 55 Zoll in Dolby Surround. Ein Glück, dass die Mama noch nicht herausgefunden hat, dass es die TVthek gibt, sonst hätte der Jammer nie ein Ende.

Er beklagt sich nur selten, schließlich hat man ja nur eine Mutter, und schlechte Stimmung schlägt seiner sofort aufs Herz. Er beschwert sich nicht einmal darüber, dass sie ihn noch immer Berti nennt. Eigentlich würde er viel lieber Bert genannt werden, aber der Name Berti gehört zu ihm wie die Wampe, die ihm die Mama als Kind angefüttert hat, und mit siebenundvierzig wird sich das auch nicht mehr ändern.

Der Berti kämpft sich aus seinem Fernsehsessel und steigt in die Schlapfen. Für die Briefträgerin ist es noch zu früh, und die klopft normalerweise nur einmal, bevor sie die Post am Fensterbrett neben der Haustüre ablegt. Kann es sein, dass sie hier ist? Nein, er hat ihr gesagt, dass sie auf keinen Fall unangekündigt vorbeikommen soll, nicht einmal wenn die Mama weit genug weg ist. Die Nachbarn haben schließlich überall ihre Augen und Ohren. Es hätte ihm gerade noch gefehlt, dass die Leute im Dorf über ihn tratschen. Das Geschäft mit den Marillen läuft in den letzten zwei Jahren sowieso schlecht. Frost, Hagel, Billigimporteure aus Spanien, die den Handel überschwemmen, da kann er sich nicht auch noch einen schlechten Ruf leisten. Das würde die Mama ins Grab bringen.

Wieder klopft es.

»Ich komm ja schon!«, brüllt der Berti und ärgert sich, dass er wegen seiner Rückenschmerzen noch nicht beim Arzt war. Mit einem Ziehen in der Lendenwirbelgegend schleppt er sich zur Haustüre und reißt sie auf. Niemand ist zu sehen.

»Hallo?«, fragt der Berti und beugt sich hinaus. Kein Auto vor dem Hof, keine Person, die sich vom Haus entfernt.

Der Wind pfeift über das Dach und treibt den Geruch der Donau herüber. Der Himmel ist wolkenverhangen, und im Nordosten zucken Blitze. Sonst ist alles ruhig. Sogar der Bello hat zu kläffen aufgehört und streift träge am Zaun entlang. Offensichtlich hat er sich noch nicht an den Umstand gewöhnt, dass die beiden Grundstücke durch Maschendraht voneinander getrennt sind. Wenn der Berti ehrlich zu sich selber ist, muss er zugeben, dass er sich ebenfalls noch nicht damit arrangieren kann.

»Pst, pst, pst«, zischt er in Bellos Richtung. Der Hund

hebt kurz seinen Kopf, schaut ihn an und trabt zurück zu seiner Hütte.

Wie kann es sein, dass gerade noch einer aufgeregt angeklopft hat und jetzt auf einmal verschwunden ist?

»Die depperten Hausierer«, schimpft der Berti in seinen Bart, der, seit die Mama weg ist, endlich so wachsen darf, wie er will.

Das Erste, was dem Berti auffällt, ist der süßliche Geruch, der ihm in die Nase steigt und ein reflexartiges Knurren in seinem Magen auslöst. Sein Blick driftet nach unten. Er lacht schallend. Da hat ihm tatsächlich jemand einen Marillenknödel gebracht. Berti bückt sich und legt den Zeigefinger darauf. Er ist noch heiß, und es ist viel Staubzucker drauf, so wie er es am liebsten hat.

Der Berti schleckt den Finger ab und schaut sich noch einmal um. Hat die Maria ihm den Knödel vor die Türe gestellt, als Friedensangebot für die Streitigkeiten der letzten Monate? Sie und der Rudi haben sich ganz schön aufgeführt bei der Grenzverhandlung im Juni. Seither hat ihn der Rudi nicht einmal mehr gegrüßt, und die Maria hat kaum zwei Worte mit ihm gewechselt. Aber wenn es die Maria war, muss sie heute ganz schön schnell unterwegs sein mit ihrem maroden Knie, das ihr seit Jahren Probleme macht. Oder er ist selber so langsam, durchfährt es ihn. Er sollte dringend zum Orthopäden gehen und was gegen die Rückenprobleme machen, bevor er sich mit der Mama den Rollator teilen muss.

Der Berti lauscht. Ihm ist, als hörte er ein leises Husten. Da, schon wieder. Ein Röcheln, das nicht menschlich klingt. Aber nein, draußen ist niemand. Wahrscheinlich raucht der Rudi wieder heimlich eine seiner Zigarren im Schuppen, die hat er noch nie vertragen, doch was kümmert ihn das. Es gibt Wichtigeres, diesen flaumigen, großen Marillenknödel zum

Beispiel. Er ist nicht so perfekt rund wie die von der Mama, aber nach zwei Tagen Packerlsuppe und Dosengulasch tut das seiner Freude keinen Abbruch.

Kurz denkt der Berti darüber nach, ob er vielleicht eine Verehrerin im Dorf hat, und zieht den Bauch ein, für den Fall, dass sie ihn beobachtet. Ja, warum sollte er keine Verehrerin haben? Er ist zwar kein Adonis, mit seinen Marillengärten und dem BMW Cabrio, das er sich von seinem Ersparten geleistet hat, aber auch keine schlechte Partie. So richtig gefallen hat dem Berti allerdings nie eine Frau im Dorf. Sein Geschmack ist spezieller. Dieser spezielle Geschmack trifft jedoch nicht auf sein Essen zu. Da nimmt er, was er kriegt, und ist nicht wählerisch, schon gar nicht bei Mehlspeisen. Deshalb bückt er sich und hebt den Teller auf. Während er die Türe mit dem Fuß zustößt, drückt er die Zunge auf den Knödel und leckt am Zucker-Zimt-Gemisch. Die Mama würde nie so viel Zucker auf die Marillenknödel streuen. Seit die Maria mit dieser Ernährungsberaterin angekommen ist, ist er froh, wenn er überhaupt noch was Gescheites zu essen bekommt. Vorbei sind die Zeiten, in denen es am Sonntag Schweinsbraten und Sachertorte gab. Heute kocht die Mama Spargel mit Magerschinken und im besten Fall Krautfleckerl, wenn auch nach Weight-Watchers-Rezepten. Ständig muss der Berti heimlich auswärts essen, aber daheim kann er ja sowieso nichts machen, was ihm Freude bereitet. Jetzt nicht einmal mehr ordentlich essen. Während seiner Geschäftsreisen nach Wien gönnt er sich dann alles, was er in sich reinkriegt. Da gönnt er sich dann auch noch vieles andere, aber davon bleibt zum Glück nichts auf den Hüften hängen.

Berti stellt den Teller auf dem Küchentisch ab und durchsucht die Schubladen nach einer Gabel. Er findet keine saubere. Er sollte das dreckige Besteck, das im Spülbecken gammelt, abwaschen, aber er ist kein Mann für Hausarbeiten. Immerhin hat er bei den Kuraufenthalten der Mama gelernt, dass ein Ei explodiert, wenn man es zum Kochen in die Mikrowelle legt, und dass man Geschirrspülmittel nicht in den Geschirrspüler schütten sollte, weil es nach einer halben Stunde schäumend herausquillt.

Der Berti schaut zum Knödel, und ihm ist, als würde der Knödel zurückschauen. Dann schiebt er die leere Bestecklade zu und setzt sich an den Tisch. Er braucht ja nicht unbedingt Besteck zum Essen. Als er noch ein Kind war, hat die Mama die Knödel aus dem siedenden Wasser gefischt und ihm immer einen zum Abbeißen in die Hand gedrückt.

Wie schön und warm der Knödel in der Hand liegt, freut sich der Berti, drückt erneut die Zunge darauf und leckt die Brösel ab. Dann beißt er hinein und schlingt ihn mit zwei Bissen hinunter.

Irgendwas daran schmeckt komisch, aber zum Nachdenken bleibt dem Berti keine Zeit mehr.

# 1. Schritt

*Ich stehe in der provisorischen Küche und sprühe vor Vorfreude. Das Rezept ist von meiner Großmutter und gelingt todsicher, habe ich mir sagen lassen. Das ist gut so, denn diese Marillenknödel müssen perfekt werden.*

*Ich ziehe die kurzen Vorhänge des Lichtschachtes zu und drehe das Radio auf. Der »Donauwalzer« hallt gerade so laut durch den Raum, dass ihn niemand außer mir hören kann.*

*Überschwänglich krame ich die Waage aus meinem Rucksack und wiege sorgfältig alle Zutaten ab.*

*Ein Topfenteig soll es werden, fluffig, weich und vor allem unwiderstehlich. Ich schlage die Butter zuerst händisch schaumig und rühre danach die Eier ein. Die Latexhandschuhe sitzen eng an meinen wulstigen Fingern, machen die Handgriffe mühsam, aber sie sind ebenso wichtig wie das Haarnetz, der Mundschutz und die Abdeckfolie über der gesamten Arbeitsfläche.*

*Ich mische Grieß und Salz in die klebrige Masse und drehe mich zum Takt der Musik mit der Schüssel im Kreis.*

*Nach der Zugabe von Mehl und Topfen entsteht allmählich ein glatter Teig. Ich bin versucht, den Finger hineinzustecken und ihn abzuschlecken, aber natürlich tue ich es nicht.*

*Dann kommt der schönste Teil. Na ja, der zweitschönste vor dem Servieren, wenn ich ehrlich bin. Ich forme den Teig zu einer Rolle mit sieben Zentimetern Durchmesser und wickle ihn in Frischhaltefolie.*

\*\*\*

Die ganze Fahrt lang hat der Horvath das Handyläuten ignoriert. Er hat Wichtigeres zu tun und bereits zwei Minuten an der roten Ampel und vier Minuten bei der Parkplatzsuche verloren. Von seiner Wohnung aus hätte er auch zu Fuß herkommen können, wahrscheinlich wäre er ohne Auto sogar schneller, aber zu Spaziergängen lässt er sich nur in Ausnahmefällen hinreißen. Am liebsten dann, wenn sein Bewegungseifer danach mit einer ordentlichen Brettljause honoriert wird. Solange er in seine Lieblingshose passt und die Mimi huckepack die letzten Meter zur Ruine Aggstein hochtragen kann, sieht er keinen Grund, etwas an seinen ungesunden Gewohnheiten zu ändern.

Zügig rennt er durch das Steinertor Parkhaus in Richtung Stiegenhaus. Wieder klingelt sein Handy. Auf dem ersten Treppenabsatz bleibt er stehen und starrt auf das Display. Was kann so wichtig sein, so einen Telefonterror zu veranstalten?

»Wos is denn?«, raunzt er, wischt sich die Schweißperlen von der Stirn und schleppt sich die Stufen hoch.

Am anderen Ende der Leitung hört er nichts als ein Schluchzen. Die Maria ist nahe am Wasser gebaut, seit sie auf die Wechseljahre zugeht, und dauernd ist alles ein Riesendrama. Er fragt sich, wie der Rudi das aushält, aber sein Bruder war schon immer bequem. Er war zu bequem, aus dem Elternhaus auszuziehen, zu bequem für die Matura, und er ist auch zu bequem für die Scheidung. Lieber betrügt er die Maria, wann auch immer sich die Gelegenheit ergibt. Nicht dass der Horvath das gutheißen würde, ganz im Gegenteil. Er selber hat schon ein schlechtes Gewissen, wenn er der Kellnerin in seinem Stammcafé heimlich auf den Busen schaut, obwohl seine Mimi kein Problem damit hat. Er hat Glück mit der Mimi, denkt der Horvath. Vielleicht sollte er ihr wieder einmal Blumen mitbringen

oder sie in dieses schöne Restaurant in der Unteren Land-
straße einladen, von dem sie beim Vorbeigehen immer so
schwärmt. Dumm nur, dass es beim Horvath gerade für
einen Einkauf beim Hofer reicht, solange er keinen neuen
Job hat.

»Der Rudi … Er ist …«

Der Empfang im Stiegenhaus ist schlecht. Es kracht und
knistert in der Leitung, und der Horvath versteht nur Bruchstücke von dem, was seine Schwägerin ins Telefon weint.
Jetzt kommt sie ihm schon wieder mit ihren Eheproblemen.
Als ob er nicht schon genug mit sich selber zu tun hätte.

Der Horvath wirft einen Blick auf seine Uhr. Nur noch
fünf Minuten bis zum Termin am Arbeitsamt. Wie soll er
sich jetzt eine Ausrede für die letzten versäumten Gespräche ausdenken, wenn er sich mit der Maria herumschlagen
muss?

»Maria, ich bin in der Redaktion und hab gleich einen
wichtigen –«

»Aber … Rudi … tot.«

»Der Rudi ist tot?«, fragt Horvath und merkt selber, wie
teilnahmslos er sich anhört, aber er handelt sich Probleme
ein, wenn er diesen Termin versäumt, und der Rudi ist in
einer halben Stunde schließlich auch noch tot. Außerdem
wundert es keinen, bei dem Lebenswandel, den sein Bruder geführt hat. Die Zigaretten, die Fast-Food-Eskapaden
und die ständige Aufregung beim Fußballschauen hätten
ihn schon mit Mitte zwanzig dahinraffen müssen. »Maria,
ich muss jetzt dringend –«

»Im Gefängnis!«, brüllt die Maria. »Er ist nicht tot, er ist
im Häfn! Eing'sperrt haben s' ihn.«

Jetzt wird der Horvath neugierig. Eingesperrt ist span-
nender als tot, denn tot sind wir sowieso irgendwann alle.
»Was hat er jetzt schon wieder g'macht?«

»Ja nix! Den Obstbauern Berti haben s' vergiftet g'funden, und der Rudi soll ihn um'bracht haben!«

»Red keinen Schmafu. Der Rudi is doch viel zu faul für einen Mord, wenn du ihn net für ihn erledigst.«

»Horvath, des is kein Spaß. Des is purer Ernst. Dein Bruder sitzt in Stein in Untersuchungshaft!«

Der Horvath erinnert sich daran, wie sie als Kinder zusammen mit dem Berti »Tatort« gespielt haben. Zum Auslosen, wer welche Rolle bekam, haben sie Zündhölzer gezogen. Irgendwie schaffte es sein älterer Bruder jedes Mal, das längste zu ziehen, und war der Polizist, während der Berti mit dem zweitlängsten meistens der Verbrecher und er so gut wie immer das Opfer war. So ändern sich die Zeiten, denkt er.

Der Horvath schaut wieder auf die Uhr. Noch zwei Minuten bis zum Termin. Er ist schon im Foyer vom AMS, als er beschließt, umzudrehen und zurück ins Parkhaus zu gehen. Er wird ins Auto steigen, zur Maria fahren und sich danach überlegen, welche Ausrede er der Frau am Arbeitsamt auftischt. Wobei er mit einem Bruder, der den Nachbarn umgebracht hat, vielleicht nicht einmal eine Ausrede braucht.

»Entschuldig dich bei der Frau am Arbeitsamt, dann wird's sicher nicht so schlimm.«

Keine zwei Minuten sitzt die Mimi neben ihm im Auto, und die Leier geht schon los. Horvath weiß, dass sie recht hat, aber das muss er ihr nicht auf die Nase binden. Sie hat ja sowieso ständig recht. Dass sie ihre Überlegenheit so gut wie nie heraushängen lässt, wurmt ihn, und wenn sie ihre Überlegenheit heraushängen lässt, wurmt es ihn auch.

»Einen Scheiß werd ich. Die ganzen Termine sind sowieso für den Hugo. Beim letzten Mal wollt sie mir eine Arbeit auf dem Geflügelhof vermitteln.« Horvath überholt einen Traktor und wirft der Mimi einen vorwurfsvollen Blick zu, nachdem er sich wieder rechts eingereiht hat. »Auf einem Geflügelhof«, wiederholt er mit Nachdruck.

»Du isst eh so gerne Brathenderl.«

Ja, so ist seine Mimi. In jeder Situation sieht sie etwas Positives. Dabei wäre es dem Horvath oft lieber, einen Grantscherm daheim zu haben, so wie der Rudi. Eine, neben der man einen halben Tag lang so richtig grundlos angefressen sein kann, ganz ohne schlechtes Gewissen. Aber die Mimi hört sich immer an wie eine Sektenführerin, die ihn rekrutieren will. Nicht einmal richtig schimpfen kann sie mit ihm. Alles, was die Mimi sagt, sagt sie achtsam. Und alles, was sie tut, muss vorher den Karma-Check bestehen.

»Ja, aber deshalb will ich ihnen nicht den Hals umdrehen müssen. Wenn ich ein Grillhendl will, möcht ich wie jeder normale Mensch zum Grillhendlstand im Gewerbepark fahren und mir eines einpacken lassen.«

»Sei nicht bös mit mir, Hase.«

»Ich bin nicht ...« Horvath lässt den Rest des Satzes unausgesprochen. Er muss seine Energie für das Gespräch mit der Maria aufheben. Aber eine Sache gibt es doch noch, die er mit der Mimi klären muss, bevor sie im Dorf ankommen.

»Du, Hasi, die Maria weiß nicht, dass ich nicht mehr bei der DonauWelt arbeite, und das soll auch so bleiben.«

Der Horvath begibt sich auf dünnes Eis. Wenn man eine Freundin hat, die nach jeder kleinen Lüge zwei Stunden mit Obertongesang und Räucherwerk durch die Wohnung tanzt, überlegt man sich genau, ob es das wert ist.

»Hase, das find ich gar nicht super. Die Maria auch noch anlügen, ausgerechnet jetzt, wo ihr Mann ein Mörder geworden ist.«

»Des wissma doch noch gar net. Alles, was wir wissen, ist,

dass der Obstbauer tot ist und der Rudi in Untersuchungshaft sitzt.«

Der Horvath manövriert das Auto durch die enge Einfahrt vor Rudis Haus. Mord hin oder her. Lieber würde er jetzt im Piano sitzen und ein Bier trinken. Nach dem Regen der letzten Tage ist es endlich wieder sonnig, da würde sich auch ein Heurigenbesuch beim Schütz oder beim Pöchlinger anbieten, bevor alles von Urlaubern überrannt wird.

Er parkt seinen Chevy hinter Rudis Traktor und reißt die Handbremse so fest an, dass die Mimi zusammenzuckt.

»Darf ich bitte ausnahmsweis die Frau von meinem Bruder anlügen, um nicht als kompletter Trottel dazustehen?«

»Aber nur weil man arbeitslos ist, ist man nicht sofort ein Trottel, Hase.«

»Nicht sofort. Aber die Maria wird in zehn Minuten einen aus mir machen, da kannst du dir sicher sein.«

»Karma, Hase. Karma. Denk halt nicht so bös über sie, dann …«

»Dann denkt sie auch nicht bös über mich«, beendet der Horvath den Satz.

Für diese Erkenntnis hat er beim Achtsamkeitstraining mit Mimis Guru seine letzten dreihundertfünfzig Euro ausgegeben. Aber er kann ihr halt keinen Wunsch abschlagen, wenn sie ihn so anschaut mit ihren runden Augen und sich dabei die roten Stirnfransen aus der Stirn wischt. Trotzdem fällt es ihm schwer, aus dem Auto zu steigen. Bei seinem letzten Besuch bei der Maria und dem Rudi musste er sich zwei Stunden lang Gejammer über kaputte Haushaltsgeräte, gebrochene Achsen bei Traktoren und Rebmilben anhören. Das wäre nur halb so schlimm, wenn bei den beiden nicht jeder Satz wie ein Vorwurf in seine Richtung klingen würde. Dazu kommt der Hund, der Bello. Er ist ein Phänomen, wenn es darum geht, seine Notdurft zu kontrollieren. Der

Horvath ist nur zweimal im Jahr in seinem alten Elternhaus, aber bei jedem Besuch platziert der kleine Wadenbeißer seinen Haufen genau vor der Fahrertüre seines Chevys, und natürlich steigt der Horvath jedes Mal rein.

»Ich weiß nicht, ob das eine gute Idee ist. Ich bin doch der Letzte, den die Maria in so einer Situation sehen will. Und ich will sie, ehrlich gesagt, auch nicht sehen.«

»Komm, Hase«, sagt die Mimi. »Wir hören uns die Geschichte über den Mord an, und wenn wir daheim sind, gibt's einen Matcha Latte und eine Fellatio, wennst magst.«

\*\*\*

Die Maria schaut so schlecht aus, dass sie dem Horvath fast leidtut. Ihre Haare liegen wie zu lang gekochte Spaghetti auf den Schultern, und dunkle Krater rändern ihre müden Augen. Das dunkelbraune Kleid schlackert an ihrem Körper wie ein Tuch, das vom Wind herumgewirbelt und zufällig an ihr hängen geblieben ist. Sie steht da, zwinkert gegen die Sonne und sagt seit einer Minute nichts, was für ihre Verhältnisse sehr lange ist.

Von der Straße dröhnt unaufhörlich Motorenbrummen in den Hof. Marillentouristen von überallher haben es eilig, die ersten Früchte zu ergattern. Dem Horvath, der Obst nur hochprozentig schätzt, ist dieses Trara ein Rätsel. Als junger Bub hat er sich jedes Mal Hochwasser gewünscht, wenn die Marillenblüte anfing. Eine richtig schöne Jahrhundertflut, die die Deutschen, die Holländer und die Wiener wegschwemmt. Gesagt hat er das nie jemandem, aber Naturkatastrophen ziehen ihn auf eine morbide Weise an, seit er denken kann.

»Noch mal langsam und noch mal von vorne«, weist der Horvath die Maria an und blüht seltsam auf in dieser Situation. Sonst ist er in diesem Haus immer der Bruder, der nichts geschafft hat. Keinen ordentlichen Job, stattdessen eine kaputte Ehe, eine Singlewohnung, die er sich nicht mit der Mimi teilen will, weil er zu feige für eine feste Bindung ist, und haufenweise Schulden bei der Bank. Nicht zu vergessen seine gescheiterte Karriere als Krimiautor.

Maria nimmt das Häferl mit Kaffee, das die Mimi ihr in die Hand drückt. Sie trinkt einen Schluck und lässt sich in den Gartensessel neben dem Horvath fallen, sodass die dunkle Brühe herausschwappt. Dass es der Maria schlecht geht, bemerkt der Horvath vor allem daran, dass sie nicht sofort aufspringt, um einen Putzfetzen zu holen.

»Die Briefträgerin hat beim Obstbauern geklopft, weil sie einen eingeschriebenen Brief zustellen wollte. Der Obstbauer hat nicht aufgemacht, da hat die Briefträgerin durchs Fenster geschaut und ihn am Küchenboden liegen sehen. Dann hat sie die Rettung gerufen und die Scheibe eingeschlagen. Nach der Polizei ist dann die Kriminalpolizei gekommen, und am Abend haben s' den Rudi geholt. Der Obstbauer is vergiftet worden, in unserem Dorf, des muss man sich einmal vorstellen. Unser ganzes Haus haben s' abgesucht. Im Keller haben s' Strychnin g'funden, aber des war doch für die Ratten, nicht für den Obstbauern. Meine Lebensmittel haben s' auch mitgenommen, und erst gestern Abend hab ich wieder ins Haus dürfen. Und dann is auch noch der Bello verschwunden.«

»Und warum hast dich nicht schon früher gemeldet?«

»Ich hab geglaubt, dass sie den Rudi spätestens am nächsten Tag wieder freilassen. Außerdem weiß ich ja, dass du und der Rudi nicht so gut miteinander seid.«

Da hat die Maria ausnahmsweise einmal untertrieben. Trotzdem ärgert es ihn, dass das ganze Dorf vor ihm Bescheid gewusst hat.

»Ich hab mich eh gewundert, dass du dich nicht gemeldet hast, nachdem die Schlagzeile vom Berti auf der Internetseite der DonauWelt erschienen ist«, fügt die Maria hinzu, um ihm doch noch die Schuld aufzuladen.

»Wir lesen keine Nachrichten. Diese ganzen negativen Schlagzeilen sind Gift für die Seele«, erklärt die Mimi.

»Genau. Nach jeder ZIB-Sendung müssen wir zur Selbstreinigung bei Mondschein ›Looking for Freedom‹ singen und dabei in Einhornblut baden. Aber zurück zur Sache. Meinst, dass der Rudi unschuldig ist? Er und der Obstbauer haben sich seit Jahren gehasst. Bei jedem Feuerwehrfest haben sie sich eine in den Goschn g'haut, als sie noch jünger waren. Und ständig habts euch gegenseitig wegen irgendwas angezeigt.«

»Also, ich war in letzter Zeit gut mit dem Berti. Und der Rudi … Geh, der bringt doch keinen um wegen ein paar Streitigkeiten. Und schon gar nicht würd er dem Obstbauern vorher noch einen Marillenknödel kochen. Das passt nicht zum Rudi. Er hätt im Obstgarten mit dem Traktor über ihn drüberfahren können, das wär viel bequemer g'wesen und säh dem Rudi viel ähnlicher.«

»Ich hoffe, des hast der Polizei auch g'sagt.« Der Horvath verdreht die Augen, und die Maria nickt.

»Aber sicher hab ich das der Polizei g'sagt.«

»Ja, dürfen die den Rudi einfach so wegsperren? Hase, was sagst du dazu?« Die Mimi rennt aufgebracht über die Terrasse. Die plötzliche Eingebung ist in ihrem Gesicht abzulesen. Die hochgezogenen Augenbrauen und die rot gefärbten Wangen deuten darauf hin, dass sie etwas austüftelt. Der Horvath kennt die Mimi noch nicht sehr lange, aber lange genug, um zu wissen, dass sie ihn in wenigen Sekunden mit einer Idee überrumpeln wird. Und er hat recht.

»Hase, du musst dem Rudi helfen.«

»Wie soll ich denn bitte dem Rudi helfen?«

Die Mimi lässt sich auf Horvaths Schoß fallen, dass ihm die Oberschenkel brennen. Langsam merkt er, dass er zu alt für sie und ihre ungestüme Art ist. Wenigstens wird er im besten Fall irgendwann beim Sex den Löffel abgeben und nicht beim Marillenknödelessen.

»Du kennst dich aus mit Kriminalfällen. Du bist Journalist. Und jetzt, wo du arbeitslos bist, hast du Zeit dafür, selber zu ermitteln.«

»Du bist arbeitslos, Horvath?«

Der Horvath stöhnt. »Was die Mimi meint, ist, dass ich grad wenig zu tun hab in der Redaktion.«

»Wollen die Leute keine Anzeigen mehr schalten?«

Auf diesen Seitenhieb hat der Horvath gewartet, denn Journalist ist er schon lange keiner mehr. Er ist – nein, er war für den Anzeigenteil in der DonauWelt zuständig, bis er den miesen Job für sein nicht weniger mieses zweites Manuskript hingeschmissen hat.

In Marias Blick liegt nicht die Feindseligkeit, die der Horvath von ihr kennt. »Der Rudi hat den Berti nicht umgebracht«, sagt sie und macht nach jedem Wort eine Pause. »Das hätt er seiner Mutter niemals angetan. Horvath, du weißt, wie sehr er die Margarete schätzt. Die war immer wie eine Mutter für euch.«

Der Horvath reibt sich mit der Hand über das Kinn, wie immer, wenn er nachdenkt. Er kann sich auch nicht vorstellen, dass sein Bruder den Nachbarn umgebracht haben soll. Aber wer kann schon reinschauen in die anderen? Die größten Verbrecher sind immer die, von denen man es am wenigsten erwartet.

»Da war diese Frau, die sich manchmal nachts reingeschlichen hat zum Obstbauern. Der Rudi hat gemeint, dass das seine Geliebte ist. Einmal, da hat man die zwei in flagranti im Weingarten erwischt, heißt es. Oft hat sie Netzstrümpfe angehabt, wenn sie zu ihm gekommen ist. Eine ganz zwielichtige Gestalt, wennst mich fragst. Vielleicht sogar eine Gewerbliche, so wie die ausg'schaut hat.«

»Hast du das auch der Polizei erzählt?«

»Ja, aber das wollten die gar nicht hören. Die wollten den Rudi wegsperren, damit s' sagen können, sie haben den Täter.«

Maria bricht in Tränen aus, und die Mimi sitzt augenblicklich nicht mehr auf Horvaths Schoß, sondern auf ihrem.

»Mah, du Arme. Hase, du musst was tun für deinen Bruder und die Maria, bei der Erfahrung, die du mit solchen Fällen hast.«

»Von welchen Erfahrungen redest du? Meinst du, ich soll für den Mörder vom Obstbauern eine Anzeige schalten und ihn bitten, sich bei mir zu melden?«

»Hase, jetzt mach dich nicht kleiner, als du bist. Ich red von deiner Erfahrung als Ermittler.«

»Kommissar Krüger ist eine Figur aus meinem Buch. Ein Protagonist, nicht mehr.« Ein Buch, das gefloppt ist, will der Horvath noch hinzufügen, aber er verkneift es sich.

»Du hast so viele Bücher verkauft, und sogar in der Zeitung haben s' g'schrieben, wie super du recherchiert hast. Wenn einer Ahnung hat, dann du.«

Ihn aufbauen, das kann die Mimi gut. Das ist die Entschädigung für zehn Ehejahre mit einer Frau, deren größte Leidenschaft es war, ihn so richtig ausgiebig zur Sau zu machen. Das stimmt nicht ganz, denn mindestens genauso gerne hat sie Böden gewischt. »Bei uns kannst vom Boden essen«, hat sie immer gesagt. Dass die Mimi ganz anders ist, erkannte er spätestens beim ersten Besuch in ihrer Wohnung. Bei ihr konnte man auch vom Boden essen, und man wäre davon eine ganze Woche lang satt geworden.

»Du hast eh Zeit, Horvath. Du könntest dich ein bisserl umhören im Dorf. Vielleicht findest du irgendwas heraus.«

Dass die Maria ihm so etwas zutraut, wundert den Horvath. Ausgerechnet sie, die sein Buch auf Amazon komplett verrissen hat. »Eine unausgegorene, an den Haaren herbeigezogene Geschichte, deren chauvinistischer Hauptprotagonist jedes grausliche Klischee bedient«, hat sie geschrieben.

»Ich kann nicht zum toten Obstbauern spazieren, in seinen privaten Sachen schnüffeln und seine Bekannten auskundschaften.«

Der Horvath spricht die letzten Worte zwar aus, aber tief in ihm lodert ein Feuer. Es gibt einen verschwundenen Hund, einen toten Nachbarn und einen Bruder, der ihn ermordet haben soll. Wer ist diese Frau, die den Obstbauern besucht hat? Und wer hätte, abgesehen von seinem Bruder, die Gelegenheit gehabt und ein Motiv, ihn umzubringen? In dieser Gegend würde es auffallen, wenn ein Fremder daherkommt und dem Obstbauern am helllichten Tag einen vergifteten Marillenknödel serviert wie die böse Stiefmutter dem Schneewittchen. Es muss einer vom Dorf gewesen sein. Irgendwer, der nicht zu befürchten hatte, gesehen zu werden, weil er in die Wachau gehört wie die Weintrauben und die Marillen. Auf jeden Fall sollte der Horvath sich die ganze Sache einmal genauer anschauen, davon hat schließlich keiner einen Schaden.

\*\*\*

Margarete wischt sich die Hände an der Kittelschürze ab und bittet den Horvath ins Haus. Schon lange war er nicht mehr hier. Früher als Kinder haben der Rudi und er gerne beim Berti und seiner Mutter Zeit verbracht, wenn die eigene Mutter zu sehr mit Männergeschichten beschäftigt war. Seit damals hat sich im Haus nicht viel verändert. Die Fichtenholzküche, die Häkelvorhänge, der Küchentisch, in den der Horvath beim Würfelpoker mit dem Feuerzeug seine Initialen geritzt hat – alles ist so wie damals. Nur eine Sache hat sich geändert. Den Berti gibt es jetzt nicht mehr.

Der Horvath schaut hinaus auf den Obstgarten. Die Äste der Marillenbäume stemmen sich gegen das Gewicht der Früchte. Es ist ein Meer aus Dunkelgrün und Orange. Da sollen die Obstbauern noch einmal behaupten, die Ernte sei nicht ertragreich, denkt er. Dahinter ein Feld aus kahlem Gehölz, das aussieht, als hätte es seinen Dienstbeginn verschlafen. Die Marillenblüte, die jedes Jahr scharenweise Menschen in die Wachau treibt, für vollgestopfte Straßen und überfüllte Heurigenlokale sorgt. Die ersten Fruchtansätze, die auf Instagram gepostet werden, und schließlich die ersten reifen Marillen, die allen Widrigkeiten zum Trotz in der Sonne leuchten und darauf warten, geerntet zu werden.

»Mah, Horvath. Schön, dass du gekommen bist. Gut schaust aus«, begrüßt ihn die Margarete, während er noch darüber nachdenkt, wem dieser armselige Obstgarten gehört.

Etwas widerwillig lässt er sich von der Margarete einen Kuss auf die Wange drücken, dann mustert er sie. Die Zeichen der Trauer sind deutlich schwächer, als er befürchtet hat. Das ist gut so, denn mit der Traurigkeit anderer Menschen kann er nur schlecht umgehen.

Eine Strähne ihres Haares lugt unter dem Kopftuch hervor. Im staubigen Licht der Küche lässt sich nicht erkennen, welche Farbe es aktuell hat.

Margarete ist eine Frau, an der die letzten beiden Jahrzehnte spurlos vorübergegangen sind, was daran liegt, dass sie in seiner Erinnerung nie wirklich jung war. Mit Blümchenschürzen und Händen, die wie rostige Schaufeln aus den Ärmeln ragen und mit denen sie so schnell Erdäpfel schält wie keine andere, war sie für ihn seit jeher der Inbegriff von Mütterlichkeit. Sie hat das Muttersein wie ein Abzeichen getragen. Und jetzt?, fragt sich der Horvath stumm. Wie viel Mutter bleibt übrig, wenn es den einzigen Sohn nicht mehr gibt?

Unbehaglich steigt er von einem Fuß auf den anderen. Er weiß nicht so recht, wie er mit so einer Situation umgehen soll. Kommissar Krüger hingegen weiß es ganz genau. Er ist der Hauptprotagonist in Horvaths Kopf, der ihm vieles voraushat. Er ist gerissen, scharfsinnig und – wenn es darauf ankommt – ganz schön durchtrieben.

»Margarete, es tut mir so leid, was dem Berti passiert ist«, sagt er und senkt den Blick. »Ich hab net g'wusst, ob ich vorbeikommen soll, wo der Rudi ...«

»Aber geh, Horvath. Hör auf. Der Rudi ist der Letzte, der den Berti um'bracht hätt. Wen hätt er denn dann noch zum Streiten g'habt?«

Der Horvath hat mit vielem gerechnet. Damit, dass sie bei seinem Anblick in Tränen ausbricht, dass sie ihn rauswirft, aber nicht mit dieser Reaktion.

Kommissar Krüger wird hellhörig. Nicht einmal die Mutter des Ermordeten glaubt, dass der Rudi zu so einer Tat fähig ist. Der Horvath zieht die Augenbrauen hoch, vergräbt die Hände in den Hosentaschen und läuft durch die Küche, genau so, wie der Kommissar es auch macht. Krüger ist mehr als ein Protagonist. Er ist sein Mentor, sein Lehrmeister, sein Vorbild. Als er ihn vor drei Jahren erschaffen hat, wusste der Horvath, dass diese Verbindung eine ganz besondere sein würde.

»Da hat er gelegen, mein Berti«, sagt die Margarete und deutet mit dem Finger auf den Boden vor dem Küchentisch.

Horvath meint, ein paar Ränder und Flecken zu erkennen, bückt sich und fährt mit dem Handrücken darüber.

»So ein grausiger Mensch, dieser Mörder. Meinem Berti, der nie wem was getan hat, einen Teller mit einem vergifteten Knödel vor die Türe zu stellen. Wie ein Rattenköder ...«

Horvath steht auf. »Woher weiß man, dass der Teller vor der Türe gestanden ist?«

»Die Kriminalpolizei hat einen Abdruck am Pflaster g'sehn, und Brösel sind dort auch gelegen.«

»Wieso isst der Berti was, was man ihm vor die Türe gestellt hat?«, spricht der Horvath laut aus, was er denkt.

»Der Berti war halt schon immer ein guter Esser. Hast auch Hunger?« Margarete deutet auf einen Topf mit kochendem Wasser, der auf dem Herd steht. Bitte lass es keine Marillenknödel sein, denkt er.

»Ich mach grad Grammelknödel. Jetzt, wo der Berti nicht mehr da ist, muss ich nimma so auf des Cholesterin aufpassen beim Kochen.«

Endlich keine Diätkost mehr kochen zu müssen. Das erscheint dem Horvath durchaus wie ein Mordmotiv. Er hat nicht nur einmal selber über Mord nachgedacht, wenn die Mimi mit einer neuen Tofusorte dahergekommen ist oder ihm erklärt hat, dass Erbsenprotein genauso schmeckt wie Faschiertes. *Blödsinn*, sagt Kommissar Krüger. *Find lieber heraus, wer die Frau ist, die den Berti besucht hat.*

»Hat der Berti in den letzten Tagen Besuch gehabt?«

»Das kann ich mir nicht vorstellen. Es war grad so viel zu tun im Obstgarten. Ich war ja in Bad Deutsch-Altenburg auf Kur, deshalb war der Bub auf sich allein gestellt.« Die Margarete legt die Hände wie beim Gebet aufeinander. »Ich hab schon beim Fortfahren so ein komisches Gefühl gehabt. Wär ich nur daheim geblieben ...«

»Der Berti ist … war ein erwachsener Mann. Du brauchst dir keine Vorwürfe zu machen.«

»Er war aber auch ein Potscherl. Bei meiner letzten Reha hat er sich den Haxn verstaucht.« Die Margarete schnauft und schüttelt den Kopf. »Immer muss irgendwas sein.«

»Hat dich die Polizei nach Hause g'holt?«

»Wo denkst denn hin? Ich bin eine g'standene Frau. Als ich den Anruf bekommen hab, hab ich alles stehen und liegen lassen, mich ins Auto g'setzt und bin sofort heimgefahren.«

»Respekt«, würdigt der Horvath Margaretes Entschlossenheit. »Ich hab net g'wusst, dass du noch selber mobil bist.«

Die Margarete sieht gleichermaßen beleidigt wie triumphierend aus. »Unterschätz nie ein altes Weib, Horvath.«

»Apropos«, leitet er zu einer wichtigen Sache über. »Von der Maria weiß ich, dass es wegen dem geplanten Zubau im letzten Jahr immer wieder Probleme zwischen dem Rudi und dem Berti gegeben hat. Wieso bist du so felsenfest davon überzeugt, dass der Rudi ihn nicht doch …?« Der Horvath schafft es nicht, den Rest des Satzes auszusprechen. Jetzt, wo er so dasteht in Margaretes Haus und der Berti nicht in seiner gewohnten Ecke am Küchentisch sitzt, wird ihm bewusst, dass seine Ermordung real ist, dass die Ereignisse nicht nur Tratschereien sind, die man im Dorf herumerzählt. Untermauert wird diese Erkenntnis von den Schlagzeilen, die im Minutentakt auf Horvaths Handy aufploppen, seit er wider Mimis Empfehlung den Google-Newsfeed aktiviert hat.

*Wachauer Obstbauer vergiftet in seinem Haus gefunden*

*Nach Giftanschlag: Nachbar in Untersuchungshaft*

*Mordfall in der Wachau – die Polizei ermittelt auf Hochtouren*

*Hinterlistiger Anschlag auf 47-jährigen Obstbauern*

*Nächster Mordalarm in Niederösterreich: Nachbar steht im Verdacht, seinen Rivalen mit Rattengift ermordet zu haben*

*Jetzt meldet sich die Briefträgerin zu Wort: »Den Anblick des toten Mannes werde ich mein Leben lang nicht mehr vergessen!«*

*Tödlicher Marillenknödel – alles, was wir über den Wachauer Nachbarschaftsmord wissen*

»Du und der Rudi, ihr seids quasi bei mir aufg'wachsen. Er ist ein Schlitzohr, aber doch kein Mörder. Geh, magst net du ermitteln, Horvath? Mir bricht des Herz, wenn ich mir vorstell, dass er eing'sperrt ist. Des hab ich auch der Polizei g'sagt, aber angeblich haben s' Rattengift bei ihm und der Maria g'funden. Genau des Rattengift, mit dem mein Berti –«

»Da kannst dich drauf verlassen«, unterbricht der Horvath. Der alte Horvath ist nicht ernst genommen worden, aber mit Kommissar Krüger an seiner Seite ist er ein neuer Horvath. Es ist seine Gelegenheit, den Leuten zu zeigen, was in ihm steckt, wer der wahre Horvath ist.

»Darf ich mich ein bisserl umschauen im Zimmer vom Berti?«

»Aber sicher, Horvath. Du kennst dich ja aus bei uns.«

Das Erste, was dem Horvath in Bertis Zimmer auffällt, ist der Mief. Er drückt sich die Hand auf die Nase und reißt das Fenster auf. Das Zimmer sieht fast so aus wie früher. Dasselbe Bett, derselbe Fichtenholzkasten mit Spuren von abgerissenem Tixoband, mit dem der Berti damals Pamela-Anderson-Poster so befestigte, dass er sie vom Bett aus sehen konnte. Das Plüsch-Herzkissen von der Susi, Bertis erster Liebschaft, ist inzwischen zerrupft und prangt wie ein Relikt auf dem gemusterten Zweisitzsofa.

Zögerlich zieht der Horvath Schubladen auf und erwartet die Stimme seines alten Freundes hinter sich zu hören, gefolgt von einer Kopfnuss. *Finger weg, du Wichser! Mein Zeug geht dich gar nix an.* Nichts dergleichen passiert. Er kriecht unter Bertis Bett und greift zwischen die gestapelten Hosen und Leiberl im Kleiderkasten. Was soll ich finden, was die Kriminalpolizei nicht längst selber gefunden hat?, denkt er. *Erinnere dich an das Brettl im Boden, das nicht fest ist, wo ihr als Buben früher Zigaretten und das ÖKM versteckt habt*, mahnt Kommissar Krüger, als der Horvath das Zimmer verlassen will.

Daran hat der Horvath schon lange nicht mehr gedacht. Es ist Jahre her. Vermutlich hat der Berti die kaputte Latte längst repariert, und auch wenn er das nicht getan hat – was gäbe es darunter heute noch zu verstecken?

Er kniet sich auf den Boden, und es dauert ein paar Minuten, bis er die Stelle gefunden hat. Mit einer Schere von Bertis Schreibtisch hebt er die Bodenlatte an und schaut darunter. Da liegt ein Kuvert, aus dem ein Brief und Fotos ragen. Horvath zieht den Brief ein Stück heraus und überfliegt die Worte. Als er Margaretes Schritte hört, versteckt er das Kuvert im Hosenbund und klappt die Bodenlatte runter.

»Hast was entdeckt?«, fragt die Margarete.

Der Horvath schüttelt den Kopf. »Sag mal, kennst du die Frau, die den Berti öfter besucht haben soll?«

Margaretes ohnehin tiefe Falten werden noch tiefer, als sie angewidert das Gesicht verzieht. »Eine komische Dame war das. Der Berti hat sie mir nie vorg'stellt. Nicht einmal ihren Namen wollt er mir sagen. Aber einmal, da hab ich sie g'sehn. Reing'schlichen hat sie sich wie eine Diebin, ganz leise auf ihren Stöckelschuhen. Dann hat sie sich den Kopf oben am Türstock ang'haut und vulgär g'schimpft. Danach war sie nie mehr da. Die Maria und der Rudi haben immer ein bisserl g'schaut auf den Berti, wenn ich net daheim war. Deshalb weiß ich das so genau.«

»Kannst du die Frau beschreiben?« Der Horvath denkt an die Fotos, die der Berti unter seinem Boden versteckt hat und auf die er einen kurzen Blick werfen konnte, bevor die Margarete ins Zimmer kam.

»Es war finster, aber sie hat ausg'schaut wie ein Flitscherl. Angemalte Lippen und halb nackert.«

»Meinst, dass es eine Hiesige war?«

»Aber geh. So eine doch net. Die wird er sich auf einer Geschäftsreise aufg'rissen haben. Bei uns am Land gibt's solche Luder net, die sich bei Nacht und Nebel ins Haus schleichen. Bei uns hält man noch was auf die Zehn Gebote und auf den Herrn.«

Der Horvath, der seit seiner Firmung keine Kirche mehr von innen gesehen hat, überlegt, welches der besagten Zehn Gebote hier zuständig wäre. Der Berti war schließlich ein unverheirateter Mann, dem ein bisschen Freude durchaus zu gönnen war.

»Der Berti war auf Geschäftsreisen?« Der Horvath kann sich nicht so recht vorstellen, was es wegen ein paar Marillen und Zwetschgen geschäftlich zu verreisen gibt.

»Jede zweite Woche war er für drei Tage in Wien. Die Stadt hat meinen Berti komplett verdorben. Dabei hätt es so viele anständige Frauen für ihn im Dorf gegeben. Die

Erni von der Gemeinde hat ihm immer recht schöne Augen g'macht.«

Der Horvath erinnert sich daran, wie der Berti und er sich als Buben in der Nacht getroffen und heimlich den Samstagnacht-Sexfilm im ORF geschaut haben. Eine Erni ist in diesen Filmen nie vorgekommen.

Seither sind viele Jahre vergangen. Sie haben sich aus den Augen verloren, und hätten die Maria und der Rudi den Berti nicht regelmäßig erwähnt, hätte der Horvath kaum noch an ihn gedacht. Er weiß nichts mehr über seinen alten Freund, der früher jedes Geheimnis mit ihm geteilt hat. Aber bei einer Sache ist er sich sicher: Der Berti hatte mehr Seiten, als die Leute gesehen haben, und er war gut darin, diese Seiten zu verbergen.

Als die Haustüre aufgeschlagen wird, zucken die Margarete und der Horvath zusammen.

»Gretl«, weint eine Stimme, die der Horvath sofort erkennt. Es ist Gertrude Bierhansl, die Pfarrersköchin, die dem Rudi einmal eine Tätschen gegeben hat, als er die Jesusfigur im Pfarrhof als Lattenpeppi bezeichnet hat. »Der Herr Pfarrer ist grad in einem Taufgespräch, aber er kommt nachher auch noch zu dir.«

Die Frauen umarmen einander.

»Ich hab so schöne Margeriten und Astern auf der G'stettn, damit könnt ich Kranzerl für die Kirchenbänke binden.«

»Jetzt schaust erst einmal auf dich, Gretl. Du bist so eine Brave und tust eh immer so viel für die Pfarre«, sagt Frau Bierhansl. »Grüß Gott«, wendet sie sich dann dem Horvath zu und schüttelt ihm die Hand. »Mah, fast hätt ich dich nicht erkannt. Ich hab dich schon lange nicht mehr im Dorf g'sehn.«

Das ist kein Zufall. Seit seiner Scheidung hat es der Horvath vermieden, herzukommen. Immer die gleichen leidigen Fragen, wo denn die Helga sei und was er arbeite. Auch heute hat er keine Lust auf Small Talk. Er muss bei der Sache bleiben, muss sich konzentrieren. Er steckt die Hände in seine Hosentaschen und schaut zur Zimmerdecke.

»Der Horvath ist zum Ermitteln da. Er muss den Mörder vom Berti finden.«

»Was gibt es denn da zu ermitteln?«, fragt die Pfarrersköchin. »Der Mörder ist eh schon verhaftet.«

»Der Rudi ist doch viel zu potschert für einen Mord. Ohne die Maria kann der nicht einmal die Mikrowelle einschalten. Wie soll der denn da einen Marillenknödel kochen?«, antwortet die Margarete, bevor der Horvath etwas sagen kann.

»Es ist unglaublich, was die Männer alles z'sammbringen, wenn s' müssen. Der Mann von der Simec Betti hat angefangen zu bügeln, als sie dement geworden ist«, erklärt die Bierhansl im Tonfall einer strengen Gouvernante, die keinen Widerspruch duldet. »Aber wennst meinst, dann soll sich der Horvath halt umhören im Dorf.«

Er nickt. »Genau das hab ich vor. Ich werd den Mörder vom Berti finden«, verspricht er beim Rausgehen mit der Stimme vom Krüger und weiß, was er als Nächstes tun wird.

\*\*\*

Der Horvath ist froh, als er in Krems ankommt. Manchmal schnürt ihm das Dorf die Luft zum Atmen ab, und in der Stadt kann er endlich wieder durchschnaufen.

An der Ringstraße hält er an, schiebt seinen Chevy rückwärts in eine Parklücke und steuert mit schnellen Schritten sein Ziel an.

In seinem Stammkaffeehaus riecht es nach Mehlspeisen und Zigarettenrauch, der in den Poren des alten Mobiliars sitzt und an eine Zeit erinnert, in der es hier drin so gequalmt hat, dass man die Kellnerin vor seinen Augen nicht sehen konnte.

»Grüß Sie, Herr Horvath«, empfängt ihn die Frau hinter der Schank. »Einen doppelten Espresso und eine Malakofftorte?«

»Heute nur einen doppelten Espresso zum Mitnehmen. Nix Süßes, ich arbeite an meiner Bikinifigur.« Er fährt sich mit der Hand über den Bauch.

»Haben S' vom Obstbauern-Mord gehört?«, empört sich die Frau, während sie den Siebträger in die Kaffeemaschine einspannt. »Die DonauWelt zeigt seit heute ein Foto vom Mörder auf ihrer Facebook-Seite, falls es Sie interessieren sollte.«

So eilig hat es der Horvath noch nie gehabt, das Kaffeehaus wieder zu verlassen. Mit der einen Hand umklammert er den heißen Papierbecher, mit der anderen ruft er die Seite seiner ehemaligen Zeitung auf.

»Diese depperten, klickgeilen Dilettanten«, flucht er, als ihm der Rudi entgegenschaut. Dass er schaut, stimmt nur halb, denn seine Augen sind mit einem schwarzen Balken zensiert, aber jeder zwischen Krems und Melk, der den Rudi jemals gesehen hat, wird wissen, wer unter der reißerischen Headline abgebildet ist.

Noch immer fluchend, stürmt der Horvath zehn Minuten später die Stufen zu seiner Wohnung hoch. Fremdartige Gerüche empfangen ihn, begleitet von Stimmengewirr, das aus dem Wohnzimmer dringt.

Er reißt die Türe auf und verdreht die Augen. Quer verteilt sitzen Fremde im Yogasitz, zwischen ihnen Teelichter, Kübel und Zeug, das der Horvath nicht identifizieren kann.

»Ist es möglich, einmal heimzukommen, ohne dass meine Wohnung von esoterischen Trotteln besetzt ist?«

»Hase, so was solltest nicht sagen.« Mimi kommt auf ihn zu und schiebt ihn hinaus in den Vorraum.

»Was machts ihr eigentlich da?« Der Horvath späht über Mimis Schulter, und sie zieht die Türe hinter sich zu.

»Das ist ein zeremonielles Retreat. Ich bin heute die Tripsitterin.«

»Die was?«, fragt der Horvath und stellt fest, dass er die Antwort auf diese Frage gar nicht wissen will. »Warum kannst du deine Zauberlehrlinge nicht in deine eigene Wohnung einladen?«

»Der Shaman sagt, dass die Energie dort nicht so positiv ist. Wegen der Baustelle auf der Nachbarparzelle.«

»Na, so positiv kann die Energie bei mir auch net sein, so wie mir das alles auf den Oarsch geht.«

»Aber Hase. Der Shaman –«

»Das is net der Shaman. Das ist der Pfeiffer Schorschi aus Langenlois, auch wenn er sich noch viel Farbe ins G'sicht schmiert und sich Zopferl auf die Glatze pickt. Außerdem ist das kulturelle Aneignung oder so was in der Art.«

Die Türe geht auf, und mit dem Shaman strömt der Geruch von Räucherstäbchen auf den Gang. Kaum merkt der Horvath, was auf ihn zukommt, da drückt der Guru seine Lippen links und rechts auf seine Wangen.

»Ich grüß dich, Bruder.«

»Dein Bruder is der Pfeiffer Lois und net ich.«

»Hase, was bist denn heut so grantig? Hast nix herausgefunden bei der Margarete? Komm erst mal in die Küche und trink einen Spinattee. Du kommst mir ganz übersäuert vor.«

»Die DonauWelt hat den Rudi an den Dorfpranger gestellt. Dieser Scheiß-Redakteur würd für ein paar Likes Fotos vom Geburtskanal seiner eigenen Mutter posten.«

»Wir haben es gesehen«, erwidert die Mimi. »Du wirst

alles aufklären, und dann forderst du eine offizielle Entschuldigung von der Zeitung.«

Was der Horvath nicht erwähnt, ist, dass es ihn am meisten ärgert, dass er nie zu so einer guten Story gekommen ist, bevor er zum Anzeigenteil strafversetzt wurde. Was er schon gar nicht erwähnt: den Grund für seine Strafversetzung.

Der Horvath schwenkt das Kuvert, das er in Bertis Zimmer entdeckt hat, vor Mimi und Shaman.

»Jetzt die gute Nachricht«, kündigt er seinen Fund an.

Die drei setzen sich an den Küchentisch, und die Mimi schüttet eine dicke grüne Brühe in sein Häferl. Er hat ihr zuliebe schon vieles getrunken, aber das geht sogar ihm zu weit.

»Hast was herausgefunden?«, will die Mimi wissen und späht neugierig über den Tisch.

»Ich wär net der Horvath, wenn ich nix herausgefunden hätt.«

Er faltet den Brief auseinander und legt ihn in die Mitte des Tisches. Die ersten Zeilen sind verschmiert.

Mimi liest den Teil laut vor, der mit blauer Tinte in verwackelter Schrift geschrieben wurde und noch einigermaßen leserlich ist.

»›Ich hab dir gesagt, du sollst aufhören mit dem, was du tust. Das ist meine letzte Warnung.‹«

»Da unten lässt sich auch noch was entziffern.« Der Horvath zeigt mit dem Finger auf die Zeile. »›Wer Sünde tut, der tut auch Unrecht, und die Sünde ist das Unrecht.‹«

»Ist das die Schrift vom Rudi?«, fragt der Shaman und holt eine Lesebrille aus der Beuteltasche, die er um den Hals trägt. Es missfällt dem Horvath, das der Guru schon wieder über alles Bescheid weiß. Gibt es denn überhaupt keinen Lebensbereich mehr, in den er nicht seine Nase hineinsteckt? Der Horvath verflucht den Tag, an dem er die Mimi nichts ahnend zu ihrer Ecstatic-Dance-Stunde gebracht hat, wo plötzlich der Shaman um sie herumtanzte, weil er in ihr seine Seelenfreundin witterte. Seither ist der Guru ein Furunkel, das nicht aufplatzen will.

»Männer schreiben keine Briefe. Schon gar nicht mit Füllfeder«, erklärt der Horvath, leckt über seinen Zeigefinger und wischt über die Tinte.

»Und wer ist die Blondine?« Die Mimi deutet auf die Fotos, die um den Brief herumliegen. »Ist das seine heimliche Freundin? Könnt die ihm den Brief geschrieben haben?«

Horvath mustert die verschwommenen Polaroids und stellt sich vor, wie die Mimi in denselben Strapsen und Stöckelschuhen ausschauen würde. »Die wirkt nicht so, als könnt sie lesen und schreiben«, murmelt er vor sich hin.

»Hase, sei nicht so diskriminierend. Bist eh schon komplett übersäuert. Ich kann's dir net oft genug sagen.«

»Schauts mal«, sagt der Shaman und runzelt die Stirn über einem der Fotos. »Das Logo im Hintergrund kenn ich. Das ist ein Frisiersalon im ersten Bezirk, den ich letztes Jahr energetisch gereinigt hab.«

Sichtlich genervt verdreht der Horvath die Augen und schnauft. Als ob es nicht schon genug wäre, dass der Guru seine Wohnung und seine Mimi in Beschlag nimmt, jetzt pfuscht er ihm auch noch in die Ermittlungen. »Mit G'schichten über deine energetischen Putzarbeiten bist bei mir falsch, du schamanistischer Meister Proper.«

»Überleg doch mal, Hase«, geht die Mimi aufgeregt dazwischen. »Die Frau schaut aus, als hätt sie die Haare grad frisch g'macht bekommen. Wenn wir den Namen vom Friseur wissen, kannst dort vielleicht rausfinden, wer sie is.«

»Genau«, stimmt der Shaman zu.

Jetzt ärgert sich der Horvath noch mehr. Dieses Detail

hätte ihm als Kommissar vor dem Guru und vor der Mimi auffallen müssen. Er zieht das Handy aus der Jeanstasche und googelt den Namen des Geschäftes. Die dazugehörigen Fotos zeigen einen Salon an einer frequentierten Straße mit Glasschaufenstern und Markise in einem der besten Viertel Wiens.

»Schickts die Jünger heim und ziehts euch was an. Wir fahren jetzt nach Wien, und der Shaman bringt mich zum Friseursalon. Wir müssen der Spur folgen, solang sie noch heiß ist, außerdem sperrt das G'schäft in zwei Stunden zu«, sagt der Horvath, um doch noch bei etwas als Erster recht zu haben.

Die Mimi springt auf und umarmt den Horvath. »Du bist mein Held, Hase«, säuselt sie, und Horvaths Kopf klemmt zwischen ihrem Busen.

»Anziehen«, schafft der Horvath an und ist in Gedanken schon bei der Befragung der Mitarbeiter im Friseursalon. Und da ist noch etwas anderes. Irgendwas kommt ihm an den Polaroids seltsam vor. Ein kleines Detail. Eine Unstimmigkeit, die er nicht zu fassen kriegt.

»Apropos«, beginnt die Mimi. Am Tonfall erkennt der Horvath, dass sie was von ihm will. »Kannst du dem Shaman eine Hose borgen? Er hat nur seinen rituellen Kimono mit. Der ist ziemlich kurz, und auf deinen Ledersitzen im Auto ...«

Horvath fuchtelt mit den Händen herum, um Mimis Redefluss zu stoppen. Er hält viel aus, aber sich den nackten Hintern vom Guru auf seinen Sitzen vorzustellen geht zu weit. Mimi steuert die Schlafzimmertüre an.

»Nicht ins Schlafzimmer!«, schreit er, bevor die Mimi die Türklinke nach unten gedrückt hat.

»Hase, wir kennen uns seit mehr als einem Jahr, und ich darf noch immer nicht in dein Schlafzimmer. Du musst doch wissen, dass es mich nicht stört, wenn du ein paar Nackerte aufg'hängt hast.«

»Die einzigen Nackerten in dieser Wohnung seids ihr zwei«, schimpft der Horvath. »Und jetzt anziehen, dalli!«

\*\*\*

Der Horvath hat dem Shaman nicht ganz ohne boshaften Hintergedanken die einzige Bundfaltenhose gegeben, die er in seinem Kleiderkasten hängen hat, und das seit seiner Firmung vor fünfundzwanzig Jahren. Zur Strafe sitzt der Shaman jetzt auf dem Beifahrersitz anstatt auf der Rückbank, weil ihm hinten immer schlecht wird, und der Horvath hat die ganze Fahrt lang seinen prall gefüllten Schritt im Sichtfeld.

»Hase, das ist so aufregend. Mit dir komm ich mir vor wie Miss Marple«, kichert die Mimi.

Der Horvath ist damit beschäftigt, seinen Chevy rückwärts in eine Parklücke zu manövrieren. Ob es eine gute Idee war, die zwei Amateure mitzunehmen? *Ja*, antwortet Kommissar Krüger. *Es geht nichts über die perfekte Täuschung, um die Leute gesprächig zu machen.* Dem stimmt der Horvath zu. Er hat einen genauen Plan. Nachdem sich der Shaman nach der Zufriedenheit bezüglich seines energetischen Großputzes erkundigt und die Mimi die Angestellten in Gespräche über ihre Haare verwickelt hat, wird er zur Befragung überleiten.

Der Horvath schaut abwechselnd auf den Friseursalon und das Foto mit der unbekannten Frau. Er entdeckt die Stelle neben der Straßenlaterne, wo das Bild entstanden ist. Und er entdeckt noch etwas, das der Guru dummerweise schneller ausspricht als er selber.

»Da ist dieselbe Baustelle wie auf dem Foto. Es kann also noch nicht alt sein.«

»Dafür braucht man kein drittes Auge, Guru. Da haben meine zwei ausg'reicht. Wir gehen jetzt rein, und jeder sagt das, was ich ihm ang'schafft hab.«

Der Shaman hebt beide Arme, als würde er sich ergeben. »Alles klar, Herr Kommissar.«

Der Horvath kann nicht einschätzen, ob der Shaman es zynisch meint, aber einen Mann in einer so schlecht sitzenden Hose kann er sowieso nicht ernst nehmen. Viel wichtiger sind andere Fragen. Zum Beispiel, ob der Berti dieses Foto von der Blondine selber geschossen oder es für ein paar Euro auf einer schmuddeligen Internetseite gekauft hat und der Horvath hier wertvolle Zeit verplempert. Wie dem auch sei. In dieser Phase der Ermittlungen ist es wichtig, jeder Spur nachzugehen. Die Friseurinnen werden sich an die blonde Kundin mit der Dauerwelle erinnern. Mit ihren aufgespritzten Lippen und der auffallend aufreizenden Montur ist sie nicht gerade ein Mauerblümchen, das man wieder vergisst.

Der Horvath, die Mimi und der Shaman überqueren die Straße.

»Horvath, ich hab meinen Einsatz vergessen. Sag ich das mit den Hennafarben, bevor oder nachdem der Shaman –«

»Vergiss es«, brummt der Horvath, während sie den Friseursalon betreten, und schaut sich nach Kommissar Krüger um. Er ist der Profi und wird sie notfalls alle rausreißen. »Verhalt dich einfach nur unauffällig. Den Rest überlass mir.«

»Grüß Sie«, begrüßt die ältere Dame die drei im feinsten Wienerisch. Sie blickt hinter dem Kassentisch auf, wendet sich dem Computer zu und hebt eine Sekunde später wieder den Kopf. »Moment, ich kenn Sie …«

Dem Horvath geht das runter wie Öl. »Ich bin der Autor der Kommissar-Krüger-Reihe, also die Reihe ergibt sich bald mit dem zweiten Band …«

»Ich mein den da!« Die dralle Schwarzhaarige deutet

auf den Shaman. »Ich kenn dich, du Wappler. Du hast uns g'scheit ab'zogen mit deinem energetischen Scheiß. In der DonauWelt haben s' g'schrieben, deine Praktiken, für die wir wie die Luster 'brennt haben, sind Humbug.«

Horvath atmet hörbar ein und wieder aus. Er hätte wissen sollen, dass man mit dem Guru nur Probleme hat.

»Raus aus meinem G'schäft, aber dalli, sonst hol ich die Kiwarei!« Mit ihren ein Meter sechzig plustert sie sich vor dem Horvath und dem Shaman auf wie eine Riesin. »Und du? G'hörst du zu dem Wappler?«, wendet sie sich an den Horvath.

»Ich hab diesen glatzerten Guru grad zum ersten Mal g'sehn.«

»Raus!«, schreit die Friseurin.

Der Horvath muss sich ducken, damit die Computermaus, die von der Frau abgefeuert wird, den Shaman trifft und nicht ihn. Aus den Augenwinkeln sieht er, wie die Mimi sich von einer anderen Friseurin zu einem freien Platz führen lässt. Auch das noch. Das ganze Fiasko wird ihn einen ordentlichen Batzen Geld kosten, wenn sie sich die Haare machen lässt. Ausgerechnet jetzt, wo er sein Konto schon am Monatsbeginn überzogen hat. Die Mimi wirft dem Horvath einen schuldbewussten Blick zu. Zu spät. Schon sitzt sie vor dem Spiegel, und die Friseurin fährt mit den Händen durch ihre magentafarbenen Haare.

Die Türe fällt hinter dem Shaman zu.

»Was für eine depperte Hose der noch dazu anhat«, empört sich die Schwarzhaarige, und der Horvath freut sich diebisch darüber, dass der Aufzug vom Guru noch jemandem außer ihm aufgefallen ist.

»Und was machen wir bei Ihnen?«, fragt sie schließlich und zupft an Horvaths Geheimratsecken. »Da kann man mit ein bisserl Farbe schon noch was richten.«

Der Horvath schüttelt den Kopf und kommt gleich zur Sache. Er zieht das Polaroid der Blondine aus seiner Brusttasche und hält es der Schwarzhaarigen vor die Nase.

»Kennen Sie diese Frau?«

Die Schwarzhaarige mustert ihn hinter ihrer eckigen Lesebrille. »Ja, sagen S' doch gleich, dass Sie von der Polizei sind. Verhaften hätten S' den Wappler sollen.«

»Um den kümmere ich mich später«, verspricht der Horvath und wirft einen Blick auf die Straße, wo der Shaman an den Chevy gelehnt mit den Armen herumfuchtelt. Ein Gebet oder ein spiritueller Selbstreinigungsmodus, wie der Horvath vermutet.

»Und wie heißen Sie?«

»Ich bin Kommissar Krüger«, stellt sich der Horvath vor. Kurz betrachtet er sich im Spiegel. Wann sind seine Haare so grau und struppig geworden? Und warum wachsen sie neuerdings unkontrolliert auf den Schultern, während sie an den Schläfen immer weniger werden? Er versucht, diese Gedanken abzuschütteln. »Im Haus eines Ermordeten haben wir dieses Foto gefunden. Wir haben ein paar Fragen an die Dame. Wir wissen, dass sie bei Ihnen Kundin ist.«

Die Schwarzhaarige reißt die Augen auf. Ihre verklebten Wimpern, die wie kleine Spinnenbeine aussehen, flattern nervös auf und ab.

»Ich kenn die Frau. Mir will der Name grad net einfallen, aber sie ist eine Schauspielerin.«

Da staunt der Horvath nicht schlecht. Der Berti hat es zu einem Techtelmechtel mit einer Schauspielerin gebracht. Würde sein alter Freund noch leben, würde er ihm anerkennend zunicken und ihm dabei auf die Schulter klopfen.

»Geh, Moni, komm schnell her. Der Kommissar hat ein paar Fragen an uns.« Die Friseurin lässt von Mimis Kopf ab und eilt zu ihnen herüber.

»Kennen Sie diese Frau?«, wiederholt der Horvath und spürt Kommissar Krügers stolzen Blick auf sich.

»Das ist die Josefine. Ich glaub, Pokorny heißt sie mit Nachnamen, aber hier kennt man sie als Fini Blondini. Sie ist … na ja, so was wie eine Schauspielerin. Früher am Burgtheater, jetzt mehr am Schoß von betuchten älteren Herren, wenn S' verstehen, was ich mein.«

»Hat s' was ausg'fressen?«, fragt die Schwarzhaarige und winkt die Friseurin zurück zu Mimi.

»Dieser Frage gehen wir gerade auf den Grund.«

»Ich will ja nichts Falsches sagen«, flüstert die Schwarzhaarige verschwörerisch, »aber die Fini treibt sich viel in der Kärntnerstraße herum und schaut sich nach Geschäftsmännern um. So eine is des. Wenn s' wieder einen aufg'rissen hat, kommt s' vorbei und lässt sich die Haare und Nägel auf seine Kosten machen.«

»War sie gelegentlich mit einem der besagten Männer hier?« Horvath holt sein Handy aus der Hosentasche und sucht ein Foto vom Berti heraus. »Mit dem hier vielleicht?«

Die Schwarzhaarige mustert das Bild.

»Witzig, dass Sie mir das zeigen, Herr Kommissar. Früher hat sie jeden Monat einen anderen g'habt. Dann war sie auf einmal nur noch mit dem unterwegs. Ich hab mich ja immer g'fragt, was die Fini mit so einem will. Er hat net so ausg'schaut, als ob er ihr Typ wär. Du meine Güte. Sagen S' jetzt net, die Fini steht unter Mordverdacht …«

»Ich darf Ihnen leider nicht mehr darüber sagen.« Das ist einer der Lieblingssätze vom Horvath.

»Haben Sie eine Karte, die Sie mir dalassen können? Dann ruf ich Sie an, sobald sie bei uns auftaucht.«

»Wir schauen wieder vorbei, wenn wir es für notwendig erachten. Fürs Erste haben Sie uns schon weitergeholfen.«

*Wir.* Bei seiner Recherche zum ersten Kommissar-Krüger-Band hat er gelesen, dass »wir« das mächtigste Wort eines Ermittlers ist. Ein simpler, aber wirksamer Bluff. Wir haben ein paar Fragen an die Dame. Wir wissen, dass sie bei Ihnen Kundin ist. Wir schauen wieder vorbei, wenn wir es für notwendig erachten.

Kommissar Krüger klopft ihm auf die Schulter. *Alles richtig gemacht, Horvath. Alles brandrichtig gemacht!*

## 2. Schritt

*Ich lese, dass der Teig dreißig bis sechzig Minuten im Kühl-*
*schrank rasten soll. Ich lege die Rolle auf den kalten Keller-*
*boden, denn den Luxus eines Kühlschranks habe ich hier*
*nicht.*

*Ungeduldig stehe ich da, verfolge die Zeiger meiner Arm-*
*banduhr, die nicht weiterrücken wollen. Alles scheint stillzu-*
*stehen, nur die Musik bewegt sich vorwärts. Ich summe zur*
*Melodie. Den »Donauwalzer« hat Johann Strauss ursprüng-*
*lich als eine Satire auf eine verlorene Schlacht geschrieben.*

*Ich zupfe an meinem juckenden Ohr. Verdammt, das*
*hätte ich nicht tun sollen. Rasch streife ich die Handschuhe*
*ab, befördere sie in den Plastikbeutel und ziehe ein neues*
*Paar über. Ich darf mir keine Fehler erlauben, wenn ich*
*meine Schlacht gewinnen will.*

*Der Walzer klingt aus, und ich vernehme ein Scheppern.*
*Mit dem Ellbogen schiebe ich den Vorhang ein Stück auf die*
*Seite und spähe hinaus auf die Straße. Keiner ist zu sehen,*
*und das ist gut so.*

*✳✳✳

Nachdem der Horvath, die Mimi samt aufgefrischter Farbe
und der Shaman drei Stunden erfolglos in der Kärntnerstraße auf und ab gelaufen sind, machen sie sich auf den
Weg zurück nach Krems. Der Horvath ist so euphorisch
wegen dem, was er über Fini Blondini herausgefunden hat,
dass er die Mimi und ihren Guru zu seinem Stammheurigen
nach Rossatz einlädt. Der Garten ist überfüllt mit Gästen,

die sich unter Schirmen vor der tief stehenden Abendsonne schützen. Um üppig blühende Hortensien schwirren Bienen, und das Zirpen der Grillen prophezeit eine warme, trockene Sommernacht. Genau so mag es der Horvath. Bei einer Brettljause scrollt er am Handy herum.

»Da ist sie ja«, schmatzt er mit vollem Mund.

»Ermittlungsfortschritte?«, fragt der Shaman.

»Schau zu und lern von mir, Guru. Es geht nix über die richtigen Kontakte.«

»Hase, was hast du vor?« Nach einem Glas Grünem Veltliner lallt die Mimi ebenso wie der Shaman. Das trockene Wachauer Laberl war bei den beiden, die sonst nur basischen Biotee trinken, keine ordentliche Unterlage.

Der Horvath legt das Handy ans Ohr und hebt grinsend die Augenbrauen.

»Geniestreich«, flüstert er und wirft der Mimi einen Luftkuss zu. »Servas, Andrea«, sagt er dann lauter und setzt sein freundlichstes Lächeln auf, auch wenn sein Gegenüber es nicht sehen kann. »Du hast gesagt, du willst dich für den Artikel über dich in der DonauWelt revanchieren. Jetzt wär Gelegenheit dazu.«

Die Andrea ist eine Autorenkollegin, der der Horvath einen Artikel beschert hat. Sie arbeitet in einem Vermessungsbüro und hat dort Zugang zum zentralen Melderegister, was dem Horvath sehr gelegen kommt.

»Wenn ich dir den Namen von der Dame schick, kannst mir bis morgen Mittag eine Adresse liefern? Ja? Super, du bist die Beste. Ich dank dir. Servas.«

»Jetzt sag nicht, du bekommst die Adresse von Fini Blondini.« Der Shaman hat das zweite Glas Veltliner intus, und das Reden fällt ihm zunehmend schwerer.

»Ich bin schließlich kein Trottel«, erwidert der Horvath und legt den Arm um die Mimi. »Gell, Hasi?«

»Hase, ich bin so stolz auf dich. Zuerst löst du den Fall, dann bringst du deinen nächsten Bestseller heraus. *You don't get, what you want. You get, what you are* – ein Gesetz des Universums.«

Der Horvath stopft sich ein Stück Blunze in den Mund.

»Wann kommt dein neues Buch heraus?«, will der Shaman wissen und tunkt sein Semmelstück in Horvaths Senf.

»Magst?«, fragt der Horvath, um vom Thema abzulenken, und deutet auf den Schinken auf seinem Teller. Shamans Veganismus scheint sich mit steigendem Alkoholpegel abzuschwächen. Er macht sich über das Fleisch her, als hätte er seit Tagen nichts gegessen.

»Aber Shaman, was ist denn mit dem Tierleid?«, fragt die Mimi.

»Des Schweinderl leidet jetzt nimma«, erwidert der Horvath rational wie immer und klopft dem Shaman quer über den Tisch so freundschaftlich auf die Schulter, als wäre die geteilte Brettljause ein Brückenschlag. Auf einmal wird dem Horvath klar, dass der, der den Berti vergiftet hat, ihn mehr als nur gekannt haben muss. Der Mörder muss jemand sein, der ganz genau wusste, wie wichtig ihm das Essen war, und es muss demjenigen eine Genugtuung gewesen sein, ihn ausgerechnet damit unter die Erde zu bringen.

»Warum arbeitest eigentlich nimma im Betrieb von deinen Eltern?«

»Die Menschen jammern immer in die Vergangenheit und fürchten sich in die Zukunft. Meine Zeit ist das Jetzt.«

»Und das heißt übersetzt in die Sprache der Sterblichen was?«, hakt der Horvath nach.

»Das heißt, dass ich net gern darüber red.« Der Shaman dippt Solettis in Horvaths Liptauer und weicht seinem Blick aus.

»Schau, damit kann ich was anfangen. Thema abgehakt.«

Normalerweise würde der Horvath noch längst keine Ruhe geben, aber der Wein breitet sich warm in seinem Körper aus und weckt ein ungewohntes Harmoniebedürfnis in ihm. In so einem Zustand hat er der Helga damals einen Heiratsantrag gemacht. Es gilt also, vorsichtig zu sein und keinen Blödsinn anzustellen. Sympathie für den Guru aufzubringen geht bereits in eine gefährliche und unkontrollierbare Richtung, die er im nüchternen Zustand bereuen könnte.

»Bei euch passt alles?«, erkundigt sich der Wirt und stellt Mimis leeres Glas auf sein Tablett.

»Drei Marillenschnapserl bitte, Chef«, ordert der Horvath und spürt, wie ihm der Kren in die Nase steigt.

»Ich glaub, die Fini Blondini hat den Berti ums Eck 'bracht«, platzt es aus der Mimi, die ihm schon die ganze Zeit so nachdenklich vorgekommen ist, heraus. Er denkt kurz darüber nach, kommt jedoch zu einer ganz anderen Erkenntnis. Er glaubt nicht, dass Bertis Liebelei ihn gut genug gekannt hat, um zu wissen, dass er einen Marillenknödel vom Boden essen würde. So zeigt man sich keiner Frau, die man beeindrucken will, und schon gar nicht einer wie Fini Blondini. Er selber vermeidet Angewohnheiten, die ihn vor der Mimi blöd dastehen lassen. Sie braucht nicht zu wissen, dass er seinen Frühstückskaffee am liebsten während des morgendlichen Geschäftes trinkt und sich ab und an darüber freut, Popcorn in den Couchritzen zu finden, wenn seine Naschlade nichts mehr hergibt.

Wer auch immer den Berti vergiftet hat, hat seine grauslichsten Seiten gekannt.

»Warum sollt die Fini ihn umbringen? Was hätt sie davon? Tot bringt er ihr gar nix«, mischt der Shaman sich ein, und ausnahmsweise nickt der Horvath zustimmend. Er prostet sein Weinglas klirrend an das vom Shaman und trinkt sein Achterl auf ex.

Der Wirt kommt mit einem Tablett mit drei Stamperln an den Tisch. »Zum Wohl, die Herrschaften«, wünscht er und stellt die Gläser zwischen ihnen ab. »Hab dein Buch gelesen, Horvath. Hut ab.«

»Des freut mich.« Das ist keine Floskel. Der Horvath spürt jedes Mal eine Welle von Endorphinen durch seinen Körper schwappen, wenn sein Werk Anerkennung findet, was zugegebenermaßen nicht allzu oft passiert.

Der Wirt zieht zum nächsten Tisch weiter, und der Shaman zögert nicht lange. Er kippt die klare Flüssigkeit hinunter und fächert sich Luft zu. »Und was, wenn's die Maria war?«, fragt er. Seine Stirn glänzt, und Leberwurstreste picken an seinen Mundwinkeln. Fast schaut er aus wie der Schorschi von früher, den der Horvath aus dem Background-Check, den er über ihn erstellt hat, kennt. Der, der in der Fleischhackerei seiner Eltern gearbeitet und Berichten zufolge jedes Wochenende zu tief ins Glas geschaut hat. So ist der Horvath. Soll der Shaman ruhig im Jetzt sein, in seiner eigenen Natur liegt es, die Menschen in seiner Umgebung genau unter die Lupe zu nehmen.

»Die Maria?«, empört sich die Mimi.

»Was der Shaman sagt, is gar kein Schas. Die Maria hätt eher ein Motiv als die Fini. Die Fini ist ein Golddigger, so wie die Friseurin sie beschrieben hat. Solche Frauen sind einfach weg, wenn die Quelle versiegt. Die Maria hätt weitaus mehr Motive. Der Berti hat mit seinen Streitigkeiten um die Grundstücksgrenzen seit Jahren den Zubau an ihrem Haus verhindert. Und der Rudi is jedem Rockzipfel hinterherg'laufen. Den Berti vergiften und es dem untreuen Ehemann in die Schuhe schieben – des wären dann die berühmten zwei Fliegen mit einer Klappe.« Horvath ist stolz auf seine Theorie, aber ein wenig schämt er sich auch dafür, seine Schwägerin des Mordes am Berti zu bezichtigen.

»Aber doch net die Maria …«, murmelt die Mimi in ihr halb leeres Weinglas. »Hase, du weißt, dass alles Schlechte, was du über die Maria denkst, auf dich zurückfällt.«

»Da ist die Maria bei mir schon gut in Vorleistung gegangen in den letzten Jahren.«

»Vielleicht hat ja der Horvath den Berti umgebracht. Pyromanen sind auch oft Feuerwehrleute. Warum dann nicht ein Ermittler, der selber die Morde begeht, damit er sie später aufklären kann?« Der Shaman lacht über seinen Schmäh.

»Vielleicht war es der Bezirksguru, der eine neue Geschäftsidee wittert, mit der er den Leuten noch mehr Geld aus den Taschen channelt«, kontert der Horvath.

Kurz nachdem dem Shaman die Firmungshose im Schritt gerissen ist, schwankt der Horvath zum Zahlen ins Lokal. Er kann nicht mehr ganz klar denken, aber die Theorie mit der Maria will ihm nicht aus dem Kopf gehen. Wollte sie den Rudi loshaben, und der Berti war das Obstbauernopfer? Einen Marillenknödel als Waffe einzusetzen wäre so typisch für die Maria, dass es zu offensichtlich wäre, um noch glaubhaft zu sein. Allerdings ist die Maria eine Schachspielerin, da gehört es dazu, ums Eck zu denken und den Gegner mit geschickten Zügen zu verwirren.

Der Horvath sitzt noch eine Weile an der Schank, hängt seinen Gedanken nach und schaut dem Wirt beim Einschenken zu. Die Julihitze in Kombination mit der Flasche Veltliner lässt seine Augenlider schwer werden. Als er am Tisch hinter sich ein Gespräch vernimmt, ist er mit einem Schlag hellwach.

»Dass der Obstbauer weg is, is des Beste, was dem Huber passieren konnt. Jeder hat g'wusst, dass der Berti …«

Horvath tut sich schwer, alles zu verstehen. Er torkelt an

den Tisch der beiden Männer und stellt sich betrunkener, als er ist.

»'tschulschdigung«, lallt er und lässt sich auf die Bank sinken. Er legt den Kopf auf den Tisch, gibt leise Schnarchgeräusche von sich und freut sich über seine Genialität.

Die Männer unterbrechen ihr Gespräch zunächst und sind dann umso redseliger.

»Dem Berti war der Huber ein Dorn im Aug mit seiner Bio-Produktion. Aber des wollen die Leut eben heutzutag. Der Berti hätt mitmachen können, aber garstig, wie er war, hat er die Bäume vom Huber umgebracht. In einer Nacht- und-Nebel-Aktion soll er Glyphosat g'sprüht haben, und kein einziger Baum hat dieses Frühjahr aus'trieben. Die Frau vom Huber war kurz vorm Nervenzusammenbruch, aber nachweisen hat man dem Berti nix können.«

»Und jetzt is er tot.«

»Jeder kriegt des, was er verdient. Prost!«

»Prost!«

Um seine Tarnung nicht aufzugeben, bleibt der Horvath noch so lange am Tisch liegen, bis der Shaman kommt und ihm auf die Schulter klopft.

»Horvath, geht's dir net gut? Soll ich dich raustragen?«

»Schleich di«, erwidert der Horvath und fuchtelt mit den Händen, um den Griff des Gurus abzuwehren.

Auf dem Weg zum Auto grinst der Horvath. Der Heurigenbesuch hat sich mehr als ausgezahlt. Wenn das so weiterläuft, hat er den Rudi in zwei Tagen aus dem Gefängnis raus. Heute wird er seinen Rausch ausschlafen, und morgen wird er dem Huber einen Besuch abstatten, vielleicht sogar der Fini Blondini.

∗∗∗

Das Telefon reißt den Horvath aus dem Schlaf. Benommen vom Restalkohol setzt er sich auf und beugt sich über die Mimi hinüber zum Wohnzimmertisch. Das Handy bewegt sich vibrierend über die Tischplatte. Marias Name scheint auf dem Display auf.

»Hase, es ist ja noch finster. Wer ruft denn um die Zeit an?«

»Schlaf weiter«, erwidert der Horvath, steigt zuerst über die Mimi, dann über den Shaman, der vor der Couch auf dem Boden schläft. Der Guru ist wie ein Tinnitus, denkt er und fragt sich, wann und ob er seine eigenen vier Wände jemals wieder zurückerobern wird. Er freut sich, dass die Mimi im Gegensatz zu ihm Freunde hat, aber der Horvath hat in den letzten Monaten gemerkt, dass Sozialkontakte nicht nur Zeit, sondern auch Geld kosten. Immer wollen sie was von einem. Ausgehen, eingeladen werden, irgendwohin fahren, reden. Der Horvath hat es nicht so mit Menschen, die er sich nicht zurechtschreiben kann, wie er sie haben will. Ihm reichen im Normalfall seine fiktive Welt beim Schreiben und gelegentlich der ORF, wenn er andere Menschen sehen will.

Der Horvath schleicht in die Küche, drückt die Rückruftaste und nimmt ein paar Züge aus der Mineralwasserflasche, während er darauf wartet, dass die Maria abhebt.

»Horvath!«, schreit sie ins Telefon.

Der Horvath zwickt die Augen zusammen. »Geht's ein bisserl leiser? Es ist net einmal fünf Uhr.«

»Die Staatsanwaltschaft erhebt Anklage gegen den Rudi.«

»So eine Scheiße. Was sagt der Anwalt?«

»Der Beranek redet net viel mit mir. Der nimmt nur unser Geld.«

»Gibt's eine neue Entwicklung im Fall?«

*Guten Morgen, Horvath*, begrüßt Kommissar Krüger

den Horvath, vergräbt seine Hände in den Jackentaschen und lehnt sich an den Kühlschrank. Seine braune Lederjacke ist an den Ellbogen zerschlissen, und an den Hosenbeinen zeigen sich Knitterfalten, die sogar für einen genialen Kommissar peinlich sind. Seit der Trennung von der Streifenpolizistin lässt er sich gehen, deshalb sollte der Horvath dringend seinen Beziehungsstatus ändern.

»Die DNA vom Rudi ist auf dem Teller mit dem vergifteten Marillenknödel gefunden worden, aber das ist ja klar, denn der Teller war aus unserer Garage, wo wir das alte Geschirr aufheben. Außerdem hat die Pfarrersköchin ausg'sagt, dass sie g'hört hat, wie der Rudi dem Berti im Vollrausch bei der Sonnwendfeier mit Mord gedroht hat.«

»Was hat der Rudi genau gesagt?«

»Nix. So was wie ›I hau di in die Donau, Oarschloch‹. Aber des sagt man schnell einmal dahin, wenn man ein Achterl zu viel hat.«

»Gibt's dafür noch andere Zeugen?«

»Alle, die da waren.«

»Rudi, du Depp«, flucht der Horvath in seinen Bart, der über Nacht ganz schön gewachsen ist, und stellt die Wasserflasche mit unnötiger Wucht auf dem Küchentisch ab. Schon als kleiner Bub hat der Rudi es verstanden, sich Ärger einzuhandeln. Er sieht ein Problem auf sich zukommen und rennt ihm entgegen. In dieser Hinsicht war der Horvath zwar nicht viel besser, aber er hat es geschickter angestellt, die Dinge wieder geradezubiegen. Immerhin ist er noch nie im Gefängnis gelandet.

»Ich komm am Vormittag zu dir.«

Beim zweiten Kaffee ist der Shaman endlich weg, und der Horvath bekommt die erwartete Nachricht mit Fini Blondinis Adresse. Er kritzelt sie auf eine leere Seite in seinem

Notizbuch und stopft sich das Nussbeugerl in den Mund, das die Mimi heute Früh von der Bäckerei geholt hat. Google Maps verschafft ihm einen Überblick über den Ort, an dem Fini Blondini wohnt. Ein solides Wohnviertel, dem er bald einen Besuch abstatten wird.

»Da ist die Geburtstagskarte von der Maria.« Die Mimi legt die Karte neben den Horvath auf die Couch.

»Des is net dieselbe Schrift«, erkennt er sofort und platziert den Brief daneben, den er beim Berti im Zimmer gefunden hat. »Was net heißt, dass die Maria so unschuldig is, wie sie tut. Das heißt nur, dass sie ihm nicht diesen Brief g'schickt hat«, fügt er dann hinzu und schaut auf die Uhr. In einer halben Stunde will er bei der Maria sein, und der Gedanke, dass er seine eigene Schwägerin verhören wird, liegt ihm schwerer im Magen als gedacht.

Das Handy kündigt eine neue Nachricht an, und der Horvath tippt drauf. Die Mimi beobachtet, wie er in die Kissen gepresst dasitzt und auf das Display starrt.

»Geht's dir eh super, Hase?«

»Der Verlag hat g'schrieben. Er will mein neues Kommissar-Krüger-Buch verlegen.«

»Schön«, erwidert die Mimi knapp, was ihr gar nicht ähnlichsieht. Sie zupft sich die gepunktete Bluse zurecht und bindet ihre Haare zum Pferdeschwanz. »Ich fahr jetzt ins Büro. Um halb acht wird ein neuer Kopierer geliefert, auf den ich vor Inbetriebnahme noch den Strahlenschutzcode draufmalen muss.«

Der Horvath starrt die Mimi an. »Freust dich gar nicht für mich?«

»Freuen ist meine Grundstimmung, Hase. Außerdem war ja eh klar, dass sie auch das nächste Buch verlegen werden. Du bist ein aufstrebender Bestsellerautor, hast Tausende Bücher verkauft, bist in der WOMAN, der DonauWelt und der Niederösterreicherin g'wesen. Ein Verlag, der dich ablehnt, wär ein Trottel.« Mimi runzelt die Stirn. »Kannst mich nicht als deine spirituelle Managerin anstellen? Der neue Chef hat so eine negative Aura, da hat nicht einmal die Beifußräucherung geholfen.«

Diesen zerknirschten Blick hat der Horvath bisher nur selten an der Mimi gesehen. Er weiß, dass sie im Büro des Baumarktes nicht glücklich ist, auch wenn sie sich bisher nie beschwert hat. Mimi und Sekretariatsarbeit passen ungefähr so zusammen wie Pizza und Ananas. Gerne würde er ihr mehr bieten, sie dabei unterstützen, den schlecht bezahlten Job mit dem grimmigen Chef hinzuschmeißen. Aber im Moment hat er Mühe, sich selber über Wasser zu halten. Unter seinem Laptop liegen fünf unbezahlte Rechnungen, darunter die Stromnachzahlung vom Mai, und er ist schätzungsweise nur noch ein Quartal davon entfernt, Besuch vom Kuckuck zu bekommen.

Das Gesicht vom Horvath wird zunehmend resignierter. »Aber Hase, was is denn los? Ist es wegen dem Rudi?«

Der Horvath nickt, weil er nicht weiß, wie er der Mimi erzählen soll, was er seit einem Jahr vor ihr verheimlicht.

»Hast endlich gemerkt, wie lieb du ihn hast?« Die Mimi schwingt sich auf die Oberschenkel vom Horvath und drückt ihm einen Kuss auf den Mund. »Schau, so hat es auch was Schönes, dass der Berti vergiftet worden is.«

Würde der Horvath sie nicht besser kennen, würde er meinen, sie hätte den Berti zur Strecke gebracht, so verrückt, wie sie grinst.

\*\*\*

Die Maria schiebt die Fotos von Fini Blondini wie Schnapskarten auf dem Tisch hin und her.

»Ich weiß nicht«, murmelt sie in sich hinein und schüttelt den Kopf. »Ich glaub nicht, dass das die Frau ist, die ich beim Berti g'sehn hab. Aber ich hab sie nur von hinten g'sehn, und das auch nur ein Mal. Finster war es da auch schon.«

»Hat der Berti den Namen Fini Blondini mal erwähnt?«

»Fini Blondini?« Maria lacht auf. »Das klingt nach einer … Na, du weißt schon.«

»Ist dir sonst was aufg'fallen? Hat's Streit gegeben drüben, oder hat der Berti auf dich den Eindruck gemacht, dass er Angst vor irgendwem hat?«

»Nein, nur das Übliche. Kennst ihn ja, den Berti. Er ist überall angeeckt. Ängstlich hat er nicht g'wirkt.«

»Apropos. Was war da mit dem Huber und dem Berti?«

Die Maria zuckt mit den Schultern und schaut unbeteiligt auf ihr Handy, das zwischen dem Horvath und ihr liegt und dumpf vibriert.

»Schon wieder die DonauWelt. Kannst du deinen Kollegen nicht sagen, dass sie mich in Ruhe lassen sollen?«, fragt sie, ohne Horvaths Antwort abzuwarten. »Es gehen Gerüchte um, dass der Berti die Bäume vom Huber vergiftet hat, aber ich glaub das nicht. Der Berti war in der Hinsicht wie der Rudi. Bellende Hunde beißen nicht, den Spruch kennst ja, und der stimmt auch.«

»Und was für ein Hund ist deiner Meinung nach der Huber?«

»Dem Huber is alles wurscht, seit er mit der Erika verheiratet is. Seit einem Jahr steht der komplett unter ihrer Fuchtel. Regelrecht verfallen is er dieser Frau.«

Dem Horvath kommt es so vor, als würde er Eifersucht aus Marias Worten heraushören, aber er sagt nichts dazu. Von Kommissar Krüger hat er gelernt, die Leute nicht zu bremsen, wenn sie redselig sind.

»Es heißt, die Erika wollt zuerst den Berti haben, aber

dann war der Huber die bessere Partie. Das is eine ganz ungute Person, wennst mich fragst. Würd die nicht so gut ausschauen, hätt der Huber sie schon längst zurück nach Prag befördert. Ich kann mir vorstellen, dass die nicht davor zurückschreckt, ein bisserl Rattengift ins Essen zu mischen, wenn ihr jemand deppert kommt.«

Der Horvath zieht sein schwarzes Büchlein samt Kugelschreiber aus der Hosentasche, blättert es auf und schreibt Erikas Namen hinein. Er denkt an die letzte Begegnung mit dem Wolfi und der Erika. Eine schöne Frau und ein Mann, der ihr verfallen ist, in dieser Konstellation sind schon viele Morde passiert.

Dann ist er gedanklich wieder bei der Maria und ihren Motiven, den Berti loszuwerden. Er sitzt neben ihr in der Küche und zupft an den Fransen des Tischtuchs herum. Sein Schweigen ruft Kommissar Krüger auf den Plan, der hinter ihnen herumschleicht und ihm mit einem Räuspern zu verstehen gibt, er solle endlich mit der Befragung beginnen.

Vor ein paar Monaten hätte der Horvath Geld dafür bezahlt, der Maria verbal eine aufzulegen, aber seit Rudis Verhaftung ist sie weichgespült, und von der Feindseligkeit, die sie dem Horvath immer entgegengebracht hat, ist nichts mehr übrig.

»Und warum bist wirklich da, Horvath?«, fragt die Maria, als könnte sie seine Gedanken lesen. »Hast irgendwas Belastendes gegen den Rudi herausg'funden?« Sie streicht nervös nicht existierende Brösel vom Tisch und atmet dann tief ein und wieder aus. »Sag schon, Horvath.«

Der Horvath kann sich den Gedanken nicht verkneifen, dass die Maria irgendwas vor ihm verheimlicht. Was auch immer es ist, er wird dahinterkommen. Kommissar Krüger nickt zustimmend, und der Horvath zwinkert ihm zu.

»Wo schaust du denn hin, Horvath?«

»Nirgends«, lügt er. »Versteh mich jetzt nicht falsch, aber wo warst du, als der Berti ermordet worden ist?«

»Ah, daher weht der Wind.« Die Maria steht auf und lehnt sich an den Kühlschrank. »Ich war in Bratislava. Allein, wenn du es ganz genau wissen willst. Das hab ich der Polizei auch schon erzählt. Werd ich verdächtigt?«

Dem Horvath erscheint es mehr als seltsam, dass die Maria ausgerechnet am Tag von Bertis Ermordung allein in Bratislava gewesen sein soll, wo sie sonst maximal zum Einkaufen ins Mariandl fährt, weil sie am liebsten alles, was es zu erledigen gibt, im Dorf erledigt. Nicht einmal zum Urlaubmachen hat der Rudi seine Frau in den letzten zehn Jahren überreden können.

»Werd ich verdächtigt?«, wiederholt die Maria.

»Ich möcht in alle Richtungen ermitteln.«

Horvaths diplomatische Antwort regt sie sichtlich auf. Ihre mehligen Wangen färben sich rot. »Des enttäuscht mich jetzt ehrlich, Horvath. Welches Motiv hätt ich denn, den Berti zu vergiften?«

»Der Berti hat eure Pläne vom Heurigen und vom Zubau sabotiert, von dem du seit Jahren redest, um ein bisserl Platz für dich zu haben.«

Maria zieht beim Lachen ihren Mund wie Lefzen hoch. Sie schaut verbittert und zugleich wütend aus. »Ich wollt nie einen Heurigen. Glaubst du, ich hätt Lust, neben der Arbeit auf der Gemeinde noch zu kellnern? Es reicht mir, dem Rudi alles nachtragen zu müssen. Und der Zubau …«

»Ich weiß, dass du es net leicht hast mit dem Rudi. Und du bist eine gerissene Frau. Den Berti zu vergiften und es dem Rudi anzuhängen wär der ideale Weg, um beide loszuwerden.«

»Horvath, du bist genauso ein Trottel wie die Kiwara. Ihr

denkts nur von zwölf bis Mittag. Der Zubau wär für unser Kind g'wesen.«

Der Horvath mustert die Maria von oben bis unten. Die paar Kilos mehr auf ihren knochigen Hüften, das Glitzern in ihren Augen, die weinerliche Stimmung. Er hat angenommen, sie gehe auf den Wechsel zu, aber da hat er offensichtlich falschgelegen.

»Bist schwanger?«, fragt er.

»Eben nicht. Und des ist der Grund, warum es mir nichts bringt, wenn der Rudi im Häfn sitzt, ausgerechnet jetzt, wo die In-vitro-Fertilisation begonnen hat.«

»In vino … was?«, fragt der Horvath und kommt sich vor wie ein Depp. Außerdem ist er nicht sicher, ob er eine Antwort auf seine Frage bekommen möchte.

»Die künstliche Befruchtung. Deshalb fahr ich nach Bratislava und schluck die ganzen Hormone.«

Die Mimi hat ihm zwar schon einiges beigebracht, aber über so Frauengeschichten redet der Horvath noch immer nicht gerne. Manchmal liest er Frauenmagazine, wenn er bei der Mimi am Klo sitzt, und ist jedes Mal überrascht, was es da alles gibt, was er nicht wissen will. Menstruationstassen, Vulva-Tattoos und Vaginismus sind nur ein paar der Themen, die den Horvath nachts heimsuchen.

»Wie soll ich denn jetzt an die Spermien vom Rudi kommen, wenn er sitzt?«

Marias Nasenflügel heben und senken sich gefährlich. Gleich wird sie weinen, und das hält der Horvath noch schlechter aus als das, was er heimlich auf Mimis Klo liest.

Maria setzt sich wieder neben ihn und stützt den Kopf an den Händen ab. »Jetzt hab ich keine Spermien, und das Haus wird auch bald weg sein bei dem, was ich dem Beranek zahlen muss. Ausgerechnet jetzt muss der Trottel den Obstbauern umbringen. Hätt der net noch zwei Wochen warten können?«

Der Horvath ist aus zwei Gründen irritiert. Erstens sieht er die Maria zum ersten Mal Rotz und Wasser heulen, zweitens hält sie ihren Mann offensichtlich doch für den Mörder.

»Du glaubst wirklich, der Rudi hat den Berti vergiftet?« Maria wischt sich mit dem Ärmel ihrer Weste über die Nase. »Den Berti umbringen und sich dabei noch saudeppert anstellen, ich wett, das hat er absichtlich g'macht.«

Der Horvath versucht, sich den Rudi und die Maria als Eltern vorzustellen, aber es will ihm nicht gelingen. Wahrscheinlich passt der Rudi besser ins Gefängnis als auf den Spielplatz. Trotzdem glaubt er nicht, dass der Rudi ein Mörder ist, und er kann sich auch nicht vorstellen, dass die Maria das glaubt.

»Der Bello is auch noch immer weg. Ich weiß nimma, wo ich noch suchen soll.«

Froh über den Themenwechsel steht der Horvath auf und umrundet den Küchentisch. Vor dem Fenster verharrt er und schaut hinaus in den Hof. Eine dunkle Wolkenfront wälzt sich zusammen mit der Donau in ihre Richtung, und durch das gekippte Fenster ist Regen zu riechen. Hoffentlich hat er seinen Chevy heute Früh nicht umsonst poliert.

»Wann hast du den Bello zum letzten Mal gesehen?«

Die Maria legt ihre Stirn in Falten und wirft einen Blick auf den Kalender, der an einem Stapel alter Zeitungen lehnt. »Bevor ich nach Bratislava gefahren bin. Ich hab ihn rausgelassen und ihm seinen Fressnapf in den Hof gestellt. Als ich heimgekommen bin, war sein Futter noch da. Der Rudi muss ihn selber gefüttert haben, weil vor der Haustüre ein leerer Teller gestanden ist. Ich bin draufgestiegen und hab mich geschnitten. Das war das Letzte, was der Rudi für mich gemacht hat, bevor sie ihn abgeholt haben.« Jetzt hört sich die Maria nicht mehr weinerlich, sondern verbittert an.

»Ist der Bello gechipt?«

»Nein, aber er trägt immer sein graviertes Halsband von Prada. Meine Freundin, die Sonja, hat es mir aus der Türkei mitgebracht.«

Im Horvath brodelt ein Gedanke, aber er spricht ihn nicht aus. »Ich schau dann mal weiter«, sagt er stattdessen, trinkt den letzten Schluck Kaffee und stellt das Häferl zum Geschirrspüler.

Sein Blick streift über die Küchenzeile, erhascht Fotos von der Maria und vom Rudi auf dem Kühlschrank. Ein lachendes Paar, auf jedem Bild in typischen Heile-Welt-Posen, die wie ein schlechter Handyfilter wirken. »Hausdrache«, prangt auf dem Herzmagnet, der das Foto ihrer Rosenhochzeitsfeier fixiert. »Schlapfenheld«, steht in Schnörkelschrift auf dem Magnet, unter dem ein Schnappschuss vom Rudi beim Fischen hervorschaut. Sogar der riesige Karpfen, der an seiner Angel baumelt, ist eine Inszenierung. Der Horvath war bei diesem Fischertreffen dabei und weiß, dass es der Haiden Paul war, der den Fang gemacht hat.

Auf der Kommode im Vorzimmer fällt sein Blick zuerst auf ein altes Zugticket, das eine Fahrt nach Bratislava belegt, dann auf die Honorarnoten einer Kinderwunschklinik. Für die Beträge, die sein Bruder und die Maria für ein Kind hinblättern, könnte er sich den ersehnten 57er Chevrolet Bel Air kaufen. Wo zum Teufel haben die beiden so viel Geld her?, fragt sich der Horvath. Haben sie ein Geldversteck ihres Vaters gefunden? Hatte ihre Mutter doch noch irgendwo ein Sparbuch, auf das sie im Suff vergessen hatte? Oder baut der Rudi neuerdings wieder Hanf auf dem Scheunenboden an, um sich sein Gehalt aufzubessern?

Er ist schon fast durch die Türe, als die Maria seinen Namen ruft. »Horvath!«

Der Horvath dreht sich um.

»Du kannst mir net zufällig ein paar Spermien von dir geben? Es bleibt ja eh in der Familie.«

»Grundsätzlich gerne, aber meine Spermien sind alle für die Mimi reserviert.«

\*\*\*

Bis zum Huber sind es fünf Minuten zu Fuß. Der Horvath lässt seinen Chevy bei Marias Haus stehen und macht sich auf den Weg. Das Verschwinden des Hundes will ihm nicht aus dem Kopf gehen, während er sich zur selben Zeit überlegt, wie er mit dem Huber verfahren will. Hat der Berti seine Bäume vergiftet, rückt der Huber an die erste Stelle der Verdächtigen, solange nicht mehr über diese Fini Blondini herauszubekommen ist. Und wenn was dran ist an dem Gerücht, Erika hätte Interesse am Berti gehabt, dann hat der Huber ein doppeltes Motiv gehabt, den Obstbauern aus dem Weg zu räumen. Aber da ist dieser Hund, dieser verdammte verschwundene Köter, der den Horvath schon zweimal gebissen hat und sich jetzt in seine Gedanken verbeißt.

Das Telefon klingelt. Der Horvath verdreht die Augen. Der letzte Mensch, den er jetzt hören will, ist seine Lektorin.

»Servas, Frau Katja.«

»Hallo, Herr Horvath. Gratulation zu diesem großartigen Manuskript. Die Geschichte ist Ihnen wieder sehr gut gelungen, deswegen würde ich gerne über das Ende reden. Ihre Krimireihe hat so viel Potenzial, da wäre es schade, Kommissar Krüger schon im zweiten Band sterben zu lassen.«

Horvath zuckt unwillkürlich zusammen und dreht sich zum Kommissar um. Der löst sich in Luft auf, und der Horvath hofft inständig, es sich nicht mit ihm verdorben zu haben, gerade jetzt, wo er mitten in den Ermittlungen steckt und den Scharfsinn vom Kommissar braucht.

»Na, dann sitzt er halt nicht im explodierenden Auto«, gibt der Horvath klein bei und macht ein paar tiefe Atemzüge.

Jetzt geht das Ganze wieder von vorne los, denkt er. Nicht dass er Kommissar Krüger loswerden will, aber er weiß nicht, ob er ein zweites Buch stemmen kann. Er sollte dringend mit der Mimi reden. Die hat immer für alles eine Lösung, vielleicht sogar für diese Misere. Oder sie wird sich von ihm trennen.

Der Horvath kann das Lächeln der Lektorin durch die Leitung vernehmen. »Ich schicke Ihnen meine Anmerkungen bis Ende der Woche. Vielleicht sehen wir Kommissar Krüger bald in einem dritten Band wieder. Das wäre großartig!«

»Ja, großartig«, wiederholt der Horvath, und die Straße verschwimmt vor seinen Augen. Aber immerhin ploppt der Kommissar wieder auf und nickt ihm wohlwollend zu.

»Ich sage der Abteilung für Rechnungswesen Bescheid, den Vertrag auszufertigen, dann –«

»Frau Katja, ich bin gerade unterwegs. Ich meld mich wieder bei Ihnen.«

Der Horvath murmelt eine Verabschiedung, dann sieht er aus der Ferne Hubers Haus. Einen eckigen Neubau mit Flachdach und Glasfronten, der neben den Einfamilienhäusern aus den Neunzigern wie ein falsch eingesetztes Puzzleteil ausschaut. Als der Horvath zum letzten Mal hier war, stand an dieser Stelle ein blassrosa Haus mit Spitzdach und morschen Holzfenstern. Dann hat der Huber, so munkelt man, eine siebenstellige Summe im Lotto gewonnen, aber offiziell ist das nicht.

Der Horvath schleicht um das Haus herum, dicht hinter

ihm Kommissar Krüger. Der graue Aluzaun gewährt kaum einen Blick ins Innere des Grundstücks, aber dann entdeckt der Horvath ein abmontiertes Sichtschutzelement, durch das sich ein Minibagger wälzt. Offensichtlich ist der Huber dabei, ein Vermögen für einen riesigen Pool hinzublättern.

Zusammen mit zwei Arbeitern betritt der Horvath das Grundstück und geht auf die Terrasse zu, wo der Huber mit seinem Laptop sitzt.

Hubers Begrüßung fällt überraschend herzlich aus, was den Horvath stutzig macht. »Servus, Horvath! Hab dich ja schon ewig nimma g'sehn. Wie geht's dir, alter Freund?«

»Passt schon«, erwidert der Horvath und ist unsicher, ob er die weiß gepflasterte Terrasse mit seinen dreckigen Sandalen betreten darf.

Das Bruchstück einer Erinnerung befördert den Horvath zurück in die Kindheit. Wolfi Huber zündet sich heimlich am Schulklo eine Zigarette an, löst den Feueralarm aus und beteuert seine Unschuld vor dem Direktor so glaubwürdig, dass er für die schauspielerische Darbietung den Nestroy-Preis verdient gehabt hätte. Der Wolfi war schon immer ein Fuchs, denkt er. Es wundert ihn nicht, dass ausgerechnet er zu Reichtum gekommen ist.

Der Huber klappt den Computer zu, streift sich die Hände an seiner kurzen Hose ab, als wären sie schmutzig, und klopft dem Horvath auf die Schulter. »Was verschafft mir die Ehre? Komm mit ins Atrium, draußen is es so laut.«

Der Horvath überlegt, was ein Atrium ist, bis er in einer Art Innenhof mitten im Wohnzimmer steht und es ihm wieder einfällt.

»Fühl dich wie daheim«, sagt der Huber und deutet auf eine weiße Liege, die einem Gynäkologenstuhl ähnelt. Horvath weiß nicht so recht, wie er sich draufsetzen soll, also lehnt er sich an die Kante.

»Magst ein Bier? Oder bist du beruflich da?«

»Ein Mineralwasser wär super«, erwidert der Horvath, und der Huber rollt einen Servierwagen zu ihm herüber.

»Nimm dir, wonach dir ist, mein Freund.« Der Huber nimmt auf einem flachen Hocker Platz, ebenfalls weiß, wie alles in diesem Haus, und der Horvath sucht auf dem Servierwagen vergebens nach etwas Antialkoholischem.

»Na, was sagst?«, fragt der Huber und schaut sich um, als sähe er sein Haus zum ersten Mal.

Der Horvath denkt kurz darüber nach, was die Mimi sagen würde. »Sehr weiß«, erwidert er, weil ihm nichts Netteres einfällt. Small Talk und Höflichkeiten waren noch nie seine Stärke.

»Und wie geht's dir, Herr Kommissar? Gibt's schon wieder ein neues Buch?« In einer Sekunde lacht der Huber, in der nächsten wird er ernst. »Mah, des tut mir jetzt aber leid. Wie geht's denn dem Rudi? Sitzt er noch immer?« Der Huber ist einer von denen, die dauernd etwas fragen, aber keine Antworten brauchen. »Fesch, oder?«, sagt er und interpretiert Horvaths Blick auf die riesigen schwarzweißen Porträtfotos seiner Frau falsch.

Der Horvath muss zugeben, dass die Erika eine bildschöne Frau ist, aber das ist die Mimi auf ihre Art auch. Trotzdem wäre es ihm unheimlich, wenn ihr Kopf überall an seinen Wänden prangen würde.

»So eine Scheidung ist schon was Befreiendes …« Der Huber nickt, als müsste er sich selber von dieser Aussage überzeugen. »Mit der Erika bin ich ein komplett neuer Mann, komplett frei, und ich kann mein erstes Bier vor dem Mittagessen trinken, ohne diese Blicke, du weißt schon, welche ich mein.« Der Huber hebt sein Bierglas an, während Erika ihn von der Wand aus anschaut, mit ihren Augen, die so groß sind wie Autofelgen. »Aber was erzähl ich dir. Du hast ja auch Glück, die Helga losgeworden zu sein. Die Mimi ist ein g'scheiter Feger.«

Diesmal hätte der Horvath gerne etwas erwidert, aber er wird von einem bärtigen, braun gebrannten Mann mit Akzent unterbrochen. »Chef, kannst du bringen langes Stromkabel?«

»Jaja, mach ma gleich, Kollege.«

»Was lässt du bauen?«, fragt der Horvath, weil er weiß, wie gerne der Huber über sich selber redet. Das ist immer ein guter Einstieg in eine Befragung.

»Ein Schwimmbecken mit Gegenstromanlage und Heizung. Die Erika schwimmt so gern im Winter. Da soll ihr Popscherl net kalt werden.«

»Bei den aktuellen Strompreisen sind andere froh, wenn sie im Winter ihre Wohnung geheizt bekommen. Bei dir muss es gut laufen mit den Weingärten und den Marillen.«

»Mit den Marillen war's schon besser, aber ich will net jammern. Und wahrscheinlich hast eh schon g'hört, dass ich ein bisserl was im Lotto g'wonnen hab.«

»Im Dorf wird viel erzählt. Auch, dass der Berti deine Bäume vergiftet hat.«

Ein Rinnsal aus Schweiß läuft dem Huber über die Stirn, obwohl die Klimaanlage das Haus so stark runterkühlt, dass der Horvath sich wie in einem Gefrierschrank fühlt. Genauso sieht es seiner Meinung nach auch aus in Wolfis Haus. Alles weiß und aus Materialien, an denen man sich kalte Gliedmaßen und blaue Flecken holt.

»Beweisen hab ich ihm nix können. Aber es is naheliegend, wo mein Marillengarten doch gleich neben seinem liegt. Und dem Berti war die Bio-Linie schon immer ein Dorn im Aug. Ein Nachzügler halt.«

Kommissar Krüger betritt das Atrium und schaut sich

um. Er tippt mit dem Finger auf Erikas überdimensionierten Busen, und der Horvath kann sich ein Lachen nicht verkneifen.

»Da kannst ruhig lachen, aber die Nachfrage regelt das Angebot. Ich mein, ich bin auch kein Grüner, aber die Leut wollen Bio, also kriegen sie Bio. Und wenn die Förderungen passen – umso besser für alle.«

Der Kommissar wirft dem Horvath einen strengen Blick zu. *Bleib bei der Sache, Kollege. Jetzt ja keinen Fehler machen. Der Huber ist unser Hauptverdächtiger.*

»Wo warst du an dem Abend, an dem der Obstbauer vergiftet worden is?«

»Also bist doch beruflich da«, erwidert der Huber und reibt sich das Kinn. »Da war ich von Mittag an beim Partei-Stammtisch. Und bevor du fragst, dafür gibt es zwanzig Zeugen. Außerdem sind ein paar kaputte Marillenbäume, die eh fast nix abwerfen, kein Grund für einen Mord.«

»Die Erika soll ziemlich fertig gewesen sein wegen der Sache.«

»Ihre Augen haben Funken g'sprüht vor Zorn. Aber so sind s' eben, die Frauen. Vor allem mein Spatzi. Immer ist alles ein riesiges Drama.« Der Huber holt eine Vape aus der Hosentasche und nimmt einen langen Zug. Süßer Dampf umhüllt den Horvath. Er legt den Kopf schräg und wartet darauf, dass der Huber weiterredet. »Schau, mir war des alles wurscht. Der Berti hat g'sagt, dass er damit nix zu tun hat, ich hab ihm g'sagt, dass ich ihn zum Eunuchen mach, wenn er mich anlügt, dann haben wir ein Seiterl getrunken, und die Angelegenheit war abgehakt. So wie Männer das halt machen.«

Kommissar Krüger runzelt die Stirn, und der Horvath weiß genau, was er ihm damit zu verstehen geben will. Menschen werden jeden Tag für weniger als ein paar Bäume umgebracht. Und da ist noch immer die Sache mit dem Berti und der Erika, die die Maria in den Raum gestellt hat.

»War die Erika an dem Tag auch beim Partei-Stammtisch?«

Hubers Antwort kommt zögerlich. »Es gibt Angelegenheiten, da will man als Mann auch mal ohne die Gattin unterwegs sein. Außerdem war sie da in einer –«

Diesmal ist es der Huber, der unterbrochen wird.

»Schluss jetzt mit diese Verhör!«, schreit die Erika und kommt mit hochrotem Kopf und wippenden Locken ins Atrium gestürmt. »Der Horvath gar nichts hat herumzuschnuffeln hier.«

Eine seltsame Begrüßung, findet der Horvath, auch wenn die Erika ihm noch nie wegen ihrer Freundlichkeit aufgefallen ist. Bei jedem zufälligen Aufeinandertreffen mit den Hubers hat sie mit dem Fuß auf den Boden getippt und stumm zu verstehen gegeben, wie wenig sie der Begegnung abgewinnen kann.

Erikas kurzes Kleid ist makellos weiß, und ihre Sandalen mit der silbernen Schnalle haben ein Vermögen gekostet, das erkennt sogar der Horvath, der sich, was Mode anbelangt, in einem Paralleluniversum befindet. Erst auf den zweiten Blick entdeckt der Horvath Frau Bierhansl, die Pfarrersköchin, hinter ihr. Daher weht also der Wind, denkt der Horvath. Die Bierhansl macht sich wieder wichtig und hetzt die Leute gegen ihn auf.

»Grüß Sie, Frau Erika«, wendet er sich in Erikas Richtung. Dann an Frau Bierhansl. »Frau Bierhansl, sind S' auf der Suche nach den sieben Todsünden? Hier werden S' sicher fündig.«

Frau Bierhansl fasst sich an ihre Halskette, und der Horvath meint, ein goldenes Kreuz zwischen ihren Fingern zu erkennen. Er beäugt sie ausgiebig. Irgendwas an ihr ist anders, aber der Horvath kommt nicht drauf, was es ist.

»Und jetzt er beleidigt uns auch noch«, empört sich die Erika. Auf ihrer gebotoxten Stirn bilden sich zwei kleine Falten.

»Geh, Spatzi. Des meint der Horvath net so. Des is der hiesige Humor. Des verstehst du net.«

»Was ich nicht daran verstehe, ist, dass ein Möchtegernautor verhört die Leute.«

»Spatzi, des is der Horvath. Der hilft bei den Ermittlungen, weil er sich mit Kriminalfällen auskennt. Sogar die DonauWelt hat g'schrieben –«

»Pah – diese Schmierblatt. Was wäre, wenn er schreibt Arztromane? Dann du würdest lassen ihn deine Blinddarm operieren? Da, wo ich herkomme, so was gibt nicht!«

Der Huber stellt sein Bier ab, müht sich auf die Beine und reibt seiner Frau den Nacken. »Spatzi, da, wo du herkommst, ist alles ein bisserl anders als bei uns in der Wachau.«

»Wie bei den Barbaren«, schimpft die Erika, schiebt Hubers Hand weg und dirigiert Frau Bierhansl hinaus auf die Terrasse. »Wegen Spende für die Kirchenrenovierung ich mich melde morgen bei Ihnen«, hört Horvath sie noch sagen, dann sind beide Frauen ebenso verschwunden wie Hubers Redseligkeit.

»Nun denn«, floskelt er und fährt sich durch das Haar, das im Gegensatz zu dem vom Horvath nicht nur grau, sondern auch schütter geworden ist. »Ich muss dann mal … Wir reden ein anderes Mal.«

Der Horvath verkneift sich die Frage, was er muss, denn viel muss der Huber augenscheinlich nicht mehr, seit er im Lotto gewonnen hat. Was die Frage aufwirft, ob der Schaden, den der Berti vermeintlich in seinem Marillengarten angerichtet hat, ihm wirklich einen Mord wert wäre. Aber jetzt, wo er ein besseres Bild von der Erika hat, weiß der

Horvath, dass er die beiden im Auge behalten muss, denn ganz sauber scheinen sie ihm nicht zu sein.

»Magst nicht der Partei beitreten?«, fragt der Huber auf dem Weg nach draußen, was der Horvath als Zeichen seiner Verlegenheit interpretiert. Er nestelt am Anhänger einer fetten Goldkette herum. Der Horvath meint, eine Gravur von Erikas Porträt darauf zu erkennen, was auch sonst. Mit ihrer allseitigen Gegenwart hat sie ihn markiert wie eine Hündin ihr Revier.

»Ich geh nicht einmal wählen. Außerdem bescheiß ich eh schon das Finanzamt. Wenn ich als politischer Funktionär auch noch das Volk abzieh, wird's nix mehr mit dem Himmel.«

Der Huber stößt ein verlegenes Lachen aus, das eine Reihe blitzblanker Veneers preisgibt. Ein weiteres Mal in dieser Woche wird dem Horvath vor Augen geführt, wie wenig von den Buben übrig ist, mit denen er früher an der Donau am Lagerfeuer gesessen und heimlich das Dosenbier ihrer Väter getrunken hat. Nur er selber hat sich kaum verändert. Er ist noch immer pleite, noch immer ohne Perspektive und noch immer der schrullige Außenseiter, der davon träumt, Geschichten zu schreiben.

Im Wohnzimmer fällt sein Blick auf eine Kommode. Das rote Hundehalsband, das daraufliegt, springt ihm in der weißen Umgebung unweigerlich ins Auge.

»Habts wieder einen Hund?«, fragt der Horvath, greift nach dem Halsband und dreht es zwischen den Fingern hin und her.

Der Huber wirkt überrascht. »Des muss jemand bei uns vergessen haben. Die Erika mag keine Hunde, deswegen hab ich auch die Gina bei meiner Ex gelassen.«

Auf dem ovalen Plättchen, das das Band zusammenhält, ist ein »B« eingraviert. Während der Huber mit dem Aufschieben der Glasfront, die das Atrium von der Terrasse trennt, beschäftigt ist, steckt der Horvath das Band in seine Hosentasche. Eine Vermutung tut sich in ihm auf, aber die muss er auf dem Rückweg zum Auto in Ruhe mit dem Kommissar besprechen.

# 3. Schritt

*Die Marillenernte war nicht üppig, aber das war für mein Vorhaben gar nicht notwendig. Ich nehme vier Marillen aus dem Obstkörbchen. So viele werde ich nicht brauchen, aber sicher ist sicher.*

*Vorsichtig teile ich die Früchte in zwei Hälften und lasse den Kern auf den Schrank fallen. Die Zuckerwürfel liegen ebenso bereit wie meine Spezialzutat.*

*Ein Blick auf die Uhr verrät, dass es bald so weit ist und der Teig verarbeitet werden kann.*

*Meine Finger zittern ein wenig, als ich die Zuckerstücke auf die halbierten Marillen setze. Ich spüre, wie sich Schweiß unter meinen Achseln bildet, denn der kommende Schritt ist der wichtigste. Wie bei allen Spezialzutaten kommt es auf die exakte Menge an, um das Gericht nicht zu verderben.*

\*\*\*

Der Regen kommt in einem Schwall, und der Horvath hat keine Möglichkeit, ihm auf dem Weg zum Auto auszuweichen. Das Wetter in der Wachau ist so wechselhaft und unvorhersehbar wie die Leute, die hier leben. In einem Moment scheint die Sonne, im nächsten kommt der Hagel.

Nass bis auf die Unterhose kommt er beim Chevy an und überlegt, noch einmal bei der Maria anzuklopfen, um sich abzutrocknen.

Der Horvath kramt den Autoschlüssel aus seiner Hosentasche, da hört er Marias Stimme. Es ist nicht seine Absicht, ihr Telefonat zu belauschen, aber die Maria redet so laut am gekippten Küchenfenster, dass der Horvath jedes Wort mühelos versteht. »Ja, das weiß ich … Von mir erfährt er nix … Jaja … Aber du musst mit ihm reden, bevor er es selber herausfindet … Wir sehen uns dann …«

Die Maria legt ihr Handy auf dem Tisch ab und dreht sich vom Fenster weg. Der Horvath drückt sich nahe an die Scheibe, in der Hoffnung, noch irgendwas auf dem Display zu erkennen, was einen Hinweis auf die Person gibt, mit der die Maria telefoniert hat. Vergebens. Aber er entdeckt etwas anderes, was ihm schon längst hätte einfallen sollen. Eine rote Leine an der Sessellehne. Das gleiche Rot wie das des Hundehalsbandes, das in seiner Tasche steckt. *B. Bello.* Marias verschwundener Hund, dessen Halsband er in Hubers Haus gefunden hat. Der Horvath erinnert sich daran, wie oft er den Hund an diesem Halsband von seinem Auto weggezogen hat. Er hat keine Ahnung, was das zu bedeuten hat, aber eines weiß er mit Sicherheit: Die Maria verheimlicht etwas vor ihm, und da ist sie nicht die Einzige.

Seine nassen Oberschenkel klatschen auf den Ledersitz des Chevys, da sieht er ihn. Einen kleinen Zettel, der unter dem Scheibenwischer steckt. Der Horvath steigt wieder aus, streckt sich, hebt den Wischer hoch und zieht den Zettel vorsichtig hervor. Das Papier ist aufgeweicht, die Schrift verschmiert, aber die Worte darauf sind leserlich: »Halte dich aus Angelegenheiten heraus, die dich nichts angehen.«

*Wir kennen diese Schrift*, stellt der Kommissar fest, bevor der Horvath dazu kommt, es selber auszusprechen. In Krügers Blick liegt der Wahnsinn, den der Horvath so an ihm mag. Im Nachhinein ist er froh darüber, den langweiligen Kommissar aus den ersten Kapiteln zu dem gemacht zu haben, was er heute ist, auch wenn ihn die Überarbeitung Tage gekostet hat.

»Ich verwette meinen Chevy, dass der Brief von derselben Person stammt, die dem Berti den Drohbrief geschickt hat«, fügt der Horvath hinzu, setzt sich ins Auto und startet den Motor.

In Krems scheint wieder die Sonne, und brütende Hitze bringt die Ringstraße zum Flimmern. Menschen in Bürokleidung mit aufgekrempelten Ärmeln und Schweißrändern unter den Achseln schleppen sich über den Gehsteig, dazwischen Touristenschwärme mit gezückten Handykameras und Eisstanitzeln.

Im Auto dampft es. Der Horvath kurbelt die Scheibe herunter und streckt den Kopf aus dem Fenster. Wie dumm, dass die Klimaanlage nicht funktioniert, aber das Letzte, wofür der Horvath Geld hat, ist eine Werkstatt.

Er parkt das Auto vor dem Haus und schaut zu seiner Wohnung hinauf. Alle Fenster stehen offen, und er vernimmt Mimis Chant. Die Lautstärke schwillt an, als er sich in den dritten Stock hochgekämpft hat und die Türe öffnet. Er mag es, wenn die Mimi bei ihm ist, aber hin und wieder, so wie jetzt, will er seine Ruhe haben. Er muss seine Gedanken sortieren und ungestört mit dem Kommissar sprechen.

Die Mimi springt ihn an, und der Horvath hat Mühe, sich auf den Beinen zu halten.

»Was hast herausg'funden, Hase?«

Der Horvath stellt die Mimi auf dem Boden ab, greift zur Fernbedienung, die auf der Wohnzimmerkommode liegt, und dreht die Musik leiser. Dann lässt er sich in seinen Fernsehsessel sinken und legt den Kopf zurück. »Der Huber is in Kombination mit der Erika noch dubioser, als er früher war. Und die Maria verheimlicht irgendwas«, fasst er die Ereignisse des Vormittags zusammen. Er ist müde und würde gerne ein Nickerchen machen, aber er sollte sich um das

Manuskript kümmern und den Kommissar von den Toten auferstehen lassen, bevor seine Lektorin es sich mit dem Buch anders überlegt.

»Komm, zieh dich auch aus und tanz ein bisserl mit mir.« Mimi zupft am nassen Hemd vom Horvath, und er fuchtelt mit den Händen, als würde er eine Gelse verjagen.

»Jetzt nicht, Hasi. Ich hab zu tun.«

»Soll ich dir zur Entspannung was vorsingen?«

Horvath schüttelt den Kopf. Eine Stunde Ruhe, nur eine verdammte Stunde Ruhe ist alles, was er sich wünscht. Kein Chant, kein Getanze, keine nackerte Mimi.

»Du, Hase, ich schreib auch ein Buch, hab ich mir 'dacht. Vielleicht was über meinen spirituellen Werdegang oder so.«

»Jaja«, murmelt der Horvath und ist beim Eindösen. Nur ganz am Rande nimmt er Mimis Stimme wahr, gefolgt vom Luftzug, der durch ihre Tanzerei entsteht.

»Vielleicht können wir zusammen ein Buch schreiben. Wär das nicht super? Im Büro sind s' momentan eh so ungut. Nicht einmal meinen Herbsturlaub haben s' bisher genehmigt. Außerdem stört dieses kapitalistische System im Baumarkt meine Aura, sagt der Shaman.«

»Mhm ...«, stöhnt der Horvath im Halbschlaf.

»Apropos. Dein Ex-Chef von der Nachrichten-Redaktion hat am Festnetz ang'rufen und irgendwas von einem Vorstellungsgespräch g'sagt ...«

Schlagartig ist der Horvath hellwach. »Die DonauWelt? Und?«

»Ich hab ihm g'sagt, dass du nicht zurück in die Negativität der Zeitung willst, weil du dich dort eh nie wohlg'fühlt hast und außerdem bald erfolgreich mit deinem zweiten Buch bist.«

Der Horvath springt auf. »Sag bitte, dass du das nicht g'macht hast.«

Die Mimi reißt die Augen auf. »Hab ich was Falsches g'sagt, Hase?«

Der Horvath ist unfähig zu antworten. Er rennt im Kreis, wischt sich abwechselnd den Schweiß von der Stirn und von der Oberlippe. »Der Job bei der DonauWelt wär mein Rettungsanker g'wesen, damit ich net komplett versumpf.«

»Du hast doch selber als Journalist aufg'hört und bist in die Anzeigen-Abteilung g'wechselt. Und dort hat's dir auch net g'fallen, weil du lieber nur noch Bücher schreiben wolltest.«

Der Horvath ist den Tränen nahe. »Ich erzähl dir halt auch net immer alles, Mimi.« Sein tiefer Atemzug ist ein Anlauf auf das, was er der Mimi schon längst hätte gestehen sollen. »Ich bin zum Wechsel in die Anzeigen-Abteilung gezwungen worden, weil s' mich dabei erwischt haben, wie ich während der Arbeitszeit am zweiten Buch gearbeitet hab. Eh nicht viel. Nur drei, vier Kapitel, und nur dann, wenn ich sowieso Kaffee getrunken oder Solitär gespielt hätt. Meine Rückkehr zur Nachrichten-Redaktion wäre eine zweite Chance g'wesen.«

»Ich versteh noch immer net, warum du unbedingt zurück zur Zeitung willst, wenn dein Herz dem Krimischreiben gehört. *Follow your highest excitement*, Hase. Oder will der Verlag jetzt doch keine Bücher mehr von dir?«

Der Horvath rennt in Richtung Schlafzimmer und reißt die Türe auf. »Der Verlag schon, aber sonst keiner.«

Mimi schaut vorsichtig in Horvaths Schlafzimmer, das im letzten Jahr ein Revier war, das sie nicht betreten durfte.

»Machst du deine Packerl gar net auf?«, fragt sie und starrt die ungeöffneten Kartons an, die sich in und um Horvaths Bett bis zur Zimmerdecke stapeln.

»Brauch ich net. Ich weiß ja, was drin ist.«

»Und was?«, fragt die Mimi und zupft mit ihren bunt bemalten Fingernägeln am Klebeband eines Kartons. Sie bohrt ihren Finger durch die Pappe und reißt das Paket auf. »Da ist ein Buch von dir drin, Hase.«

Der Horvath schnauft. »Das ist nicht ein Buch. Das sind ungefähr siebentausend Bücher.«

»Aber warum lagerst du die in deinem Schlafzimmer?«, fragt Mimi, und langsam scheint es ihr zu dämmern. »Du hast die alle selber kauft?«

Der Horvath setzt sich auf das Stück freien Boden und reibt sich das Gesicht.

»Aber Horvath, wir wollten ein Butzi haben in diesem Jahr.«

»Hasi, das sind Bücher, keine Kondome. Ich mach dir ein Kind, versprochen«, kontert der Horvath trotzig, aber er weiß besser als jeder andere, worauf die Mimi hinauswill. Mit den Schulden, die er auf sich genommen hat, kann er bald nicht einmal mehr für sich selber sorgen, geschweige denn für Mimi und ein Kind.

»Von was sollen wir unser Kind ernähren? Von Buchseiten?«

»Bist nicht du diejenige, die vor fünf Minuten das kapitalistische System kritisiert hat und die dauernd allen mit ihrem Selbstverwirklichungsgeschwafel auf die Nerven geht? *Follow your highest excitement. Do not fear the unknown. Love is the answer*«, äfft er die Mimi nach und presst sich in der nächsten Sekunde die Hand auf den Mund. Gerne würde er das Gesagte dorthin zurückschieben, wo es hergekommen ist, aber dafür ist es zu spät.

»Es tut mir leid«, reicht der Horvath wie ein Gegengift hinterher. Er ist schlecht darin, sich zu entschuldigen, und kramt nach weiteren Worten, die der Mimi zeigen sollen, wie falsch es war, sie so anzublaffen. Resigniert lehnt er den

Kopf an die Wand. »Jetzt hast du es offiziell. Ich bin ein fester Trottel.«

Die Mimi setzt sich neben den Horvath. »Aber warum, Hase? Warum machst du so was?«

»Schon als kleiner Bub hab ich davon geträumt, mein eigenes Buch im Buchgeschäft stehen zu sehen. Ich wollt Schriftsteller sein wie nix anderes. Das war mein Leben, Mimi. Nach zehn Jahren Schreiberei nimmt mich endlich ein Verlag, und keine Sau kauft das Buch. Der Krüger wär gefloppt, und nie mehr hätt ich den zweiten Band verlegt bekommen, wenn ich keine Verkaufszahlen geliefert hätt.« Der Horvath war schon lange nicht mehr den Tränen nahe, aber jetzt brennt es gefährlich in seinen Augen, und er muss schlucken, um nicht wie ein kleiner Bub zu schluchzen. »Und jetzt nimmt der Verlag sogar den zweiten Band, und der Erfolg wird mich endgültig in den Ruin treiben. Außerdem hab ich keinen Platz für noch mehr Bücher …«

»Und ich hab 'glaubt, du hast Pornoheftl im Schlafzimmer versteckt.« Zum ersten Mal seit der Horvath sie kennt, klingt die Mimi enttäuscht. »Ich bin mir sicher, du hättest die Bücher alle verkauft, wennst mehr an dich selber geglaubt hättest.«

»Trennst dich jetzt von mir?«

»Nein, du Depp. Im Gegensatz zu dir glaub ich nämlich an dich. Und schau, die Sache hat auch eine gute Seite. Jetzt, wo ich in dein Schlafzimmer darf, können wir endlich im Bett schnackseln. Der Küchentisch knackst eh schon so. Jetzt müssen wir nur noch die Bücher verkaufen.«

Die Mimi hat den Satz noch nicht ganz fertig gesprochen, da fängt der Horvath doch noch zu weinen an.

✳✳✳

Beim Abendessen bringt der Horvath die Mimi und den Shaman auf den aktuellen Stand seiner Ermittlungen. Er ist so dankbar, dass die Mimi ihn nicht verlassen hat, dass er sich vorgenommen hat, den Shaman ein bisschen freundlicher zu behandeln. Vielleicht ist ja doch was dran an dieser ganzen Karma-Sache. Als der aber wie selbstverständlich auf den Chevy zusteuert, mit dem der Horvath und die Mimi zu Fini Blondinis Wohnung fahren wollen, muss er sich ganz schön zusammenreißen. Immerhin trägt er heute eine eigene Hose und hat sich vor dem Verlassen der Wohnung die rituelle Bemalung abgewaschen.

Der Chevy brettert über die Autobahn. Der Motor brummt ungeduldig, und der Horvath hat Sorge, dass er es nicht schaffen wird. Er hat die alte Karre in letzter Zeit ziemlich vernachlässigt. Das überfällige Pickerl, die kaputte Klimaanlage, der Tankdeckel, der sich nicht schließen lässt.

»Ich hab was über Fini Blondini gefunden.« Mimi schiebt ihre Hand zwischen den Sitzen nach vorne und hält dem Horvath das Display ihres Telefons vors Gesicht.

»Mimi, spinnst? Ich seh nix von der Straße!«

Unberührt von Horvaths Geschimpfe gibt sie wieder, was sie vom Bildschirm abliest. »2004 war sie für den Nestroy-Preis nominiert. Seit 2014 ist sie im Wiener Nachtleben unterwegs. Sie hat schon alles gemacht. Strippen, tanzen, Kabarett.« Sie lacht kurz auf. »Sogar Bauchrednerin war sie schon einmal. Das war früher mein Traumberuf.«

»Das haben deine Eltern sicher leiwand g'funden. So wie ich sie kenn, haben sie –«

»Du kennst ihre Eltern?«, unterbricht der Horvath den Guru und sucht dann Mimis Blick im Rückspiegel. »Der Shaman hat deine Eltern kennengelernt?«

»Nur flüchtig«, schmettert sie seine Fragen ab. »Willst gar nicht wissen, wo ich diese Informationen herhab?«

Eigentlich will der Horvath lieber wissen, warum der Guru Mimis Eltern kennenlernen durfte, während er nicht einmal ein Foto von ihnen zu sehen bekommen hat. »Doch«, erwidert er missmutig, obwohl ihm Fini Blondini in diesem Moment egal ist. Er will sich nicht anmerken lassen, wie eifersüchtig er ist.

»Auf Reddit.«

»Und was ist das? Eine von euren Hokuspokusseiten?«

»Eine soziale Nachrichtenseite. Dort findet man alles, was man sonst vergeblich im Internet sucht. Fini scheint einen Fanboy zu haben, der eifrig Einträge über sie erstellt. Allerdings liegt der letzte Beitrag schon zwei Jahre zurück.«

»Wenn wir Fini Blondini nicht daheim antreffen, könnten wir es in einem dieser Etablissements probieren«, wirft der Shaman ein und macht damit nichts besser. Mimi verheimlicht etwas vor ihm, und ihm graut vor der Vorstellung, seine eigene Freundin und deren Eltern bespitzeln zu müssen.

Beleidigt dreht der Horvath das Autoradio lauter. Seinen ganzen Frust lässt er am Gaspedal aus, prescht mit hundertvierzig Kilometern pro Stunde an allen vorbei, dass der Innenraum des Chevys wie eine alte Waschmaschine scheppert.

Laut zentralem Melderegister wohnt Fini Blondini in der Nähe vom Wiener Prater. Der Horvath parkt das Auto etwas abseits von ihrem Wohnblock und muss sich vor dem Aussteigen den Schweiß von der Stirn wischen. Auch ein Ermittler stößt irgendwann an seine Grenzen. Ein inhaftierter Bruder, eine Schwägerin, die Informationen zurückhält und ihm an den Samen will, dazu sein eigenes offengelegtes Geheimnis. Der fünfzigminütige spirituelle Small Talk, den die Mimi und der Shaman während der Fahrt abgehalten haben, hat dem Horvath den Rest gegeben. Sogar der Kommissar hat sich irgendwann auf Höhe Wienerwald auf dem

Rücksitz in Luft aufgelöst. Gerade rechtzeitig bevor der Horvath, der Shaman und die Mimi Fini Blondinis Wohnblock erreichen, taucht Kommissar Krüger wieder auf, und der Horvath schlägt sofort einen energischen Ton an. »Ihr haltet euch zurück. So was wie beim Friseur will ich nimma erleben mit euch.«

Der Horvath mustert sich in der dreckigen Glastüre der Telefonzelle. Er sieht gut aus mit seiner schwarzen Hose und der Lederjacke. Hätte es zehn Grad weniger, würde er sich richtig wohlfühlen in der neuen Dienstmontur.

»Shaman, wo is die Pizzaschachtel?«

»Da«, sagt die Mimi, holt die leere Pizzaschachtel aus ihrem Rucksack und drückt sie dem Shaman in die Hand.

»Das Kapperl nicht vergessen.«

»Muss ich das wirklich aufsetzen?«, beklagt sich der Shaman, aber der Horvath lässt nicht mit sich diskutieren und zieht es ihm über die Glatze.

Vor der Türe sticht dem Horvath sofort die Videokamera ins Auge. Damit hat er gerechnet, und er ist vorbereitet. Er überfliegt die Namensschilder neben den Klingelknöpfen und wird sofort fündig. »Fini P.«

»Mimi, du gehst auf deine Position und behältst das Haus im Blick. Shaman, du klingelst jetzt bei den ersten fünf Leuten. Sobald einer aufmacht, geh ich rein und klopf bei der guten Frau. Alles Weitere wie besprochen.«

»Warum läutest du nicht gleich bei Fini Blondini?«, fragt die Mimi.

»Überraschungseffekt«, erklärt der Horvath. »Damit kriegt man die Leut am besten.«

Die Mimi und der Shaman nicken, und Kommissar Krüger zieht anerkennend die Augenbrauen hoch.

Der Horvath platziert sich etwas abseits der Haustüre, und der Shaman drückt den ersten Klingelknopf. Gespannt wartet der Horvath, aber niemand meldet sich. »Weiter!«, weist er den Shaman mit einer Handbewegung an, und der läutet beim nächsten Bewohner.

»Jo?«

»Isch bringe die Pizza, welsche Sie haben bestellt«, erwidert der Shaman mit französischem Akzent.

»Schleich dich«, knarrt die Stimme durch die Gegensprechanlage.

Der Horvath schlägt sich mit der flachen Hand auf die Stirn. »In Wien gibt's keinen französischen Pizzalieferanten, du Trottel«, schimpft er und spürt, wie ihm der Schweiß über den Hals rinnt. »Wir sind net im Schmierentheater. Red normal!«

»Ja bitte?«, meldet sich der nächste Hausbewohner.

»Jemand hat bestellt Pizza. Können Sie aufmachen die Türe?«

»I hob nix bestellt. Friss dei Pizza selber, Wappler.«

Dem Horvath reicht es. Alles muss man selber machen, wenn man mit Amateuren im Einsatz ist.

»Geh rüber zur Mimi«, instruiert der Horvath den Shaman und schiebt ihn zur Seite. Er liest die Namen der Bewohner und fasst den Entschluss, es beim Hausmeister zu probieren.

»Ja?«, meldet sich eine dumpfe Männerstimme.

»Kommissar Krüger. Lassen Sie mich bitte ins Haus.«

»Können S' sich ausweisen?«

Der Horvath schaut zur Kamera hoch, auf der ein rotes Lämpchen blinkt. Kurz entschlossen zieht er die Geldbörse aus der Jackentasche und hält seine e-card vor die Linse.

»Kommen S' rein, Herr Kommissar«, knattert die Stimme des Hausmeisters, begleitet vom Summen des Türöffners.

Der Horvath verliert keine Zeit und verschafft sich Zugang zum Treppenhaus. Drinnen ist es kühl, und er genehmigt sich eine Minute, um durchzuatmen. Einen Lift sucht er vergeblich, also kämpft er sich Etage für Etage hoch, bis er vor Fini Blondinis Türe steht und anläutet. Nichts rührt sich, zumindest im ersten Moment. Dann vernimmt der Horvath ein kaum merkliches Trippeln, gefolgt vom Quietschen einer Türe. Jemand ist da, aber er gibt sich Mühe, den Eindruck zu erwecken, als wäre niemand daheim. Ob Fini Blondini ihn schon vom Fenster aus gesehen hat und alarmiert ist? Verdammt, genau das wollte er vermeiden.

Der Horvath legt das Ohr an die Türe. Nichts. Es ist Zeit, zu Plan B überzugehen.

Demonstrativ laut stampft er die Treppe hinunter und verlässt das Haus. Mimi kommt auf ihn zu, aber er bedeutet ihr mit Gesten und Grimassen, ihm fernzubleiben, und holt sein Handy aus der Jackentasche.

»Hasi«, flüstert er ins Telefon. »Ich tu jetzt so, als würd ich weggehen, umrunde einmal das Haus und nehme dann wieder Position ein. Du bleibst, wo du bist, schaltest dein Stirn-Chakra ein und behältst alles im dritten Auge.«

»War die Fini nicht daheim?«, will die Mimi wissen.

»Das erzähl ich dir später. Wo ist der Shaman?«

»Ist der nicht bei dir? Er hat sich Sorgen um dich g'macht und is direkt nach dir ins Haus 'gangen …«

Der Horvath drückt Mimis Anruf weg, dreht sich um und rennt fluchend zurück zum Haus. »Immer Ärger mit dem glatzerten Guru«, schimpft er.

Diesmal hat der Horvath Glück und kann sich hinter einer Frau mit Kinderwagen ins Haus drängen. Er wartet, bis sie das Kind aus dem Wagen geholt hat und hinter ihrer Wohnungstüre verschwunden ist, dann lauscht er.

»Horvath? Hat s' dich eing'sperrt?«, hört Horvath ein Flüstern von oben, dann geht alles ganz schnell. Eine Türe schlägt zu, gefolgt von einem Aufschrei und einem dumpfen

Rumpeln. Bevor der Horvath begreift, was passiert, stürmt eine barfüßige Blondine mit roten Stöckelschuhen in der Hand die Treppe herunter und stößt ihn zur Seite. Horvath verliert das Gleichgewicht und fällt rücklings in den Kinderwagen, den die Frau vorhin neben ihm abgestellt hat. Seine Bandscheiben melden sich sofort. Nur mühselig kommt er wieder auf die Beine, aber die hochgewachsene Blondine ist aus dem Haus, und die Türe fällt hinter ihr ins Schloss. Horvath zerrt an der Türklinke und macht einen wackeligen Schritt nach draußen. Sie ist weg, während die Mimi unbedarft mit dem Rücken zu ihm auf der Grünfläche sitzt und einem Hund den Kopf krault.

Obwohl der Horvath stinksauer auf die Mimi und vor allem auf den Shaman ist, kehrt er zurück ins Haus und rennt die Treppe hoch. Der Shaman liegt vor Fini Blondinis Türe. Sein Oberkörper ist seltsam verdreht, und der Horvath rechnet mit dem Schlimmsten, was sich auch bewahrheitet. Der Shaman ist wohlauf, abgesehen von einer Beule und einer ausgekugelten Schulter, die ihm der Horvath am Treppengeländer wieder einrenkt. So schnell scheint er den Guru nicht loszuwerden.

Die Etablissements aufzusuchen, die auf Reddit mit Fini Blondini in Verbindung gebracht wurden, war zumindest ein Versuch, wenn auch kein erfolgreicher. Die Disco hatte heute geschlossen, aus der Strip-Bar ist eine Dönerbude geworden, und das Lokal, vor dem sie aktuell stehen, erweist sich als Travestieclub.

»Dafür hab ich einen halben Tank verfahren«, beschwert sich der Horvath. Das rot blinkende Licht der LED-Anzeige über dem Eingang des Clubs spiegelt sich in seinen Augen wider. »Welcome to the 90s«, prangt an der Türe, durch die im Intervall schrill gekleidete Menschen drängen.

»Sollen wir nicht doch reingehen?«, fragt die Mimi und tänzelt zur Musik, die aus dem Inneren des Lokals dringt. Neunziger-Jahre-Hits. Damit kann man den Horvath jagen. Nach so einem Fiasko sind die Spice Girls und Britney Spears das Letzte, was er noch braucht.

»Das ist ein Travestieclub. Du weißt schon, was das ist, oder?«

Die Mimi zuckt mit den Schultern. »Na und?«

»Der ominöse Informant hat falschgelegen. Vielleicht war der Club früher eine Go-go-Bar, aber heute stehen da offensichtlich nur Männer in Frauenkleidern auf der Bühne.« Er macht kehrt und steuert in Richtung Auto. Ihm brummt der Kopf, und sein Rücken schmerzt vom Sturz. Auch der Shaman wirkt angeschlagen. Wie ein Greis schlurft er hinter ihm zum Chevy und sinkt auf den Beifahrersitz.


»Horvath, ich verdank dir mein Leben«, wiederholt der Shaman schon zum fünften Mal, seit sie wieder im Auto sitzen und auf der Heimfahrt nach Krems sind.

Der Horvath will davon nichts hören. Er will überhaupt nichts hören. So schlecht gelaunt war er seit seiner Ehe mit der Helga nicht mehr. Er dreht das Autoradio lauter, aber die Stimme vom Guru übertönt sogar Shakira.

»Bruder, ich schulde dir was. Wennst magst, halte ich eine Ayahuasca-Zeremonie für dich ab.«

»Aya… was?«, fragt der Horvath, obwohl er es gar nicht wissen will, und bremst vor einer roten Ampel scharf ab.

»Eine Ayahuasca-Zeremonie. Dabei braut dir dein Stammesoberhaupt einen Trank, der deinen Körper inmitten der Gruppe entleert und dich von Giften und negativen Glaubenssätzen befreit …«

»Ich hab dir die Schulter gerichtet, und zum Dank darf

ich neben dir speiben?« Der Horvath zeigt dem Shaman den Vogel und tritt das Gaspedal durch, als die Ampel auf Grün umschaltet. »So was machts gefälligst nicht in meiner Wohnung.«

Sofort bremst der Horvath wieder ab und reißt das Lenkrad rechts herum.

»Hase, was ist denn?«, schreit die Mimi, die auf der Rückbank herumgeschleudert wird. Aber der Horvath hat keine Zeit zum Antworten. Er stößt die Türe auf und springt aus dem Chevy.

»Hase!«, schreit die Mimi wieder. »Ist dir schlecht geworden?«

Der Horvath steht vor der Straßenlaterne und starrt auf den Zettel, der dort klebt. »Vermisst«, steht in Großbuchstaben über dem Foto einer Frau, die ihm mehr als bekannt vorkommt.

＊＊＊

Der Shaman und die Mimi sind auf der Heimfahrt eingeschlafen. Das gibt dem Horvath die Möglichkeit, in Ruhe über die Vermisstenmeldung nachzudenken. Er wirft einen Blick auf Shamans Schoß, wo der Zettel liegt.

»Wo ist Josefine Pokorny? 1,60 Meter, hellblondes Haar, blaue Augen. Um Hinweise wird gebeten.«

Scharfsinnig, wie der Horvath ist, hat er schon im Treppenhaus begriffen, dass die Frau mit den Stöckelschuhen, die dem Shaman eins übergezogen hat, nicht Fini Blondini gewesen sein kann. Die Blondine, von der der Horvath leider nicht viel mehr gesehen hat als lange Beine, war eine andere. Es schwarz auf weiß zu lesen weckt seinen Ehrgeiz. Er erinnert sich an Margaretes Erzählung, an die blonde Frau, die sich nachts zu Berti ins Haus geschlichen hat.

*Dann hat sie sich den Kopf oben am Türstock ang'haut
und vulgär g'schimpft.*

Mit ihrer Größe hätte Fini Blondini sich nicht den Kopf
im Türrahmen oben anstoßen können, nicht einmal in Stöckelschuhen. Der Horvath schließt nicht aus, dass der Berti
eine Affäre mit Fini Blondini hatte, aber die mysteriöse Frau
von heute Abend hat in seinem Leben eine mindestens genauso große Rolle gespielt. Vielleicht hat der Berti diese Frau
mit Fini betrogen oder andersherum. Aber was hat diese
Frau in Fini Blondinis Wohnung zu suchen, und warum
hat sie dem Shaman eine über den Schädel gehaut und ist
davongerannt? Die Frage, die den Horvath am meisten beschäftigt, als sie die Kremser Innenstadt erreichen, ist jedoch
eine andere. Wo zum Teufel steckt Fini Blondini?

Dass die Mimi von den Büchern in Horvaths Schlafzimmer
weiß, hat tatsächlich etwas Gutes. Jetzt muss er sich mit
ihr nicht mehr die schmale Couch zum Schlafen teilen. Der
Horvath hat einen Teil der Schachteln vom Bett in die Küche
geräumt, und die Mimi schnarcht im Schlafzimmer vor sich
hin. Eine Weile steht der Horvath in der Türe und beobachtet
ihre zuckenden Augenlider, die von roten Strähnen umspielt
werden. Der Huber hat recht. Er hat wirklich Glück mit ihr.

Bei ihrem ersten richtigen Date wollte sie einfach nur mit
ihm an der Donau sitzen, und das, obwohl es Minusgrade
hatte. Kein teures Restaurant, kein stumm eingeforderter,
überteuerter Blumenstrauß, der vier Tage später sowieso in
seinem stinkenden Wasser verfault wäre. Einfach nur er und
diese verrückte Rothaarige, die ihm mit ihrem Dauergerede
sofort den Kopf verdreht hat. Die vegane Ernährung und
der in die Beziehung eingeschleuste Guru waren die un-
erwünschten Nebenwirkungen einer heilsamen Medizin,
die sein Leben gerettet hat.

Es ist nicht ganz Mitternacht. Der Horvath setzt sich an den Küchentisch und klappt seinen Laptop auf. Er loggt sich bei seinem Kommissar-Krüger-Facebook-Account ein. Die Suche nach Fini Blondini schlägt ebenso fehl wie die nach Josefine Pokorny. Der Horvath ruft das Konto vom toten Obstbauern auf und betrachtet sein Profilbild. Zwanzig Likes hat er für die schlechte Aufnahme, die den Fokus auf seine glänzende Halbglatze legt, bekommen. Der Horvath klickt auf die Herzen und scrollt durch die Liste derer, denen das Foto gefallen hat. Er hält inne und geht mit dem Kopf näher an den Bildschirm heran. Fini Blondini ist eine Frau, die er mühelos überall wiedererkennen würde, egal, wie groß die Sonnenbrille ist, und selbst dann, wenn sie sich auf Facebook augenscheinlich Josy Vienna nennt. Der Horvath geht auf ihr Profil und runzelt die Stirn. In ihrer Timeline prangt die gleiche Vermisstenanzeige, wie sie in Papierform neben ihm auf dem Tisch liegt, gepostet und markiert von einer Frau namens Elfi Höllmüller.

Ohne lange zu überlegen, schreibt der Horvath eine Nachricht an Elfi in den Chat und hält den Atem an, als er sieht, dass Elfi prompt eine Antwort tippt.

*Kennst du Josefine, oder bist du nur ein Neugieriger, Krüger?*

*Ich bin daran interessiert, sie zu finden. Wir haben einen gemeinsamen Freund, den Berti. Bist du ihre Schwester?*

*Ich kenn keinen Berti. Nein, ich bin eine ehemalige Kollegin. Josefine hat keine Verwandten in Wien.*

*Warst du bei der Polizei?*

*Ja, aber die tun nix. Sie sagen, die Josefine ist alt genug, um zu entscheiden, ein paar Tage von der Bildfläche zu verschwinden, aber ich weiß, dass etwas nicht stimmt.*

*Und warum glaubst du, dass etwas nicht stimmt?*

*Die Josefine hat ein Casting beim ORF sausen lassen, zu dem wir gemeinsam wollten, und das, obwohl sie seit einem halben Jahr von nix anderem mehr geredet hat.*

*Die Josefine hat eine Freundin. Modelmaße. Mindestens 1,87 Meter groß, blonde Haare, üppige Oberweite. Sagt dir die Beschreibung was?*

*Wir haben keine gemeinsamen Bekannten. Ich kenn nur die Josefine. Über ihr Privatleben lässt sie nicht viel raus.*

*Dann hat sie auch nie den Berti erwähnt?*

*Der Name sagt mir nichts, das hab dir ja schon geschrieben.*

Der Horvath schließt den Chat ohne Verabschiedung. Elfi ist keine Hilfe, aber er wird ihr Profil im Auge behalten, für den Fall, dass sich etwas tut. Seine Augen brennen vor Müdigkeit, und sein Magen knurrt. Er hat den ganzen Tag nichts Ordentliches gegessen und quält sich aus dem Sessel, um in seiner Küche nach etwas Essbarem zu suchen. Im Kühlschrank findet er ein Stück Pizza vom Vortag, und auf der Anrichte liegen ein paar Paradeiser und Pilze, die er darauflegt, bevor er sich das Ganze in den Mund schiebt. Er hatte schon schmackhaftere Mahlzeiten, aber alles ist besser, als hungrig schlafen zu gehen.

Bevor er den Laptop ausschaltet, scrollt er noch einmal durch Fini Blondinis Profil mit den nichtssagenden Postings. Memes, geteilte Zeitungsartikel über aktuelles Geschehen, Katzenfotos, Sinnsprüche.

Der Horvath klappt gerade den Laptop zu, als die Mimi in die Küche kommt.

»Hase, onanierst du?«

»Ich arbeite.«

»Bei den Füßen steht noch eine Schachtel, bei der ich mir immer die Zehen anhaue. Kannst du sie …?«

Der Horvath steht auf, und ihm wird etwas schwindelig. Er hält sich am Tisch fest und zieht scharf die Luft ein.

»Hase, ich wollt mich bei dir entschuldigen. Ich …«

Der Raum schwankt, und ihm ist, als würde jemand an Mimis Lautstärkeregler drehen. In der einen Sekunde dröhnt ihre Stimme laut durch die Küche, in der nächsten ist sie auf stumm geschaltet.

»Ich hab ein bisserl … utschibutschi … über die Blondine, die den Shaman … der fliegende Hund … utschibutschi …«

Mimis Gesicht wölbt und verzerrt sich wie in einem Spiegelkabinett, und ihre kleinen Brüste rotieren wie Kreisel.

Der Horvath reibt sich über den schweißnassen Haaransatz und zwinkert. »Du, Mimi, ich hör, dass du was sagst, aber ich versteh nix davon … Ich glaub, ich hab einen Schlaganfall.«

Obwohl die Mimi auf die Größe eines Zündholzes geschrumpft ist und auf einer Marille im Obstkorb sitzt, spürt er gleichzeitig ihre Hände auf seiner Stirn.

»Hase, hast du Fieber?«

Der Horvath will etwas erwidern, aber die Mimi zieht

ihm die Zunge aus dem Mund, rollt sie wie ein Band in der Küche aus, und der Horvath bekommt kein Wort heraus.

»Horvath«, hört er die Mimi deutlicher, nachdem sie ihn gemeinsam mit Fini Blondini, dem toten Berti, dem Shaman und dem Kommissar auf die Couch verfrachtet hat. »Hast du was von den Pilzen gegessen?«

Der Horvath nickt und spürt Gefühle auf sich zurollen, die er nicht identifizieren kann.

»Geh, Hase. Das waren die zeremoniellen Pilze vom Shaman. Die hättest lieber nicht essen sollen.«

»Wenn in meiner Küche Schwammerl liegen, dann ess ich davon so viel, wie ich will«, möchte der Horvath erwidern, doch stattdessen stimmt er einen Chant an und beginnt, sich auszuziehen.

»Hase, willst ein Butzi machen?«

»Nein«, erwidert der Horvath und ist nicht sicher, ob er es sagt oder es sich nur denkt. »Ich will nach Langenlois fahren und dem glatzerten Guru die Schulter wieder auskugeln.«

\* \* \*

Natürlich hat der Horvath dem Shaman nicht die Schulter ausgekugelt, sondern die erste Nachthälfte getanzt und die zweite Nachthälfte über der Kloschüssel gehangen. Nach einer Kanne Kaffee und ein paar Stunden Schlaf ist er allmählich wieder der Alte, und auch der Kommissar hat sich zurück zum Dienst gemeldet.

Der Horvath blättert in seinem Notizbuch und plant seine nächsten Schritte. Marias mysteriöses Telefonat, der Huber und seine Frau und Fini Blondinis Verschwinden stehen auf seiner Prioritätenliste ganz oben. Als der Briefträger kommt und ihm einen RSa-Brief zustellt, wünscht sich der Horvath zunächst zurück auf seinen Psychotrip. Das Arbeitsamt hat ihm das Stempelgeld gesperrt. Bleibt nur zu hoffen, dass der Verlag bald einen Vorschuss für den nächsten Kommissar-Krüger-Band zahlt, sonst muss er die Mimi um Geld anhauen, und das ist das Letzte, was er tun möchte.

Ein Anruf reißt den Horvath aus seiner Lethargie.

»Servas, Maria.«

»Horvath, du musst kommen. Ich glaub, ich hab den Bello g'funden.«

»Wo?«, fragt der Horvath, aber die Maria bekommt keine Antwort heraus. »Ich bin unterwegs«, beruhigt er seine weinende Schwägerin, zieht sich Hemd, Hose und Schuhe an und rennt zum Auto.

Die Maria wartet in der Einfahrt. In ihren Händen hält sie etwas, das der Horvath beim Näherkommen als Fernglas identifiziert. Er steigt aus dem Auto, und seine Schwägerin kommt auf ihn zugerannt.

»Gott sei Dank bist du da.« Sie drückt dem Horvath, der sich, noch etwas angeschlagen von den Psychopilzen, nicht sofort auskennt, das Fernglas in die Hand. »Da oben«, sagt sie und deutet auf eine Stelle im Weingarten. »Siehst den braunen Fleck? Ich glaub, das ist das Fell vom Bello.«

Der Horvath braucht ein paar Minuten, bis er kapiert, was die Maria meint.

»Ich schau nach«, erwidert er entschieden, krempelt die Hose rauf und steigt die erste Terrasse hoch. Zum Glück ist es heute bewölkt, und kühler Westwind macht die unfreiwillige Wanderung etwas leichter. Trotzdem kommt der Horvath ins Schwitzen und keucht, als er die Terrasse erreicht, auf der er aus der Ferne das Fellbüschel ausmachen konnte. Das Gras ist an dieser Stelle kniehoch, und der Horvath kämpft sich hinüber auf die andere Seite, ohne zu wissen, was ihn dort erwartet.

Von hier oben hat man einen weiten Ausblick über das Donautal. Ein Dampfer schippert vorbei, und am anderen Ufer des Flusses sitzen Camper um ein Lagerfeuer herum. Die Donau hat die Farbe der angrenzenden Weiden angenommen und wälzt sich behäbig dahin. Wenn man sie so sieht, ist es kaum zu glauben, dass sie die Kraft aufbringen kann, Dörfer zu fluten und Kiesbänke zu verschieben.

Er riecht den Hund, bevor er ihn entdeckt, und presst sich eine Hand auf Mund und Nase. Vorsichtig nähert er sich dem Tier und geht vor ihm in die Hocke. Er hat schon oft über den Tod geschrieben, aber ihn direkt vor Augen zu haben ist etwas anderes und beschert dem Horvath ein seltsames Unbehagen. Der Hund scheint schon ein paar Tage hier zu liegen. Sein Fell ist verklebt, sein Maul leicht geöffnet, und kleine Fliegen kreisen um ihn. Der Körper scheint, abgesehen vom einsetzenden Verwesungsprozess, unversehrt. Keine Verletzungen, keine Knochenbrüche. Nur das eingetrocknete Rinnsal aus Blut neben seinem Kopf, das in eine Lache aus Erbrochenem mündet, gibt Aufschluss darüber, dass der Hund nicht einfach umgefallen und gestorben ist. Und da ist noch etwas, das dem Horvath wie ein Dorn ins Auge sticht: ein Marillenkern, der zwischen den Zähnen des Tieres steckt.

Es gibt Ermittlungsfortschritte, die einen ganzen Fall von Grund auf auf den Kopf stellen. Der tote Hund ist einer davon.

»Ist es der Bello, der da oben liegt?«, fragt die Maria aufgewühlt, und der Horvath kann nicht anders, als den Kopf zu schütteln, als er außer Atem auf Marias Grundstück zurückkehrt.

»Es ist ein junges Reh«, lügt er.

Taumelnd folgt sie ihm in den Hof. »Kannst du nicht

irgendwas machen, dass der Rudi endlich aus dem Gefängnis kommt? Ich dreh noch durch ganz allein in diesem Haus«, jammert sie. »Und jetzt auch noch ohne den Bello.«

Die Maria fängt wieder zu weinen an, und der Horvath weiß nicht, ob vor Erleichterung oder aus Sorge um den Hund. Wie auch immer. In jedem Fall liegt sie falsch, denn dem Hund ist nicht mehr zu helfen. Ganz im Gegensatz zum Rudi, der nach dieser aktuellen Wendung im Gefängnis am besten aufgehoben ist, was er der Maria im Augenblick aber noch nicht sagen kann.

»Machst uns einen Kaffee? Ich kümmere mich einstweilen darum, dass das Reh weggebracht wird.«

Die Maria nickt. »Apropos«, sagt sie dann, »morgen ist die Verabschiedung vom Berti. Sein Leichnam ist zwar noch nicht freigegeben, aber die Margarete will zumindest eine symbolische Verabschiedung. Hast das eh nicht vergessen?«

»Natürlich hab ich das net vergessen«, lügt der Horvath schon zum zweiten Mal an diesem Tag.

Er überlegt zunächst, wie er der Verabschiedung am besten ausweichen kann, dann flackert die Erkenntnis in ihm auf, dass sich wahrscheinlich auch Bertis Mörder unter die Trauernden mischen wird.

Der Horvath zückt schon sein Handy, da fällt ihm etwas ein. »Maria!«, ruft er seiner Schwägerin, die schon fast durch die Türe ist, hinterher. »Mit wem hast du gestern telefoniert, als ich meinen Chevy geholt hab?«

Marias Pupillen weiten sich, und ihre Mundwinkel zucken nervös, ehe sie eine Antwort hervorpresst, die so falsch ist wie ihr Busen, den sie sich für den Rudi vergrößern hat lassen. »Ach so, das war eine Freundin. Es ist um den Bello und den Rudi gegangen, der noch nix von seinem Verschwinden weiß. Das würd ihn nur noch zusätzlich fertigmachen.«

»Mhm«, murmelt der Horvath und wirft einen Seitenblick auf den Holzstapel neben dem Eingang, auf dem Maria ihr Handy abgelegt hat. Die Maria hat schon mal besser gelogen, denn jeder weiß, dass dem Rudi der Hund komplett egal ist, aber der Horvath setzt ein falsches Lächeln auf und nickt. »Das is sicher besser so.«

Er wartet, bis er hört, wie die Maria mit der Kaffeemaschine zugange ist, dann tritt er an den Holzstoß, wischt mit dem Finger über das Display von Marias Telefon und scrollt durch die Anrufliste. Bingo. Der Horvath kann sich nicht genau an die Zeit erinnern, wann er vor ihrem Küchenfenster gestanden ist, aber das ist auch egal, denn die einzige Person, mit der sie gestern telefoniert hat – abgesehen von ihm selber –, war die Margarete, Bertis Mutter.

Schnell schießt der Horvath ein Beweisfoto von der Anrufliste, dann scrollt er durch seine eigenen Kontakte und wählt Shamans Nummer.

»Servas«, begrüßt er den Guru. »Du kannst dich für die eingerenkte Schulter revanchieren. In zwanzig Minuten bin ich bei dir und hol dich ab. Halt einen Spaten bereit.«

# 4. Schritt

*Die scharfe Klinge des Messers gleitet durch den Teig. Fünf Millimeter dick sollen die Scheiben sein. Stolz betrachte ich mein Werk. Bis jetzt könnte es nicht besser laufen.*

*Ich lege das erste Stück Topfenteig in meine Handfläche und setze eine Marille darauf. Vorsichtig schlage ich die Enden über die Frucht und drücke sie zusammen. Der erste Knödel ist nicht so schön rund, wie ich ihn mir vorgestellt habe, aber ich habe ja noch ein paar weitere Versuche.*

*Summend drücke ich die Play-Taste des CD-Radios. Erneut beginnt das Orchester, den »Donauwalzer« zu spielen. Bisher habe ich die Feierlichkeit des Stücks mit dem Jahreswechsel verbunden, aber von jetzt an ist das Lied meine ganz eigene Hymne. Eine Hymne der Gerechtigkeit, der Buße und des Todes.*

\*\*\*

Der Shaman ist nicht Horvaths erste Wahl, wenn es darum geht, über seine Ermittlungen zu sprechen, aber der Guru entpuppt sich als scharfsinniger Zuhörer und ist das Gegenteil von Mimi, die kopfschüttelnd auf der Rückbank sitzt.

»Ich versteh nicht, warum jemand den Bello vergiften wollte«, ruft sie, nachdem der Horvath alles erklärt hat. Sie hat sich nicht davon abbringen lassen, den Horvath und den Shaman zur Bestattung des Hundes zu begleiten, aber immerhin konnte der Horvath sie davon überzeugen, der Maria vorerst nichts vom toten Bello zu erzählen.

»Hasi, niemand hatte es auf den Bello abgesehen. Der, der

dem Berti den vergifteten Marillenknödel serviert hat, hat das Gleiche auch mit dem Rudi vorgehabt, aber der Bello kam ihm zuvor und hat den Knödel g'fressen.«

»Das heißt, der Kommissar sucht jetzt nicht nur nach einer Person, die ein Motiv hatte, den Berti umzubringen, sondern auch nach jemandem, der ein Motiv hat, den Rudi umzubringen«, ergänzt der Shaman, und es schmeichelt dem Horvath, wie schnell der Guru von ihm gelernt hat.

»Ganz genau«, lobt er und klatscht ihm auf den dreckigen Oberschenkel. Er ist dankbar, dass der Guru den Hund im Wald begraben hat und er es nicht selber erledigen musste.

»Und die Speibe und der Marillenkern im Sackerl sind wofür gedacht? Soll der Shaman auspendeln, ob wirklich Rattengift drin ist?« Die Mimi hebt ein Sackerl mit bräunlichen Klumpen hoch.

»Das bekommt der Rainer, der Forensiker, der mir bei der Recherche zu meinen Büchern hilft. Zu dem fahren wir jetzt. Er schuldet mir noch was für einen Artikel in der DonauWelt.«

»Warum bringen wir ihm net den ganzen Bello?«

»So groß war der Artikel auch nicht, aber für das Erbrochene vom Bello reicht es.«

Der Horvath erntet einen stolzen Blick von Kommissar Krüger im Rückspiegel. Während der Shaman sich um den Hund und die Mimi sich um die Maria gekümmert hat, hat er ein Telefonat mit dem Forensiker geführt und alles in die Wege geleitet. Wenn alles nach Plan läuft, erhält er in den kommenden Tagen die Laborergebnisse. Diese Ergebnisse werden nicht mehr als eine Untermauerung dessen sein, was der Horvath ohnehin schon weiß. In seinem Kopf fliegen die Gedanken wie ein Blätterwirbel herum. Der vergiftete Marillenknödel. Der tote Obstbauer. Fini Blondini. Die große

Blonde. Der Huber. Die Erika. Marias seltsames Telefonat mit Margarete. Der Hund. Irgendwo liegt die Verbindung zwischen all diesen Personen und Ereignissen verschüttet. Er muss nur tief genug wühlen, um sie aufzuspüren.

»Die Maria hat eine wirklich starke Aura«, schwärmt der Shaman. »Ich würd wahnsinnig gern einmal in ihre Seele reisen.«

»Verreis, wohin du willst, aber solange die Maria mit meinem Bruder verheiratet is, sind die Grenzen für dich geschlossen. Feindliches Gebiet, verstehst? Das Gleiche gilt übrigens für die Mimi.«

»Seit wann nimmst denn den Rudi so in Schutz, Hase?«

Über diese Frage muss der Horvath ein paar Minuten nachdenken, während er den Chevy durch die St. Pöltner Innenstadt jagt.

Der Rudi war schon immer der wunde Punkt im Leben vom Horvath. Und das liegt nicht daran, dass er nach dem Tod der Eltern alles geerbt hat. Das Haus, die Möbel, die Traktoren, den Weingarten. Der Horvath hat lange geglaubt, seine Antipathie läge an dieser Ungerechtigkeit, bis er eines Tages draufgekommen ist, dass der Rudi in seinem Inneren auch nur ein armer Trottel ist wie er selbst. Auch die Mutter samt ihren Depressionen und den Alkohol- und Männergeschichten konnte nichts dafür. Wenn der Horvath jemanden hassen sollte, dann seinen Vater und den Krebs, der ihn mit vierzig dahingerafft hat. Genau da hat Horvaths Misere nämlich angefangen.

Sein Vater war ein guter Kerl, ein Arbeitsviech. Großzügig, ein wenig planlos, und er trug nie etwas anderes als seinen dunkelblauen Arbeitsoverall. Dass er eines Tages nach jeder Mahlzeit aufs Klo rannte, führten der Rudi und er zunächst auf die Kochkünste ihrer Mutter zurück. Damals hat sie wenigstens noch gekocht. Das änderte sich, als die Diagnose kam. Eine zu späte, unerbittliche und tödliche Diagnose. Bauchspeicheldrüsenkrebs im Endstadium. Drei Monate später war er tot. Sie fingen an, einander zu hassen, und zwar so richtig. Jedes Mitglied ihrer Familie war die trübselige Erinnerung an ein früheres Leben, die keiner ertragen konnte.

»Hase, weinst du?« Die Mimi klettert schneller von hinten auf den Beifahrersitz auf Shamans Schoß, als der Horvath rechts ranfahren kann. Sie beugt sich zu ihm herüber, drückt sich an seine Brust und küsst ihn auf die Wange. »Das ist gut so. Geh ganz in die Emotion rein. *Feel it.*«

»Mimi!«, schimpft er und wischt sich mit dem Ärmel über die Augen. »Ihr könnts net zu zweit vorne sitzen. Wenn die Kiwara irgendwo stehen, sperren s' uns weg.«

Der Horvath biegt ein und stellt den Chevy auf dem Parkplatz eines Möbelhauses ab. Der Shaman windet sich unter Mimis Gewicht.

»Wollts schnell Liebe machen? Ich setz mich derweil zurück. Ich muss eh ein paar Mails verschicken«, stöhnt er und bläst Mimis Haare aus seinem Gesicht.

»Alle zurück auf ihre Plätze!«, ordnet der Horvath an. »Wir haben keine Zeit für Privates. Wir müssen zur Forensik.«

Zur Feier des erfolgreichen Tages überzieht der Horvath sein Konto noch ein bisserl mehr und lädt die Mimi und den Shaman ins Wellen.Spiel ein. Bei einer Flasche Wein durchforsten sie Facebook und Instagram nach Postings von Fini Blondini und ihren Kontakten und Followern. Der Horvath wäre nicht der Horvath, wenn er sich von der misslungenen Observation von Fini Blondinis Wohnung unterkriegen ließe.

»Schau mal«, sagt die Mimi. »Diese Freundin von der

Fini hat den Rudi auf Facebook geaddet. Kann das ein Zufall sein?«

»Es gibt keine Zufälle«, klärt der Shaman auf und lallt dabei ein wenig. Er mag seine Psychopilze vertragen, aber nach einem Glas Veltliner ist bei ihm Sperrstunde.

»Da muss ich dem Guru ausnahmsweise recht geben. In einem Mordfall sollte man nie etwas als Zufall abtun.«

»Was ich damit gemeint hab, ist Synchronizität. Alles unterliegt einer universellen Energie …«

»Bitte, verschon mich mit dem Geschwurbel.«

»Was, wenn die alle unter einer Decke stecken und zusammen die Marillenernte vom Huber sabotiert haben? Der Rudi hat den Huber samt seiner Arroganz doch auch net ausstehen können. Und der Rudi und der Berti haben schon immer zammg'holfen, wenn's gegen einen anderen 'gangen is, hast erzählt, Hase. Und jetzt rächen sich die Hubers und bringen einen nach dem anderen um. Das würd auch das mit dem Halsband erklären. Auf YouTube hab ich g'sehn, dass Mörder gern Andenken an ihre Opfer mitnehmen.«

Ganz klar denken kann der Horvath heute nicht mehr, die Mimi vermutlich auch nicht, aber ihre Theorie beinhaltet Teile, die sich nicht komplett von der Hand weisen lassen. Er sollte diesem roten Faden unbedingt folgen, auch wenn er ihn ausgerechnet zum Rudi führt und sein Bruder der letzte Mensch ist, mit dem er reden will.

»Es könnt ja sein, dass die Hubers einen Killer auf Fini, Rudi und Berti ang'setzt haben. Vielleicht die große Blonde in Fini Blondinis Wohnung. Leisten könnten sie es sich mit ihrem Lottogewinn«, fügt der Shaman hinzu, lehnt sich zurück und nimmt einen Schluck Wein.

»Eine schlüssige These für einen Hogwarts-Absolventen.«

Ein Paar setzt sich an den Nachbartisch. Der Horvath

ist sich nicht ganz sicher, aber er meint, in der Frau Petra Bierhansl, die Tochter der Pfarrersköchin, zu erkennen. Er legt den Zeigefinger auf den Mund und gibt der Mimi und dem Shaman zu verstehen, leiser zu reden. Wenn die Tochter nach der Mutter kommt, ist Vorsicht geboten. Die Frau Bierhansl ist ein richtiges Waschweib. Alles, was sie irgendwo aufschnappt oder ihr zugetragen wird, wird weitererzählt.

Nach ein paar Minuten sitzen sie schweigend da, und der Horvath genießt den Blick auf die Donau, die so schön im Mondlicht glitzert, dass er am liebsten mit der Mimi hineinspringen würde.

Seine Eltern haben ihm nichts hinterlassen, und was ihm geblieben ist, fressen die Schriftstellerei und die Bank. Aber die Mimi, die kann ihm keiner nehmen. Er greift nach ihrer Hand, drückt sie unter dem Tisch und wird fast wieder sentimental.

»Hasi, ich glaub, wir sollten den Shaman heimbringen. Ich würd jetzt saugern in deine Seele reisen.«

\*\*\*

Der Beranek Gusti ist der unangenehmste Mensch, dem der Horvath in seinem Leben begegnet ist. Aber er ist der beste Anwalt im Bezirk, und er hat es ermöglicht, dass der Horvath ohne lange Wartezeit einen Sprechschein im Gefängnis bekommt.

Jetzt steht er vor dem eckigen Gebäude, das in seinem Blassgelb freundlicher aussieht, als es ist, und wartet darauf, eingelassen zu werden.

Um Punkt neun Uhr legt er seinen Ausweis vor, kippt den Inhalt seiner Hosentasche in einen Plastikbehälter und passiert die Kontrolle. Eine uniformierte Frau führt den Horvath in einen Bereich, in dem erneut eine Kontrolle durchgeführt wird und er eine Belehrung erhält. Von dort aus geht es mit zwei Männern weiter in einen kleinen, hellen Raum mit einem Tisch und zwei Stühlen, in dem der Rudi auf ihn wartet.

»Herr Horvath, Besuch für Sie«, kündigt der Beamte den Horvath an und dirigiert ihn auf seinen Platz. »Dreißig Minuten«, fügt der Mann hinzu und verlässt den Raum.

»Servas«, begrüßt der Rudi ihn. Er schaut schlecht aus. Dunkle Ränder unter seinen Augen, das Gesicht eingefallen und die Hände zittrig. Fast so wie damals, als er beim Skikurs mit einer akuten Blinddarmentzündung ins Krankenhaus eingeliefert werden musste.

»Wie geht's dir?«

»Super«, erwidert der Rudi. »Ich wollt eh schon lange einmal wieder raus von daheim.«

»Wir haben eine halbe Stunde, also verlieren wir keine Zeit. Hast du was mit dem Mord am Berti zu tun?«

»Nein, ich bin doch kein Trottel. So blöd, wie der Obstbauer war, hätt es ihn sowieso bald abg'rissen.«

»In eurem Keller hat man in einer Schachtel ein Sackerl mit Strychnin und Zutaten für Marillenknödel gefunden.«

»Ich hab der Polizei und dem Beranek schon tausend Mal erklärt, dass mir irgendwer den Mord anhängen will und die Sachen dort so schlecht versteckt hat, dass man sie sofort findet. Glaub mir, wenn ich was verstecken will, findet es keiner«, sagt der Rudi in dem selbstgefälligen Ton, für den ihn der Horvath am liebsten abwatschen würde.

Er ist kurz davor, aufzustehen und zu gehen. Soll der Rudi im Gefängnis bleiben. Verdient hätte er es. Doch dann meldet sich der Kommissar zu Wort. *Professionell und fokussiert bleiben, Herr Kollege.* »Kennst du eine Josefine Pokorny, auch Fini Blondini genannt?«

Der Rudi legt den Kopf zurück und bläst einen Schwall

Atemluft in den kleinen, stickigen Raum. »Nicht dass ich wüsst.«

»Schlank, blonde Locken, auffallend gekleidet?«

Jetzt dämmert es dem Rudi. »Die große Blondine, die den Berti heimlich besucht hat? Von der hab ich der Polizei auch schon erzählt, aber gekümmert hat es keinen.«

»Was weißt du über die vergifteten Bäume vom Huber?«

»Net mehr als das, was herumerzählt wird. Der Huber hat nie viel darüber rausg'lassen, wenn er net grad ein paar G'spritzte intus g'habt hat.«

»Hast du irgendwas damit zu tun?«

»Bist deppert? Was interessieren mich die Bio-Marillen vom Huber? Ich bin froh, wenn ich meine Ruhe hab. War ja eh schon stressig genug mit dem Berti, da brauch ich wirklich net noch eine Streiterei.«

»Es heißt, die Frau vom Huber hätt sich an den Berti rang'schmissen, bevor der Huber im Lotto gewonnen und sie mit ihm den großen Jackpot geknackt hat.«

In Rudis Blick flackert etwas auf, was der Horvath nicht auf Anhieb deuten kann. »So ein Blödsinn. Die Erika und der Berti? Des glaubst ja wohl selber net, dass so eine Frau auf den Berti steht. Siehst ja eh, was für Frauen bei ihm aufgekreuzt sind. Ohne Bezahlung is da sicher nix gegangen.«

Der Rudi öffnet den Mund, als wollte er noch etwas sagen, tut es aber nicht.

»Hast an dem Tag, an dem der Berti umgebracht worden ist, irgendwas Verdächtiges bei euch am Grundstück bemerkt?«

Der Rudi reibt sich den Bart und schüttelt den Kopf.

»Was war mit dem Bello?«

»Was soll mit dem Köter gewesen sein? Die Maria war nicht da, und der Hund is irgendwo herumgerannt.«

»Haben du und der Berti gemeinsame Feinde? Fällt dir

irgendwer ein, der davon profitiert, wenn ihr beide weg seid?«, hakt der Horvath nach, weil ihn das Gefühl nicht loslässt, dass der Rudi irgendwas verschweigt.

Der Rudi lässt sich mit seiner Antwort Zeit, zappelt herum wie ein Schulbub, der an der Tafel steht und die Mathematikaufgabe nicht lösen kann. Der Horvath schaut pfeilgerade in das Gesicht seines Bruders. Warum ist es ihm so wichtig, den Rudi aus dem Gefängnis zu bekommen? Selbst wenn der Rudi unschuldig ist, was interessiert ihn das? Der Rudi hat sein Leben lang nichts für ihn getan, und es sollte ihm egal sein, ob er im Gefängnis verrottet. Steht hinter der Ambition, Rudis Unschuld zu beweisen, der Rest brüderlicher Zuneigung oder doch nur die Euphorie, diesen Fall zu lösen? Auf diese Fragen wird er heute keine Antworten finden, aber das muss er auch gar nicht. Er steckt mittendrin in diesem Marillenknödelmord. Wenn er jetzt aufgibt, kann er sich nie wieder im Dorf blicken lassen.

»Der Huber …«, stammelt der Rudi und beißt sich auf die Lippen, als wollte er die Wörter in seinem Mund einsperren.

»Was?« Der Horvath wird barsch. Die Zeit tickt, und wenn der Rudi nicht gleich sagt, was ihm auf dem Herzen liegt, war der Besuch bei ihm umsonst. »Wenn ich dir helfen soll, musst mir alles sagen.«

Der Rudi schweigt weiter. Stur und unnachgiebig, wie der Horvath ihn sein Leben lang kennt.

»Rudi«, sagt der Horvath mit Nachdruck und lehnt sich über den Tisch zu seinem Bruder. »Der Bello ist tot. Vergiftet. Und rate mal, was er gefressen hat.« Der Horvath macht nach jedem Wort eine kurze Pause, um dem Rudi Zeit zum Nachdenken zu geben. »Einen Marillenknödel. Vor deiner Haustüre. Am selben Tag, an dem der Berti vergiftet worden ist. Irgendwer wollt euch beide ermorden und ist zu Plan B übergegangen, als es nicht funktioniert hat.«

»Scheiße«, murmelt der Rudi, und seine Augen werden wässrig. »Ich hab's g'wusst.«

»Was? Jetzt red Tacheles, sonst bin ich weg.«

Ein paar Minuten druckst der Rudi herum, dann schaut er dem Horvath zum ersten Mal an diesem Tag ins Gesicht und holt tief Luft. »Das Gerücht, dass die Erika um den Berti herumg'schwänzelt ist, hab ich gestreut. Dass er in letzter Zeit Frauenbesuche hatte, hat dazu gepasst. Auch dass er mit einer im Weingarten oben g'schnackselt hat, hab ich erfunden, um abzulenken ... Das war nämlich nicht der Berti, sondern ich. Und die Frau, mit der ich ... Das war die Erika.«

»Du bist ein g'scheites Arschloch, Rudi. Die Maria und du, ihr wolltets ein Kind.«

Der Horvath denkt an die enormen Beträge, die ihnen die Kinderwunschklinik für einen Traum abknöpft, der offensichtlich einseitig ist. Wieder drehen sich seine Gedanken um die Frage, wo die beiden diese horrende Summe herhaben. Der Rudi und die Maria sind dafür bekannt, jeden Euro umzudrehen. Das Haus und die Obstgärten sind mehr Fluch als Segen. Die Obstgärten werfen zu wenig ab, um gut davon leben zu können, und das Haus war an vielen Stellen abrissreif, bevor der Rudi es renoviert hat. Ihr Mittelstandsdasein ist im Gegensatz zu Horvaths Leben purer Luxus, aber viel Spielraum haben ihnen ihre Finanzen nie gelassen.

Fast sieht der Rudi traurig aus, aber der Horvath kennt ihn gut genug, um zu wissen, dass es Selbstmitleid ist, was ihm die Tränen in die Augen treibt.

»Das mit der Schwangerschaft hat nicht funktioniert, und Monat für Monat is die Maria grantiger g'worden und hat sich gehen lassen. Und dann is die Erika auf'taucht, mit ihren glatten Beinen und ihrem Augenaufschlag und ... na, weißt ja eh, wie des is.«

»Nein«, erwidert der Horvath angewidert. »Des weiß ich net.«

Der Rudi sieht so aus, als stünde er kurz vor einem Tobsuchtsanfall, aber dann scheint ihm einzufallen, wo er sich befindet, und er klammert sich mit beiden Händen an der Tischkante fest. »Dass meine Ermordung geplant war, ändert die ganze Sache von Grund auf. Wir brauchen den Hund, und ich muss sofort mit dem Beranek reden.«

Horvaths flache Hand schlägt so fest auf den Tisch, dass der Rudi erschrocken aufschreit.

»Alles klar da drinnen?«, tönt die Stimme des Beamten, der vor der Türe Wache hält. »Noch einmal so eine Aktion, und der Besuch ist beendet.«

»Alles klar«, erwidern der Horvath und sein Bruder wie zwei Schüler, die vom Lehrer ermahnt worden sind.

»Ich bin an der Sache dran«, erklärt der Horvath dann mit gesenkter Stimme und schaut den Rudi eindringlich an. »Der Mörder fühlt sich momentan auf der sicheren Seite, und das soll auch so bleiben. Nur so komm ich an ihn heran. So lange kein Wort zu irgendwem, auch nicht zum Beranek.«

Der Rudi nickt, auch wenn ihm das Unbehagen ins Gesicht geschrieben steht. »Meinst, die Maria könnt mir den Marillenknödel …?«

Kurz erinnert sich der Horvath an Marias mysteriöses Telefonat mit Margarete. Rudis Affäre gäbe seiner Schwägerin ein Motiv, ihren Mann tot sehen zu wollen. Alles drum herum könnte Tarnung gewesen sein, vielleicht sogar die Ermordung vom Berti. Aber auch die Erika hätte ein starkes Motiv, den Berti und den Rudi aus dem Weg zu räumen. Mit dem einen hat man ihr eine Affäre angedichtet, mit dem anderen hatte sie tatsächlich eine. Beim Fremdgehen erwischt zu werden hätte ihrem Leben in Saus und Braus ein schnelles Ende bereitet. Vielleicht war alles ein von langer

Hand ausgetüftelter Plan von der Erika. Dass der Berti im Verdacht stand, Hubers Marillenbäume vergiftet zu haben, könnte ihr in die Hände gespielt haben. Oder sie hatte bei der Sabotage selber die Finger im Spiel, um dem Huber ein Mordmotiv anzuhängen. Sie hat dem Berti und dem Rudi einen tödlichen Marillenknödel serviert, doch dann musste der Bello anstatt vom Rudi dran glauben, und sie hat ihren Plan geändert. Weil sie ihren Liebhaber doch noch irgendwie loswerden musste, hat sie ihm die belastenden Beweise untergeschoben und nicht ihrem Mann, so wie sie es ursprünglich vorhatte.

Horvaths Theorie ist schlüssig, wenngleich sie einige Lücken aufweist und Fragen offenlässt. Warum hat sie Bellos Halsband, das sie selber belastet, mitgenommen? So dumm ist die Erika nicht. Und wie sind Fini Blondini und die große Blonde in die Sache verwickelt? Stecken die Frauen womöglich alle unter einer Decke? Fini Blondini, die große Blonde, Maria, Margarete, Erika? Dem Horvath wird ganz schwindelig bei dem Gedanken. Er muss dringend raus an die frische Luft und seinen Kopf in die Donau stecken.

*Ruhe bewahren, Kollege*, mahnt Kommissar Krüger. *Ja nicht ausflippen.*

»Gibt's sonst irgendwas, von dem ich wissen sollt? Andere Weiberg'schichten oder krumme G'schäftemachereien, weswegen man dich tot sehen will?«

Es ist diese eine Sekunde, die der Rudi zu lange zaudert, bevor er seinen Kopf schüttelt und verneint. Der Horvath riecht eine Lüge aus drei Kilometern Entfernung, und dieses zögerliche »Naa«, das sein Bruder aus seinem geschlossenen Mund hervorgepresst hat, ist eine Lüge.

Der Horvath wirft einen Blick auf die Wanduhr. Die Zeit ist fast abgelaufen, und für heute muss er es gut sein lassen.

»Hey«, sagt der Rudi, als der Horvath schon fast bei der Türe ist. »Ich dank dir.«

»Passt schon«, erwidert der Horvath und klopft, um vom Beamten hinausgelassen zu werden.

Die Türe öffnet sich mit einem Knarren, das dem Horvath eine Gänsehaut über den Rücken jagt. Der Beamte steht vor ihm und bedeutet ihm mit einer ausladenden Handbewegung, den Besucherraum zu verlassen.

»Wie hast es ang'stellt, immer das längste Zündhölzl zu ziehen?«, fragt der Horvath und dreht sich noch einmal zu seinem Bruder um.

Der Rudi wirkt verwirrt. »Von was redest du?«

»Unser Spiel, als wir noch Buben waren«, erinnert der Horvath ihn. »›Tatort‹, du weißt schon. Du, der Berti und ich.«

Verlegenheit macht sich auf Rudis Gesicht breit. »Ich hab g'schummelt.«

\*\*\*

Die Trauernden sind am Donauufer zusammengetroffen, wo sie mit gesenkten Köpfen und schwarzen Kleidern stehen und dem Pfarrer bei seiner Predigt zuhören. Hier hat die Margarete den Berti vor siebenundvierzig Jahren in einer Sturzgeburt zur Welt gebracht, was den Horvath schon ein bisschen berührt.

Der Margarete ist die Hitze zu viel geworden, man musste sie in einen Rollstuhl setzen und unter eine Weide schieben. Hinter einem vorgehaltenen Stofftaschentuch dringen gedämpfte Schluchzer hervor, die jedes Mal lauter werden, sobald der Pfarrer Bertis Namen sagt.

Das ganze Dorf hat sich versammelt, darüber hinaus noch ein paar Leute, die dem Horvath nur entfernt bekannt vorkommen. Vielleicht Verwandte, die er nie kennengelernt hat, oder alte Berufsschulkollegen vom Berti.

Der Horvath meidet Beerdigungen normalerweise. Nicht einmal bei seinen eigenen Eltern ist er dabei gewesen, was ihm die Verwandtschaft noch heute vorwirft. Sähe er in der Zeremonie keine Gelegenheit, mit den Ermittlungen voranzukommen, hätte er sich auch heute gedrückt. Er wirft der Mimi einen Blick zu. Seltsam fremd, aber hübsch schaut sie aus in ihrem dunkelblauen Leinenkleid. Er konnte sie davon abbringen, ihr rituelles Trauerkleid anzuziehen, den Shaman jedoch nicht, denn der hatte nichts anderes mit, als er in seiner Wohnung eingetroffen ist. Der Horvath ist dankbar, wenn der Guru überhaupt Kleidung trägt, also hat er ihm die Tracht durchgehen lassen.

Von der Donau zieht die Trauergemeinde wie eine Ameisenstraße zum Friedhof, wo der Berti, der noch immer im Leichenschauhaus der Forensik liegt, als kleines gerahmtes Schwarz-Weiß-Foto in das Familiengrab hinabgelassen wird.

Der Horvath, die Mimi und der Shaman bilden das hintere Ende der Menschentraube, und der Horvath behält vor allem den Huber und seine Frau im Blick. Auf Erikas Kopf sitzt ein theatralisch großer Hut mit Schleier, der sie aussehen lässt, als wäre ein Ufo auf ihr gelandet. Sie ist das Zentrum der Aufmerksamkeit und erntet ausgiebige Blicke der Einheimischen. Der Huber steht wie ein Requisit neben ihr, zusammengeschrumpft und blass an der Seite der imposanten Gattin.

Nach der symbolischen Beisetzung wandern die Trauergäste weiter in den Pfarrgarten, wo Beileidsbekundungen ausgesprochen werden, die allmählich in Small Talk übergehen.

»Grüß Gott, Horvath.« Der Horvath fährt erschrocken

herum. Es ist der Pfarrer in seiner Trauerkutte. Er mustert zuerst ihn, dann den Shaman und die Mimi. »Ich gratulier dir zu dem spannenden Kriminalroman. Es war eine Freude, ihn zu lesen.«

Der Pfarrer schaut aus der Nähe so alt aus, wie er ist. Das Gesicht faltig wie zerknittertes Papier, auf seiner Stirn Pigmentflecken, das Resthaar auf seinem Kopf wie ein farbloser Türkranz. Den Kontrast bilden seine Augen, in denen etwas aufblitzt, das dem Horvath frech und jugendlich vorkommt.

»Ich dank Ihnen, Herr Pfarrer.«

Nacheinander schüttelt der Pfarrer ihre Hände. »Welche Bedeutung hat Ihr schönes Festtagskleid?«, fragt er den Shaman, und der Horvath ist überrascht von der neugierigen Aufgeschlossenheit, die in seinem Tonfall mitschwingt.

»Es schaut so aus, als wärts Kollegen im selben Faschingsverein.«

Der Pfarrer lacht auf. »Der Horvath, wie ich ihn kenn. Immer einen Schmäh parat. Ganz wie der Papa.«

Diesen Satz muss der Horvath erst einmal sacken lassen. Das Gespräch zwischen dem Pfarrer, dem Shaman und der Mimi verklumpt zu einem Wortbrei, der ihm den Gehörgang verstopft. Mit seinem Vater hat ihn noch nie jemand verglichen. Bisher war es der Rudi, dem man nachgesagt hat, er sei ganz wie er.

Irgendwann ist der Pfarrer weitergezogen, und der Horvath findet wieder zurück ins Hier und Jetzt. Er spült die Rührseligkeiten mit einem Glas Wein auf ex hinunter, dann vergräbt er die Hände in den Hosentaschen und lässt seinen Blick über die Trauergemeinde schweifen.

Der Huber plaudert angeregt mit zwei älteren Damen, von seiner Frau ist nichts zu sehen. Auf Margaretes Schoß sitzt ein Kleinkind, mit dem sie »Guck-guck-Tscha« spielt, und auch die anderen Trauernden wirken so heiter, dass sie sich ebenso auf einem Hochzeitsempfang befinden könnten.

»Ich kann fühlen, dass der Mörder unter uns ist«, flüstert der Shaman.

Der Horvath gibt nichts darauf, was der Shaman fühlt, aber sein Verstand sagt ihm, dass er damit richtigliegt.

»Außerdem ist da eine ganz starke Präsenz vom Berti. Ich hab mediale Fähigkeiten, weißt. Die Toten sprechen gern mit mir.«

»Mit dieser Begabung ist es schad, dass du in der Fleischhackerei von deinen Eltern aufg'hört hast. Ich stell es mir unheimlich praktisch vor, wenn dir das Grillhenderl flüstert, dass es durch ist.«

»Horvath, ich hab dir schon einmal gesagt, dass die Vergangenheit –«

»Wollts was trinken?«, unterbricht die Maria, die dabei hilft, Getränke an die Trauergäste zu verteilen. Dann wendet sie sich an den Shaman. »Herr Shaman, vielen Dank, dass Sie sich gestern um das Rehlein gekümmert haben. Ich würd mich gern einmal bei Ihnen erkenntlich zeigen.«

Der Horvath wirft dem Shaman einen warnenden Blick zu. »Feindliches Gebiet«, flüstert er gerade so laut, dass es nur der Shaman hören kann. Aber warum eigentlich?, fragt er sich dann. Der Rudi ist immerhin auch fremdgegangen, und die Erika war nicht seine einzige Affäre. Der Rudi hat unter den Männern kein Geheimnis daraus gemacht, jeder Frau nachzustellen. Seine Anspielungen waren oft so deutlich, dass der Horvath angenommen hat, er würde sich diese Geschichten ausdenken. Immerhin ist sein Bruder kein Enrique Iglesias oder George Clooney. Er ist nur der Horvath Rudi mit Wohlstandswampe, schlechtem Haarschnitt und noch schlechterem Humor.

»Ich hab gerne geholfen«, antwortet der Shaman knapp und rückt sich die Perücke zurecht.

»Fesch schauen S' aus mit den langen Haaren«, schwärmt die Maria, und dem Horvath wird ganz flau im Magen. »Die Mimi hat erzählt, Sie interessieren sich für gesunde Ernährung. Ich nämlich auch. Ich hab grad einen Ayurveda-Kochkurs besucht. Vielleicht wollen S' ja einmal zum Essen –«

»Jaja, auf einen ayurvedischen Marillenknödel vielleicht«, geht der Horvath dazwischen, und die Mimi versetzt ihm einen Tritt gegen das Schienbein.

»Hase«, zischt sie. »Es ist nicht super, dass du so was sagst.«

Die Maria drückt ihnen Gläser in die Hand, honoriert Horvaths Spruch mit einem bösen Blick und geht weiter zur nächsten Menschengruppe.

»Sehts die Frau dahinten?«, fragt der Horvath und deutet auf den Rücken einer Frau mit Hut, unter dem ein paar blonde Strähnen hervorschauen. »Könnt das unsere Fini Blondini sein?«

»Nein«, erwidert die Mimi. »Das ist die Schuldirektorin, glaub ich.«

Der Horvath zwickt die Augen zusammen und schaut in Richtung der Frau. Er gesteht es sich nur ungern ein, doch es wird Zeit für eine Sehhilfe. Aber Brille hin oder her, die Frau ist weg.

»Wir mischen uns jetzt unter die Trauernden«, ordnet er an und versucht, Kommissar Krüger in der Menschenmenge auszumachen. Er entdeckt ihn an den Stamm einer Birke gelehnt und zwinkert ihm zu.

»Ihr brauchts nicht viel zu machen, nur die Augen und Ohren offen zu halten. Plauderts einfach mit den Leuten und seids wachsam. Wenn euch was komisch vorkommt, sofort melden.«

Die Mimi und der Shaman nicken.

»Ah, ›Die drei Fragezeichen‹ sind auch da«, überrascht den Horvath eine Stimme. Er fährt herum und entdeckt die Erika Huber hinter einer Hortensie. Die Frau Bierhansl taucht wie beim letzten Aufeinandertreffen als Schatten hinter ihr auf.

»Frau Bierhansl, Sie können mich kurz mit Justus, Peter und Bob alleine lassen. Ich morgen mit die Arbeiter zu Ihnen komme, damit sie montieren die neue Jesuskreuz auf die Friedhof.«

Frau Bierhansls Blick lässt keinen Zweifel daran, dass sie gerne geblieben wäre, um das Gespräch zu belauschen, aber sie folgt Erikas Aufforderung und verschwindet in der Menschenmenge.

»Kondulierts derweil der Margarete«, wendet sich der Horvath an die Mimi und den Shaman, die noch nichts von Rudis Affäre mit der Erika wissen.

»Was du willst von uns?«, faucht die Erika, als die Mimi und der Shaman außer Hörweite sind. »Du kein Recht hast zu spionieren.«

»Ich würde gerne wissen, wo Sie waren, als der Berti umgebracht worden ist.«

»Das geht dich eine Scheißdreck an. Du bist keine Polizist.«

»Die Polizei wär mit Sicherheit interessiert an Ihrer Affäre mit dem Rudi. Lassen S' uns doch ein wenig darüber plaudern.«

»Woher …?« Die Erika muss sich das Schreien verkneifen. Ihr Gesicht ist wutverzerrt, und ihre Brust hebt und senkt sich unter schnellen Atemzügen.

»Ich weiß das vom Rudi. Und jeder, der das Gespräch in seiner Besucherzelle mitgehört hat, weiß auch davon. Und wenn Sie morgen nicht beim Scheidungsrichter sitzen wollen, Frau Huber, dann sagen Sie mir einfach, wo Sie am Tag von Bertis Ermordung waren.«

»Fick dich, Horvath.«

»Später vielleicht, aber jetzt reden wir zwei noch ein bisserl. Darüber zum Beispiel.« Der Horvath zieht das transparente Sackerl mit Bellos Halsband aus der Jackentasche.

Erikas Pupillen weiten sich. »Diese Designerschmuck du hast gestohlen aus meine Haus. Das ich erzähle meine Mann. Schatzi!«

Der Horvath ist überrascht von Erikas Reaktion.

»Dann erzählen S' Ihrem Schatzi auch, dass dieser Designerschmuck dem Bello gehört hat.«

Erikas Miene gefriert. Sie steht mit offenem Mund da, bringt aber kein Wort heraus.

»Hat Ihnen Ihr Mann das Band geschenkt?«

»Er mir schenkt nur Goldschmuck«, kontert sie wie ein trotziger Teenager und fasst sich demonstrativ an die protzigen Klunker, die ihre Ohrläppchen nach unten ziehen.

Der Horvath sieht, wie der Huber von der anderen Seite des Pfarrhofs in ihre Richtung schaut. Er tritt von einem Bein auf das andere, sogar aus der Weite erkennt der Horvath seine Nervosität. Er fühlt sich offensichtlich nicht wohl damit, die Erika und ihn zusammen zu sehen. Er klopft dem Mann, mit dem er sich unterhält, auf die Schulter und wendet sich zum Gehen, aber dann sieht der Horvath einen Arm, der um ihn gelegt wird und ihn davon abhält. Der Shaman.

*Gut gemacht, Guru. Perfektes Timing*, lobt Kommissar Krüger.

»Wenn ich das Hundehalsband, ähm, das Designerhalsband zur Forensik bringe, wird man zwei Dinge darauf finden. Ihre Fingerabdrücke, Frau Huber, und Reste vom Gift, mit dem der Berti ermordet worden ist. Das hat der

Bello nämlich gespieben, bevor er am zweiten Marillenknödel gestorben ist, der eigentlich für den Rudi gedacht war. Schauen S', da pickt noch ein bisserl was dran am Halsband.« Der Horvath hält der Erika das Sackerl vor die Stupsnase. Sie dreht sich angewidert weg.

»Wollen S' mir jetzt sagen, wo S' am Tag von Bertis Ermordung g'wesen sind? Und dann wär noch zu klären, wo S' des Halsband herhaben. So ganz unter uns, hm? Oder wollen S' gleich die Polizei dazuholen?«

Der Gesichtsausdruck der Frau ist binnen Sekunden von wütend zu verzweifelt gewechselt. Der Horvath weiß es nicht mit Bestimmtheit, aber ihre Reaktion ist nicht die, die er von Bertis Mörderin erwartet hätte, was die Vermutung nahelegt, dass sie nicht die Mörderin ist. Denn wer auch immer der Mörder ist, hat dem Hund das Halsband abgenommen, nachdem der den Knödel gefressen hat. Womöglich, um ihm den Todeskampf zu erleichtern. Doch die Erika erscheint ihm weder nett noch dumm genug, dem irrtümlich vergifteten Hund zu helfen und sein Halsband mit nach Hause zu nehmen.

»Was ist hier los, Spatzi?« Der Huber bahnt sich den Weg durch die Trauergäste zu ihnen herüber. Sein Blick erfasst das rote Halsband in Horvaths Händen. Seine Schritte beschleunigen sich. Er greift nach Horvaths Handgelenk, drückt es nach unten und nimmt ihm das Band ab.

»Über diesen Vorfall reden wir gesondert, Horvath.« Er senkt die Stimme. »Die Erika hat ein Problem. Sie nimmt manchmal fremde Sachen mit. Kleptomanie. Aber sie ist tageweise in einer Klinik, wo man sie behandelt. Komm morgen um zehn zu mir, dann reden wir weiter.«

Erikas Trotz ist zurückgekehrt. »Aber Schatzi, ich nicht will –«, protestiert sie und wird vom Huber unterbrochen.

»Es is mir wurscht, was du willst, Spatzi. Wir gehen jetzt«, sagt er in ihre Richtung, steckt das Band in seine Sakkotasche und wendet sich an den Horvath. »Morgen um zehn. Pünktlich.«

Das Paar verlässt den Friedhof, und dem Horvath wird klar, dass er soeben sein wichtigstes Beweisstück aus den Händen gegeben hat.

\*\*\*

Die Trauergäste sind so schnell weg wie die Regenwolke, die sich über das Dorf ergossen hat. Der Horvath, der Shaman und die Mimi sind die Letzten am Friedhof. Zusammen mit der Margarete stehen sie schweigend an Bertis leerem Grab. Die Margarete wirkt seltsam gefasst für eine trauernde Mutter. Waren ihre Tränen während der Predigt des Pfarrers eine Inszenierung für die Dorfbewohner? Unweigerlich kommt dem Horvath das Telefonat in den Sinn, das sie mit seiner Schwägerin geführt hat.

»Ich geh jetzt zurück zu meinem Straßenstand.«

»Margarete, gönn dir ein bisserl Ruhe«, erwidert der Horvath, weil er meint, das zu sagen wäre angebracht. Doch die Frau wirkt alles andere als angeschlagen. Die Erinnerung, die mit dieser Erkenntnis einhergeht, trifft ihn wie ein Faustschlag in den Magen. Er sieht seine Mutter vor sich, die Augen verquollen vom billigen Schnaps und von durchtanzten Nächten. Die Haare verfilzt von Aktivitäten, die sich der Horvath damals wie heute nicht vorstellen mochte. Die Bemühung, ihren Mann zu vergessen, schwang in jeder ihrer Handlungen mit. »Jeder Mensch geht anders mit Trauer um«, klärte seine Oma ihn auf, aber das konnte der Horvath nicht glauben. Was er sah, waren die Fotos seines Vaters, die von heute auf morgen wie etwas Verbotenes in einer Schublade gelandet waren, weil seine Mutter die Fotowand fortan mit Bedeutungslosigkeiten bestückte. Da waren keine Tränen, keine Spur von der Trauer, die in Filmen und Serien präsentiert wurde.

»Schön wär's, Horvath. Aber das Obst verkauft sich nicht von allein. Mein Berti kann ja jetzt nimma.«

Die Mimi besteht darauf, die Margarete nach Hause zu begleiten, und der Horvath stimmt zu, auch wenn er jetzt lieber heimfahren und über den Fall nachdenken würde. Vielleicht findet er etwas über das Geheimnis heraus, das sie mit der Maria teilt.

In Margaretes Haus liegt der Geruch von Weihrauch und altem Fett. Eine Kombination, die dem Horvath ein flaues Gefühl im Magen beschert. Die Nachwehen von Bertis Verabschiedung machen ihm mehr zu schaffen als erwartet.

Die Margarete kocht ihren Gästen eine Kanne Kaffee, dann zieht sie Kartons mit alten Fotos unter der Küchenbank hervor, die sie auf dem Tisch ausbreitet.

»So ein lieber Bub war mein Berti, bevor ihn die Weiber verdorben haben. Gott sei seiner Seele gnädig.« Sie streicht über das Foto, das den Berti bei seiner Erstkommunion zeigt. »Da hat der Berti sein erstes Cornetto gegessen, und da hat er beim Geburtstagsgrillen beim Seppl-Opa zum ersten Mal ein Spanferkerl gesehen. Mah, wie lieb es mit dem Apfel im Mund ausschaut.«

Die Margarete tippt nacheinander auf die Fotos. Zu jedem Bild hat sie eine Geschichte. In manchen kommt auch der Horvath vor. Als er ein Kind war, verbrachte er mit dem Rudi viel Zeit beim Berti und der Margarete. Wenn seine Mutter betrunken, depressiv, mit einem Mann beschäftigt oder alles zusammen war, ist er nach der Schule direkt zu ihnen gegangen. Oft hat er den Berti darum beneidet, wenn die Margarete mit Schürze und Kochlöffel in der Hand vor dem Haus auf ihn gewartet und nach Braten gerochen hat. Mit dem Kochlöffel hat seine Mutter zwar auch manchmal auf ihn gewartet, aber nicht, weil sie damit kochen wollte.

Der Horvath gehört zu den furchtlosen Menschen. Nicht einmal ein frei laufender Mörder weckt bei ihm große Besorgnis. Was ihm wirklich Angst macht, sind Veränderungen. Der Lauf der Zeit hat es selten gut mit ihm gemeint.

Jetzt ist das passiert, was nie passieren sollte und was den Horvath in all seinen Ängsten bestätigt. Eine Mutter hat ein Kind geboren, musste es verabschieden und ist jetzt wieder allein. Als hätte das Leben bei der Margarete die Rewind-Taste gedrückt und vergessen, sie mitzunehmen.

Zwei Stunden später tauscht die Margarete ihr schwarzes Kleid gegen eine blaue Kittelschürze und entlässt ihre Gäste. Sie kehrt zu ihrem Obststand an der Straße zurück, setzt sich auf den morschen Holzsessel und fügt sich damit wie das letzte fehlende Puzzlestück in das Bild ein. Keine halbe Minute später hält das erste Auto neben ihr.

»Ganz deppert san s' auf die grünen Taferl«, flucht die Margarete vor sich hin und zupft sich das Kopftuch zurecht. Der Horvath kennt sich zuerst nicht aus, dann fällt sein Blick auf das Nummernschild des Elektroautos. Er kann sich nicht vorstellen, ein Auto zu fahren, das nicht mit stinkendem, bläulich schimmerndem Benzin getankt werden will. Trotzdem hält er die hiesige Ablehnung für übertrieben. Irgendwer muss ja schließlich den Planeten retten, und er mit seiner Vorliebe für Leberkäs und alte amerikanische Schlitten wird das nicht sein.

Keine Spur von Margaretes Gebrechlichkeit, als sie ins Kellergewölbe geht und kurz darauf mit einer prall gefüllten Obststeige zurückkehrt. Der Horvath beobachtet sie noch eine Weile, dann winkt er ihr zu und folgt der Mimi und dem Shaman zu seinem Auto.

Der Chevy parkt vor Marias Haus. Dort angekommen, durchsucht der Horvath seine Taschen nach dem Autoschlüssel, aber er ist nicht da. Er muss ihn verloren haben, während er im Pfarrhof das Sackerl mit dem Hundehalsband herausgezogen hat.

»Ich begleite dich, Hase«, sagt die Mimi, als der Horvath eine Schimpftirade loslässt, weil er zurück zum Pfarrhof gehen muss.

»Stört's euch, wenn ich dableib?«, fragt der Shaman, und der Horvath ist froh darüber, Ruhe vor ihm zu haben, auch wenn ihm dämmert, dass er nur deshalb nicht mitkommt, weil er wieder mit der Maria anbandeln will. Die steht schon am Küchenfenster, schaut heraus und grinst wie ein Hutschpferd.

Hand in Hand gehen der Horvath und die Mimi in Richtung Pfarrhof.

»Hase«, sagt die Mimi. »Du hast ein bisserl nachdenklich gewirkt bei der Margarete. Wennst einmal alt und schiach bist, kümmer ich mich um dich. Das weißt schon, oder?«

»Passt schon«, erwidert der Horvath knapp, denn das ist ein Thema, über das er im Moment nicht sprechen möchte.

»Fehlen dir deine Mama und dein Papa manchmal?«

»Das Einzige, was mir gerade fehlt, is der Autoschlüssel.«

»Hase, du kannst immer alle Gefühle rauslassen bei mir.«

Der Horvath zieht die Mimi mit sich über die Straße. Aus der Ferne sieht er den Pfarrhof – und er sieht noch etwas: einen rosa Golf mit Wiener Kennzeichen, der vor dem Tor des angrenzenden Friedhofs parkt.

»Hat deine Mama einen lieben Namen für dich g'habt, Hase?«

»Horvath.«

»Deine Mama hat dich Horvath g'nannt?«

»Von Geburt an.«

»Du Schmähtandler.« Die Mimi kichert ein bisschen und wird gleich wieder ernst.

»Zuerst war ich der kleine Horvath, dann der große Horvath und dann der Schleich-dich-Horvath.«

»Das Letzte ist nicht so super von deiner Mama.«

»Aber weißt, was super is, Hasi? Schau.« Der Horvath deutet auf das Auto. »Ich glaub, der Berti hat Besuch bekommen.«

Der Horvath besteht darauf, alleine auf den Friedhof zu gehen, solange er nicht weiß, ob von der blonden Frau, die an Bertis Grab steht, Gefahr ausgeht.

Wie ein alter, träger Kater schleicht er sich von hinten an die große Blondine heran und sieht aus den Augenwinkeln die Mimi, die ihm dicht auf den Fersen ist.

Er reißt den Kopf herum, gestikuliert wild und bedeutet ihr stumm, dass sie verschwinden soll. Aber stur, wie sie ist, ist sie nicht davon abzubringen, ihm nachzulaufen.

Was dann passiert, passiert so schnell, dass dem Horvath keine Zeit zum Nachdenken bleibt. Die Mimi stolpert über eine Grabsteinkante, die große Blondine fährt herum, sieht die beiden und sprintet los.

»Oida!«, brüllt der Horvath in Rage und rennt ebenfalls los. Hinter einer Abgrenzung aus Thujen hält er an und schaut sich in alle Richtungen um. Wo ist die Blondine hin?

Die Mimi, inzwischen wieder auf den Beinen und wild entschlossen, die Blondine zu stellen, kommt keuchend hinter ihm zum Stehen.

»Da!«, schreit sie und deutet auf das zwei Meter hohe Holzkreuz, das vor ihnen an einem Gerüst lehnt.

Der Horvath schärft seinen Blick und sieht, was die Mimi

meint. Hinter dem Kreuz schauen links und rechts breite, braun gebrannte Schultern hervor. Er begreift zunächst nicht, was die Blondine tut, bis das Kreuz in ihre Richtung kippt und er die Mimi gerade noch rechtzeitig zur Seite zieht und damit das Schlimmste verhindert.

Die Mimi kreischt vor Entsetzen, rappelt sich auf und fällt dem Horvath um den Hals. »Mah, Hase. Es is so lieb, dass du nicht willst, dass ich erschlagen werd.«

Der Horvath hätte die Mimi gerne in den Arm genommen, aber er schüttelt sie ab und sprintet wieder los. Der Anschlag auf seine Mimi hat das Raubtier in ihm geweckt. Dem Shaman die Schulter auszukugeln war hart an der Grenze, aber wenn es jemand auf die Mimi abgesehen hat, wird diese Grenze mehr als überschritten.

Die Blondine hat auf ihren Stöckelschuhen einen deutlichen Nachteil, sie bleibt mit ihren Absätzen immer wieder in der regennassen Erde stecken. Der Horvath schließt auf und ist der Frau schon so nahe, dass er ihr süßes Parfum riechen kann. Er streckt seine Arme nach ihr aus und bekommt eine blonde Strähne zu fassen, bevor er über seine eigenen Füße stolpert und bäuchlings auf dem Rasen landet.

Die blonde Mähne hängt noch in seinen Fingern, als die Frau, bei der er sich jetzt nicht mehr sicher ist, ob sie wirklich eine Frau ist, mit einem Spaten über ihm steht.

»Gib mir die Haare, sonst zieh ich dir die Schaufel über den Schädel«, droht sie und schaut auf ihn herab.

»Wer bist du?«, fragt der Horvath furchtlos und richtet sich auf. Hätte sie vor zuzuschlagen, hätte sie längst Gelegenheit dazu gehabt.

»Hase, geht's dir eh super?«, schreit die Mimi und kommt angehumpelt. »Entschuldigung, aber des mit dem Kreuz war wirklich eine Oarschlochaktion von dir«, schimpft sie, als sie die große Blondine sieht, die jetzt als großer Halbglatzerter vor ihnen steht. Sie nimmt dem Horvath die Perücke ab und wirft sie ihr zu. »Und jetzt sag, wer du bist. Bist du der Mörder vom Berti?«

»Ich bin die Jacky«, erwidert sie und zieht sich die Perücke über den kahlen Kopf. »Und da brauchts gar net so blöd zu schauen, ihr Provinzdeppen.«

Die Mimi macht einen Schritt auf die Fremde zu und streckt ihr die Hand entgegen. Die große Blondine zuckt vor Mimi zurück, als richtete sie eine Waffe auf sie.

»Ich bin die Mimi, und das ist der Horvath, der Ermittler im Mordfall Berti.«

»Moment«, sagt die große Blondine. »Ihr gehört zu dem, der mir vor der Wohnung aufgelauert hat.«

»Das war der Shaman, unser Guru. Ich würd vorschlagen, du hilfst uns, unseren Autoschlüssel zu suchen, dann kommst mit und erklärst uns, wer du bist und warum du uns umbringen willst.«

»Gar nirgends geh ich mit euch hin.«

Die große Blondine springt über den Horvath, der noch immer am Rasen liegt und ihr den Weg abschneidet, und zieht ihren Autoschlüssel aus dem BH.

»Na, na, na«, singt die Mimi. »Des mit dem Wegfahren wird schwierig. Net bös sein, aber ich hab deine Autoreifen aufg'stochen.«

## 5. Schritt

*Das leicht gesalzene Wasser dampft bereits. Ich drehe die Rumflasche auf, kippe einen Schuss hinein und atme das Aroma ein. Kurz zögere ich, bevor ich meinen Mundschutz nach unten ziehe, die Flasche noch einmal anhebe und einen Strahl in meinen Hals laufen lasse. Ich stelle den Rum ab, und sofort erscheint es mir falsch, was ich getan habe. Rasch gehe ich in Gedanken meine Checkliste durch. Der Flaschenhals hat meine Lippen nicht berührt, alles ist sauber, nichts ist passiert, beruhige ich mich.*

*In den kommenden fünfzehn bis zwanzig Minuten, in denen die Knödel vor sich hin köcheln und ich die nächsten Schritte ausführe, ist von der anfänglichen Euphorie nichts mehr übrig. Ich verspüre Ehrfurcht und Demut, befinde mich in einem Zustand tiefster Konzentration, der nicht einmal vom Läuten der Kirchenglocken unterbrochen wird.*

\*\*\*

Die Jacky hat sich zwischen die Mimi und den Shaman auf die Couch gequetscht und umklammert ihr Handy. Obwohl auf der Fahrt nach Krems alle auf sie eingeredet haben, schaut sie noch immer ängstlich und misstrauisch aus. Der Horvath sitzt ihr gegenüber in seinem Fernsehsessel. Er hält sich an Kommissar Krügers Taktik und versucht, ihr Vertrauen zu gewinnen, doch in ihm brodelt es. Er würde die falsche Blondine gerne so richtig in die Mangel nehmen, sie auspressen wie eine Orange, bis die Wahrheit aus ihr herausquillt. Nicht nur, weil er im Fall Berti vorankommen will, sondern auch, weil der Horvath ein sehr nachtragender Mensch ist, wenn es darum geht, dass jemand seinen Freunden oder ihm selber nach dem Leben trachtet.

»Was ist jetzt mit meinem Auto?«, fragt die Jacky.

»Der Horvath kümmert sich später drum. Gell, Hase?«

Grimmig nickt der Horvath. Wenn er die Autoreifen der falschen Blondine herrichten lässt, dann nur, weil die Mimi eine so gute Haut ist und er ihr keine Bitte abschlagen kann. Wer weiß, ob die falsche Blondine nach seinem Verhör nicht sowieso von seiner Couch in eine Zelle wandert, wo sie nicht so schnell wieder ein Auto brauchen wird.

»Wollen Sie uns nicht ein bisserl was von sich erzählen, Frau Jacky?«, fragt der Horvath und lehnt sich in seinem Sessel zurück. »Wer Sie sind und warum Sie Leuten die Schulter auskugeln oder sie fast mit einem Kreuz erschlagen.«

»Zuerst sagt ihr mir, wo die Fini ist und was ihr mit ihr g'macht habt. Woher kennt ihr die Fini überhaupt?«

»Gut, gut«, erwidert der Horvath. »Dann reden wir über die Frau Fini. In welchem Verhältnis ist sie zum Ermordeten gestanden?«

»Na, sie hat ihn gerng'habt. Sie war seine Freundin.«

»Meine Ermittlungen haben ergeben, dass die Frau Fini einen speziellen Männergeschmack gehabt hat. Wie hat der Ermordete da in ihr Beuteschema gepasst?«

»Das geht dich gar nix an.«

»Frau Jacky, Sie haben zwei meiner Leute umzubringen versucht. Wenn S' heute net in Achtereisen beim Abendessen sitzen wollen, dann überlegen S' noch mal, ob S' net doch ein bisserl mit mir plaudern wollen.«

»Wie bitte? Ihr habts mich verfolgt, und ich hab 'glaubt, ihr wollts mir was tun. Ich hab mich nur verteidigt.«

Die Jacky atmet schwer und schwitzt unter ihrer Perücke

und dem schwarzen Polyester-Stretchkleid. Die Mimi reicht ihr eine Wasserflasche, und die falsche Blondine trinkt gierig daraus. »Na gut«, stimmt sie dann zu. »Die Fini und ich haben manchmal zusammen in einem Travestieclub getanzt …«

»Ist die Frau Fini auch ein …?«, wirft der Horvath mehr aus Neugier als aus sachdienlichem Interesse ein.

»Die Fini ist eine Frau, falls du das wissen wolltest. Sie hat es net immer leicht im Leben g'habt und sich gern nach Männern umg'schaut, die sie finanziell unterstützen konnten. Eines Tages ist der Bert mit seinem BMW und seinen Geschichten von Obstgärten und einem Wachauer Anwesen im Club aufgetaucht. Die Fini hat recherchiert und herausgefunden, dass es in dem Dorf, aus dem er kommt, einen Lottogewinner gibt. Sie hat geglaubt, es sei der Bert. Später haben wir dann festgestellt, dass er nicht viel hat, aber da war es schon zu spät.«

Der Horvath wird hellhörig. »Was war zu spät?«

Die Jacky zuckt mit den Schultern. »Verliebt hat sie sich in den Bert. Im Gegensatz zu den anderen Kerlen war er gut zu ihr.«

»Was wissen Sie über den aktuellen Aufenthaltsort von der Frau Fini?«

»Nix. Genau deshalb bin ich ja hier. Und natürlich, um dem Bert die letzte Ehre zu erweisen.«

Der Horvath reibt sich die Stirn, wie immer, wenn er grübelt. »In welchem Verhältnis sind Sie zum Ermordeten gestanden?«

Die Jacky schluckt. »Wir waren gute Freunde«, antwortet sie nach einem Zögern, und der Horvath wittert eine Unwahrheit.

»So gute Freunde, dass Sie sich nachts in aufreizender Kleidung in sein Haus geschlichen haben?«

Dass die falsche Blondine errötet, lässt sich sogar durch

die dicke Schicht Make-up erkennen. Nervös zupft sie am Zipfel eines Kissens. »Der Bert und ich haben uns auch sehr gerngehabt.«

»So gern, dass Sie ihn für sich alleine haben wollten? Und weil der Berti weiterhin seine Finger nicht von der Frau Fini lassen konnte, haben S' ihm sein letztes Abendmahl serviert? Und damit man nicht gleich auf Sie kommt, haben S' den Nachbarn auch bekocht?«

Die Jacky taumelt. Zuerst kippt sie auf Shamans Seite, dann landet sie mit dem Kopf auf Mimis Schulter.

»Jacky!«, ruft die Mimi und klatscht ihr ins Gesicht. »Shaman, stell den Ventilator herüber, sie kollabiert.«

»Geht schon wieder«, flüstert die falsche Blondine und sieht noch falscher aus, als sie sich die Perücke vom Kopf zieht und sich damit die Schweißperlen von der Glatze wischt. »Ich bin der Jakob, aber so werd ich ungern genannt. Die Jacky ist so eine Art Kunstfigur, mit der ich meine Phantasien auslebe und daneben noch ein bisserl Geld verdiene. Ich wollt den Bert nicht für mich alleine haben, und ich hab weder ihn noch sonst jemanden vergiftet. Ihr verstehts das sowieso nicht.«

»Du kannst mit uns über alles reden. Öffne dich und lass es raus«, mischt sich die Mimi ein.

Der Horvath mag es, wenn sie die schamanische Hohepriesterin heraushängen lässt. Obwohl ihr auch die Bad-Cop-Rolle steht, wie er am Friedhof festgestellt hat. Die Mimi überrascht ihn immer wieder aufs Neue.

»Ich hab den Bert geliebt, und die Fini lieb ich auch. Wir waren zwar nicht vor dem Gesetz verheiratet, aber wir haben uns rituell vermählt.« Die Jacky hebt die Hand und wackelt mit den Fingern. Horvaths Blick bleibt zunächst bei den langen Nägeln hängen und wandert dann zu dem Ring an ihrem linken Ringfinger.

»Wos?«, fragt der Horvath und merkt selber, wie stupide er sich anhört.

»Polyamorie, Horvath. Die Jacky redet von der Vielliebe. Das versteht ihr in eurem Kulturkreis nicht. Da, wo ich herkomm –«, belehrt der Shaman, aber der Horvath fällt ihm ins Wort.

»Schorschi, du kommst aus Langenlois. Seit wann ist das ein anderer Kulturkreis?«

Es passiert selten, dass der Shaman laut wird. Diesmal wird er es. »Horvath, ich hab dich schon hundertmal gebeten, mich nicht mit dem Namen meiner ersten Geburt anzureden.«

»Solange du deine Psychoschwammerl in meiner Küche deponierst, nenn ich dich, wie ich will.«

Der Horvath will dem Shaman noch mehr an den Kopf werfen, doch dann spürt er sein Telefon in der Hosentasche vibrieren. Er zieht es heraus und erkennt die Nummer seines Bekannten in der Forensik.

Die Mimi, die mit Konflikten gar nicht gut umgehen kann, schließt ihre Augen und stimmt ausgerechnet jetzt einen Chant an.

»Mimi, sing leiser!«, schreit der Horvath und deutet auf sein klingelndes Telefon, das die Mimi in ihrer Trance weder sehen noch hören kann. Er presst das Handy an das eine Ohr und die flache Hand auf das andere, um Mimis Gesang auszublenden. »Jaja. Sehr gut«, wiederholt er ein paarmal, dann beendet er das Telefonat.

»Ha! Hab ich es doch gewusst, dass der Hund einen Strychninknödel gefressen hat«, triumphiert er und klatscht mit der Hand auf den Wohnzimmertisch.

Das Kreischen, das Jackys Kehle entfährt, lässt den Horvath, die Mimi und den Shaman erstarren. Sogar Kommissar Krüger zuckt zusammen.

»Ihr Dorfleut seids so gestört!«, brüllt sie, als sie ihre Worte wiederfindet.

»Langsam, langsam«, sagt der Horvath. »Warum hat die Fini angenommen, der Berti wär in Gefahr?«

In der letzten Stunde haben sich alle beruhigt. Sie sitzen in Horvaths Wohnzimmer, verdrücken bestelltes chinesisches Essen, und der Horvath ist mit der Jacky zum Du übergegangen. Auf dem Klo hat er den Begriff »Polyamorie« gegoogelt und kann sich noch immer schwer vorstellen, dass der Berti aufgeschlossen für diese Art von Beziehung war. Diese Tatsache bestätigt dem Horvath einmal mehr, wie groß die Kluft war, die die Zeit zwischen ihn und seinen alten Freund gerissen hat. Natürlich nur, wenn die falsche Blondine ihn nicht zum Narren hält. Aber so eine Geschichte kann man sich nicht spontan ausdenken. Das weiß niemand besser als er selber. Außerdem ist in ihrem Gesicht keine Lüge auszumachen, kein verräterisches Zucken um die Augenwinkel und kein Zögern. Ihre Antworten sind mit reichlich belanglosen Details ausgeschmückt, was ebenfalls darauf hindeutet, dass sie die Wahrheit sagt.

»Der Bert hat immer wieder Briefe bekommen. Jemand hat ihm gedroht.«

Der Horvath erinnert sich an den zerfledderten Wisch, den er selber in Bertis Zimmer entdeckt hat. Vielleicht hat das eine nichts mit dem anderen zu tun, aber außer Acht lassen sollte er dieses Detail nicht.

»Womit gedroht? Und warum?«

»Die Fini und der Bert haben mir nicht alles erzählt. Ich bin bei solchen Sachen ein bisserl ängstlicher als die zwei. Aber sie haben oft nachts im Bett darüber geredet, wenn sie geglaubt haben, ich würd schon schlafen. Irgendwem hat es nicht gepasst, wie der Bert gelebt hat. Ganz komische

Sprüche waren da oft dabei, und die sind immer mehr geworden.«

»Wer hat von eurer Beziehung gewusst?«

»Na, das ist es ja. Keiner. Es war nicht offiziell, zumindest nicht bei ihm im Dorf. Deshalb ist der Bert ja immer zu uns nach Wien gekommen. Dort interessiert so was niemanden.«

»Hat es noch andere Frauen in Bertis Leben gegeben?«
Der Horvath denkt an die Erika, als er die Frage stellt. Kann es sein, dass sie doch etwas vom Berti gewollt hat und sowohl ihn als auch den Rudi aus Eifersucht umbringen wollte? Die Erika erscheint ihm nicht wie eine Frau, die gerne die zweite Geige spielt oder mit Ablehnung umgehen kann. Zuerst der Rudi und seine Familienplanung mit der Maria, dann auch noch der Berti mit der Fini und der Jacky. Einer Frau wie der Erika traut der Horvath nach wie vor alles zu, wenn ihr Ego gekränkt wird.

»Wenn, dann hätt er es uns erzählt. Die Fini und ich hätten kein Problem damit gehabt, aber es hat keine andere gegeben.«

»Irgendwem hat das Dreiergespann Berti, Jacky und Fini nicht gepasst«, sagt der Horvath mehr zu sich selber als zu den anderen.

»Wo könnt sich die Fini verstecken?«, will die Mimi wissen. »Hat sie Verwandte, wo sie vielleicht untergekommen ist?«

Die Jacky wischt sich mit dem Handrücken Sojasoße vom Kinn. Von ihrem Huhn süßsauer liegen nur noch ein paar Gemüsereste auf dem Teller. Sie stellt ihn auf dem Wohnzimmertisch ab und schaut den Horvath eindringlich an. »Die Fini würd sich nicht verstecken. Die ist fest entschlossen, den Mörder vom Bert zu finden.«

»Moment. Der Rudi ist am selben Abend, an dem der

Berti ermordet wurde, verhaftet worden«, dämmert es dem Horvath. »Warum hat die Fini nicht wie alle anderen angenommen, dass er der Mörder ist?«

»Die Fini ist eine skeptische Frau, und mit der Polizei hat sie sowieso ihre Probleme. Außerdem hat der Bert viel erzählt von den Nachbarn und den Leuten im Dorf. Ein Mord passt seinen Erzählungen nach nicht zum Rudi. Und als die Fini am Tag nach Berts Tod im Dorf war, hat ihr jemand einen Brief hinter die Windschutzscheibe gesteckt.«

»Was ist in dem Brief gestanden?«, kommt der Shaman mit seiner Frage dem Horvath zuvor.

»Die Fini hat ihn mir am Telefon vorgelesen. Irgendwas mit einer Flut und ihrem Untergang. Ganz genau erinnern kann ich mich nicht, aber sinngemäß hieß es, dass sie verschwinden und sich nicht mehr im Dorf blicken lassen soll. Ich wollte, dass sie sofort zur Polizei geht, aber wie ich schon g'sagt hab, die Fini hatte ein paar Probleme mit der Polizei, deshalb nimmt man ihr Verschwinden dort auch nicht ernst.«

Der Horvath macht sich Notizen in sein Buch.

»Das war übrigens das letzte Mal, dass ich was von der Fini gehört hab«, ergänzt die Jacky nach einer kurzen Pause und bricht in Tränen aus.

»Was sind das für Probleme mit der Polizei?«, fährt der Horvath ungerührt fort.

Die Mimi reicht ihr ein Taschentuch, und die Jacky redet weiter, während sie sich Augen und Nase abwischt. »Sie ist begehrt bei den Männern, und das hat sie manchmal ausgenutzt, hat sich zum Essen einladen, sich das Auto volltanken lassen und so was.«

Der Horvath nickt wissend. Sein Bild von Fini Blondini wird runder.

»Sie hat keinen guten Ruf in Wien, aber die Typen sind

selber schuld, wenn sie das Geldbörsl zücken, sobald sie einen Minirock sehen. Das war aber alles vor dem Bert.«

Schuldbewusst wirft der Horvath der Mimi einen Blick zu. Will sie auch auf diese Weise umsorgt werden? Sie redet in letzter Zeit immer öfter von einem Kind, da ist es naheliegend, sich ein behütetes Nest für sich und den Nachwuchs zu wünschen.

»Ich brauch alles von der Fini. Telefonnummer, Mailadresse, Passwörter, Autokennzeichen, Lieblingsessen«, kehrt der Horvath zum Wesentlichen zurück. Er ist fest entschlossen, Bertis Liebschaft zu finden. Um sein eigenes Leben wird er sich später kümmern.

* * *

Die Notizen über Fini Blondini liegen wie verirrte Gedanken neben ihm auf dem Beifahrersitz. Mit Hilfe ihres Google-Passwortes hat er versucht, ihr Handy zu orten, vergeblich. Die Standortermittlung ist ebenso fehlgeschlagen wie der Versuch, sie in einer der Pensionen und Hotels im Bezirk Krems aufzuspüren. Nachdem der Horvath die Gegend nach ihrem Auto abgesucht hat, kehrt er zurück nach Hause. Heute ist es zu spät, um eine Frau zu finden, die offensichtlich gar nicht gefunden werden will.

Die Jacky hat ihre Freundin als sprunghaft und eigennützig beschrieben. Wer weiß, wo sie sich wirklich herumtreibt. Sie könnte sich bereits im Bett des nächsten Sugardaddys rekeln, in diesem Fall hätte der Horvath unnötig Zeit mit der Suche nach ihr vergeudet.

Es ist ruhig, fast zu ruhig, was in letzter Zeit eine Seltenheit geworden ist. Die Mimi schläft in ihrer eigenen Wohnung in Rehberg, den Shaman hat er nach Langenlois gebracht, und die Jacky ist im Orange Wings einquartiert.

Der Horvath lauscht dem tropfenden Wasserhahn, der ebenso marode ist wie der Rest seiner Wohnung. Wie ein Panther streift er durch die staubigen, unordentlichen Zimmer, verharrt am Wohnzimmerfenster und schaut hinaus. Im gegenüberliegenden Haus flackern die Lichter Dutzender Fernseher. Silhouetten ziehen hinter den geschlossenen Rollos vorbei wie die Figuren eines Schattentheaters. Der Horvath stöhnt und reibt sich zuerst die Augen, dann den Bart und schärft seinen Blick. Im diffusen Licht der Straßenlaterne steht eine Gestalt, den Mund zu einem grotesken Lachen verzogen. Gerne würde er den Bildausschnitt wie auf einem Handydisplay mit Daumen und Zeigefinger vergrößern, doch das muss er gar nicht, denn die Gestalt überquert die Straße und steuert auf sein Haus zu.

Der Horvath braucht keine fünf Sekunden bis ins Erdgeschoss. Er reißt die Haustüre auf, und diesmal kann er den Schrei nicht unterdrücken.

»Sorry«, sagt die junge Frau und zieht den Mund-Nasen-Schutz mit dem aufgemalten Clownsmund vom Gesicht. »Ich wollt grad bei meiner Oma läuten, die hat Corona.«

Schon lange hat der Horvath sich nicht mehr so geschämt. Nachdem er alle Vorhänge zugezogen hat, kippt er die angebrochene Flasche Wein in den Abfluss. Er sollte das Saufen in Zukunft sein lassen. Wenn er den Fall lösen will, muss er klar bei Verstand bleiben.

Er zwingt sich zurück an den Küchentisch, sortiert erneut die Notizen im Mordfall des Obstbauern, dann klappt er den Laptop auf und öffnet das Kommissar-Krüger-Manuskript. Eine Stunde lang starrt er auf die Seite, aber er findet nicht die richtigen Worte, um den Kommissar wieder zum Leben zu erwecken. Vielleicht ist Krügers Zeit abgelaufen. Vielleicht ist es auch für ihn selber Zeit, in ein solides Leben zurückzukehren. Einer der vorgeschlagenen Jobs beim Magistrat oder in der Krankenhausverwaltung ist zwar nicht das, wozu er sich berufen fühlt, aber was bleibt ihm anderes übrig?

Horvaths Konzentration lässt von Minute zu Minute nach. Kommissar Krüger muss warten.

Aus Langweile öffnet er Facebook und staunt, als ein Posting von Sonja, einer alten Schulkollegin, über den Bildschirm flackert. Ein Partyvideo live aus einem Nobelheurigen, in dem sie feiert. Aber nicht die Sonja ist es, die den Horvath irritiert. Es ist die Maria, die mit ihrem Glas im Hintergrund sitzt und mit aufgerissenem Mund schallend lacht. Er vergrößert den Bildausschnitt ihres Gesichtes, um sich ganz sicher zu sein. Es ist seine Schwägerin, eindeutig. Von den verquollenen Augen und der sorgenvollen Miene, die sie ihm bei jedem Besuch präsentiert, ist auf dem Video nichts zu erkennen.

Der Horvath wirft einen Blick auf die Uhr. Es ist fast Mitternacht, und es wäre ratsam, heute früher ins Bett zu gehen. Doch er weiß, dass ihm die Sache mit der Maria keine Ruhe lassen wird. Also zieht er sich an, geht zum Auto und fährt ins Dorf.

Der Horvath parkt den Chevy in einer Quergasse am Ortsrand. Es ist besser, nicht von der Maria entdeckt zu werden, solange er selber nicht weiß, was er zu dieser Uhrzeit hier will.

Grantig auf sich und seine Idee herzukommen, schlägt er die Autotüre mit unnötiger Wucht zu. Das Aufprallen von Plastik auf dem Asphalt lässt ihn die Hände vor dem Kopf zusammenschlagen. Irgendwas an seinem Chevy scheint wegen seines Gefühlsausbruchs abgefallen zu sein.

Der Horvath schaltet die Taschenlampe seines Handys ein und hockt sich auf die Straße. Es dauert nicht lange, da sieht er es: ein eckiges schwarzes Plastikteil, das auf den ersten Blick wie eine Batterie ausschaut, an dem Stücke von braunem Klebeband haften. Er schiebt seinen Arm unter das Auto und greift danach.

»Das gibt's doch net«, murmelt er, als er den Gegenstand identifiziert.

Jemand hat ihm einen Peilsender unter das Auto gepickt.

Bis zu Marias und Rudis Haus sind es rund fünfhundert Meter. Horvaths Bewegungsdrang hält sich in Grenzen, aber heute braucht er den Spaziergang, um zu begreifen, was er entdeckt hat. Irgendwer scheint wissen zu wollen, wo er sich aufhält. Mimi, die in Wahrheit eifersüchtig ist und kontrollieren will, ob er sich mit anderen Frauen trifft? Helga, der er so eine Aktion eher zutraut als der Mimi? Oder doch jemand, der mit Bertis Ermordung zu tun hat?

Aus den Kellergewölben, die die Straße säumen, strömt der Gärgeruch von Wein, der dem Horvath schon als Bub Trost gespendet hat. Er atmet tief ein, biegt in die geschotterte Zufahrtsstraße zu seinem Elternhaus und hält inne. Er könnte schwören, eine kleine blonde Frau gesehen zu haben, die sich hinter den Traktor geduckt hat. Langsam geht der Horvath darauf zu, beschleunigt seine Schritte, als er sich Rudis Steyr nähert, und macht einen Sprung dahinter. Nichts. Er sieht Gespenster.

Marias Auto steht nicht im Carport, und durch die Fenster flackert kein Licht, das darauf hindeutet, dass jemand zu Hause ist. Es kostet den Horvath Überwindung, den Schlüssel zu Rudis und Marias Haus aus seinem Versteck hinter der Regentonne zu graben. Er weiß nicht, was er sich von seinem Einbruch erwartet, aber er spürt, dass Maria mehr verheimlicht als den Grund ihres seltsamen Gesprächs mit Margarete.

Der Horvath erinnert sich an einen Spruch, den er in einem Buch gelesen hat: »Menschen sind wie Eisberge, von denen wir nur die weiße Spitze sehen. Der Rest liegt tief verborgen.« Es entspricht seiner Natur, das Verborgene sehen zu wollen, auch auf die Gefahr hin, dass ihm nicht gefällt, was er sieht.

Zögerlich steckt er den Schlüssel ins Schloss und stößt die Türe auf. Der Holzboden knarzt, als wollte er Alarm schlagen. Der Horvath fühlt sich unwohl im dunklen Haus, trotzdem geht er zielgerichtet auf das Zimmer zu. Früher war der Raum Rudis Kinderzimmer, heute befinden sich darin ein Schreibtisch und Marias Bügelmaschine. Es bedarf nur weniger Sekunden, bis er Rudis Versteck unter dem Holzboden wiedergefunden hat. Wie in Bertis Zimmer ist es die drittletzte Latte rechts, die sich mit dem Autoschlüssel hochheben lässt.

Horvaths Herzschlag beschleunigt sich, als er unter der losen Bodendiele eine schmale Schatulle ausmacht. Er öffnet sie und holt das Kuvert, das darin liegt, heraus.

»Das gibt's ja net«, flüstert er und zieht einen Zweihunderter nach dem nächsten hervor. Er zählt sie runter und stoppt beim einhundertsten Schein. Rund fünfzigtausend Euro. Wo zum Teufel hat der Rudi so viel Geld her? Und warum hat die Polizei dieses Geld beim Durchsuchen des Hauses nicht entdeckt? Dann dämmert dem Horvath, was er zuvor nur unterschwellig wahrgenommen hat, und er wagt einen zweiten Blick in das Kuvert. Zwischen den Banknoten steckt Bertis Partezettel.

Der scharfe Sprühnebel kommt gemeinsam mit einem dumpfen Schlag auf Horvaths Hinterkopf. Er zwickt die Augen zusammen und wehrt den Gegenstand, der erneut auf ihn einzuschlagen droht, mit beiden Armen ab.

»Horvath!«, schreit eine Stimme, von der er erleichtert

feststellt, dass sie zu Maria gehört. Sie dreht das Licht auf und wirft dem Horvath eine Flasche mit destilliertem Wasser zu. »Schütt dir das in die Augen und wasch sie aus. Der Pfefferspray is eh schon seit zehn Jahren abgelaufen.«

Allmählich sieht der Horvath wieder was und mustert die Maria, die noch immer mit dem Bügeleisen in der Hand vor ihm steht.

»Was machst du in meinem Haus?«

»Woher kommt das ganze Geld?«

»Ich weiß nicht. Das muss vom Rudi sein.«

Der Horvath zieht den Partezettel zwischen den Geldscheinen heraus und fächert damit vor Marias Gesicht. »Und den hier hat der Rudi aus dem Häfn hergezaubert?«

Die Maria schaut exakt so aus wie jemand, der ertappt worden ist. »Bitte misch dich nicht in unsere Angelegenheiten.«

»Du willst, dass ich den Rudi aus dem Gefängnis hol, aber in eure Angelegenheiten einmischen soll ich mich dabei nicht? Oder willst gar nicht, dass der Rudi wieder aus dem Gefängnis herauskommt?«

»Sag mal, spinnst du?«, empört sich seine Schwägerin und knallt das Bügeleisen auf den Schreibtisch.

Der Horvath steht auf und tastet seinen Kopf nach einer Verletzung ab. Zum Glück hat ihn die Maria nur gestreift, und er ist unversehrt. Er will gerade etwas sagen, da hört er im Vorzimmer Schritte.

»Wer is da draußen?«, fragt er und erhält eine Antwort, die ihn schlimmer trifft als das Bügeleisen.

»Ich.« Der Shaman tritt vom dunklen Gang ins Zimmer. Mit der weiten bunten Hose und dem Häkelhemd schaut er aus wie die haarlose Version vom Kasperl. »Denk jetzt bitte nichts Falsches, Bruder. Ich wollt die Maria nur ein bisserl aufheitern.«

Der Horvath war selten wütender als in diesem Moment.

»Du verschwindest aus dem Haus vom Rudi, aber dalli!«, schreit er und deutet zuerst auf den Shaman und dann auf die Maria. »Und wir zwei setzen uns jetzt in die Küche und reden Tacheles.«

»Woher kommt das ganze Geld?«, wiederholt er seine Frage.

Mit verschränkten Armen und aufeinandergepressten Lippen sitzt die Maria da und schweigt.

Erst jetzt fällt dem Horvath auf, wie aufgeräumt das Haus ist. Und nicht nur das. Die Fotos auf dem Kühlschrank sind ebenso verschwunden wie Rudis Krempel, der beim letzten Besuch noch überall verstreut herumgelegen ist. Die Maria hat keine Zeit verloren, ihn aus ihrem Leben zu streichen.

»Jetzt red, sonst sitzen wir die ganze Nacht da, und deinen glatzerten Seelenschnacksler fressen draußen die Gelsen.«

»Stell mich nicht wie ein Flitscherl hin. Der Rudi hat nebenbei so viele Weiber g'habt. Da werd ich mir auch ein bisserl Freude gönnen dürfen. Außerdem war gar nix zwischen uns.«

»Ist das der Grund, warum du den Rudi ausquartiert hast?« Der Horvath deutet mit dem Kinn in Richtung Kühlschrank.

Sichtlich erregt strafft die Maria ihre Schultern, öffnet den Mund, um etwas zu erwidern, überlegt es sich jedoch anders.

Er sollte die Maria zum Grab vom Bello hochschleifen und ihr erklären, warum er sich für ihre Eheprobleme interessiert, aber er hält sich zurück. Sein Gefühl sagt ihm, dass es sowieso nicht mehr lange dauern wird, bis sie alles erfährt.

»Die Weiberg'schichten sind eine Sache, in einem Mord-fall fünfzigtausend Euro versteckt zu halten ist eine andere.«

»Ach so, wirklich?«, keift die Maria. »Was glaubst denn, warum des ganze Geld bei uns herumliegt? Du hast wirklich keine Ahnung, wie der Rudi tickt. Das hat die Erika auch nicht g'habt.«

Irritiert kratzt sich der Horvath am Kopf. »Wie meinst du das mit der Erika?« Weiß seine Schwägerin von der Affäre? Dem Horvath schwant Böses. »Erpresst ihr die Erika?«

»Horvath, bitte fahr heim. Und nimm den Guru mit. Ich hab die Schnauze voll von euch Männern.« Resigniert stützt die Maria ihren Kopf auf den Händen ab.

»Sag jetzt, ob ihr sie erpresst.«

»Nein, das hat der Rudi ausnahmsweise ganz alleine hin-bekommen. Ich hab das Geld schon vor Wochen entdeckt und ihn zur Rede g'stellt. Es war ausg'macht, dass ich nix dazu sag, wenn ich damit meine künstliche Befruchtung weiterzahlen kann. Ohne dieses Geld hätt ich mir das näm-lich nie leisten können.«

»Wieso hat die Polizei es nicht gefunden?«

»Als sie am Abend von Bertis Ermordung bei uns ge-klingelt haben, hab ich es aus dem Haus geschafft. Gestern hab ich es dann zurückgelegt.« Marias Wangen färben sich dunkelrot. Sie würgt die nächsten Worte heraus. »Bei all dem, was der Rudi und die Erika mir angetan haben, ist das Geld das Mindeste, was mir zusteht.« Wieder stockt die Maria. Bei ihren nächsten Worten wird ihre Stimme brüchig und heiser, so als glaube sie selber nicht, was sie da sagt. »Unsere Probleme haben nix mit dem Mord am Berti zu tun. Du verrennst dich in eine komplett falsche Richtung, Horvath.«

Bei so viel Naivität kann der Horvath nur den Kopf schütteln.

»Ist dir klar, dass du in der Erpressung mit drinhängst? Das ist nicht nur kriminell, sondern auch deppert. Was glaubst, wie das ausschaut, wenn im Nachbarhaus ein Mord passiert ist und der eigene Mann deswegen im Häfn sitzt?«

Die Maria wischt nervös über ihre Stirn. »Wirst mich verraten?«

Darauf kann der Horvath nichts erwidern. Er hat die Maria für schlauer gehalten, als sie ist, aber offensichtlich hat sie in der Ehe mit seinem vertrottelten Bruder bereits einige Gehirnzellen einbüßen müssen.

»Darauf hast du gewartet, oder?«

»Ich steh auf dem Schlauch. Was meinst du?«

Jetzt versagt der Maria die Stimme komplett. Ihre Worte sind ein kaum verständliches Krächzen. »Glaubst, ich weiß nicht, dass du mich nicht magst? Dass der Rudi andere Weiber pudert und dass du mich jetzt auch noch der Erpressung überführen kannst, das taugt dir doch.«

Der Horvath steht auf und rennt in der kleinen Küche im Kreis. Gerne würde er jeden Vorwurf zurückschleudern, ihr ins Gesicht sagen, wie es sich anfühlt, von der eigenen Mutter enterbt zu werden, im Elternhaus der ungebetene Gast zu sein. Der Taugenichts, der sich jahrelang aus der Not heraus Geschichten aus den Fingern gesaugt hat, weil das reale Leben nicht auszuhalten war.

»Sei net deppert«, sagt er stattdessen. »Ich will dir helfen. Für den Rudi tu ich das nämlich nicht.«

Er setzt sich wieder neben die Maria, die sich an das Tischtuch klammert, als wäre es der Rockzipfel ihrer Mutter. »Ich hab die Hormone abg'setzt und die künstliche Befruchtung ab'brochen.«

Schweigen breitet sich aus. Das Ticken der Wanduhr zieht den Moment zum Zerreißen in die Länge.

»Ich kann die Mimi bitten, dass sie morgen zum Reden

vorbeikommt«, schlägt der Horvath vor, damit irgendjemand etwas sagt.

Die Maria schüttelt den Kopf. »Wenn du mir helfen willst, dann schau, dass der Rudi aus dem Gefängnis kommt, ganz egal, was für ein Oarsch er ist. Ein Mörder ist er nicht. Und find den Bello«, fügt sie noch hinzu. »Sonst hab ich nämlich keinen mehr.«

✳✳✳

Die Nacht ist von einer Schwärze durchzogen, die dem Horvath gar nicht behagt. Sonst regt die Dunkelheit seine Kreativität an, aber heute löst sie Gänsehaut aus. Der Akku von seinem Handy ist fast leer, und die Taschenlampe bleibt aus. Das spärliche Leuchten des Handydisplays bietet kaum mehr Licht als der Mond, der hinter einer dichten Wolkenfront liegt. Der Horvath rennt hinter dem Shaman her, knickt um und hätte beinahe die zweite Bauchlandung in dieser Woche hingelegt.

»Soll ich dich tragen, Horvath?«

»Spinnst du? Was hast du immer damit, mich tragen zu wollen?«

»Im Tierreich ist das etwas ganz Normales. Wir Menschen –«

»Shaman, kannst bitte einfach nix mehr sagen?«

Der Horvath ist erleichtert, als er aus der Ferne die Stoßstange seines Autos unter einer Straßenlaterne glänzen sieht. Er wird den Shaman am Kremser Bahnhof absetzen und sich daheim eine Flasche Wein gönnen. Vielleicht findet er sogar noch ein paar Psychopilze. Die könnte er heute gut vertragen.

»Denkst jetzt schlecht von mir, Horvath?«

»Immer.«

»Ich hab die Maria nur begleitet, damit sie nicht ganz

alleine zu Sonjas Geburtstagsfeier muss. Die wären über sie hergefallen, wenn sie da ohne Begleitung hingegangen wär.«

»Passt schon«, erwidert der Horvath, dem auf einmal nicht mehr einfällt, was genau ihn so daran gestört hat, ihn bei der Maria zu erwischen.

»Weißt, Horvath, ich empfind dir gegenüber eine große Liebe, und ich spür, dass das von deiner Seite erwidert wird –«

»Pst«, zischt der Horvath, bleibt stehen und hält den Shaman am Hemd fest.

»Was?«

»Da is jemand. Hörst?«

Die Dunkelheit macht es dem Horvath und dem Shaman unmöglich, etwas zu erkennen, aber die Schritte sind deutlich zu vernehmen. Die beiden zucken zusammen, als Horvaths Handy in seinen Händen vibriert und eine neue Textnachricht ankündigt. Reflexartig entsperrt er das Display und liest.

*Da ließ der Herr Schwefel und Feuer regnen von dem Herrn vom Himmel herab auf Sodom und Gomorrha. Mo, 19,24*

»Am Montag um 19.24 Uhr?«, fragt der Shaman. »Wer hat das geschrieben?«

»Das hat nix mit Datum und Uhrzeit zu tun, das ist ein Bibelvers, glaub ich.«

Der Horvath hat keine Zeit, darüber nachzudenken, denn die nächste Nachricht ploppt auf.

*Ich hatte dich gewarnt, aber du wolltest nicht hören.*

»So ein feiger Trottel«, ärgert sich der Horvath lautstark und schiebt den Shaman weiter in Richtung Auto. »Diese blöde Handyschreiberei ist irgendwann der Untergang der Menschheit.«

»Haben nicht die Fini und der Berti auch so kryptische Nachrichten bekommen?«

Das ist dem Horvath auch gerade eingefallen, aber er will dem Guru nicht zustimmen. »Geh weiter. Ich möcht heim und meine Ruhe haben.«

Die beiden haben den Chevy fast erreicht, und der Horvath kramt den Autoschlüssel aus seiner Tasche. Diesmal ist es der Shaman, der den Horvath am Shirt festhält und am Weitergehen hindert.

»Ich spür etwas, Horvath.«

»Das ist dein Zumpferl, das bei der Maria heute nicht zum Einsatz gekommen ist. Und jetzt lass mich los.«

»Nein, Bruder. Ich spür was Negatives.«

»Lass den Scheiß, bevor du mich noch mehr ansteckst. Es reicht eh schon, dass ich Geister vor meinem Haus seh.«

»Bruder, keinen Schritt weiter!«

»Finger weg von mir!«, schreit der Horvath und windet sich aus Shamans Griff. »Geh weiter, sonst kannst heute Nacht hier …«

Der Rest des Satzes verklingt in einem Zischen. Eine Flamme fährt hinter dem Chevy hoch und züngelt um das Auto.

»Nicht!«, schreit der Shaman und reißt den Horvath, der Anlauf auf das Auto nehmen will, zu Boden.

»Ich hab einen Feuerlöscher im Kofferraum!«

»Sei nicht deppert! Das Auto wird explodieren.«

Die Männer ringen auf dem Boden, und der Shaman legt sich mit seinem ganzen Gewicht auf den Horvath, der nach den letzten Tagen zu marode ist, um ihn abzustrampeln.

»Autos explodieren net. Des is eine Erfindung der Hollywood-Industrie.«

Die darauffolgende Explosion ist zwar nicht so spektakulär wie eine aus Hollywood, aber sie erhellt das Donautal bis Weißenkirchen.

Aus der Ferne tönen die Sirenen mehrerer Feuerwehrautos. Der Horvath hockt im Straßengraben und schaut dabei zu, wie sein Chevy vor sich hin lodert. Fast hat der Anblick etwas Feierliches, wie Sonnwenden. Nur dass es nicht die Hexe ist, die brennt, sondern sein geliebtes Auto. Die Verbindung zwischen ihm und dem Chevy ist nicht die klischeehafte Mann-Auto-Beziehung, die man dahinter vermuten könnte, es ist weitaus mehr. Dieses Auto hat er von seinem ersten Ersparten gekauft, und es war das Einzige, wofür er jemals Verantwortung übernommen hat. Nach der Scheidung und manchmal schon davor war es sein rettendes Dach über dem Kopf. Immer wenn ihm das Leben so richtig reingeschissen hat, war diese rote Karre sein Trost.

»Tut mir so leid, Bruder.« Der Shaman hockt sich hinter den Horvath und legt seine Arme um ihn. »Ich hab mit dem Werner telefoniert. Er wechselt grad die Reifen vom Golf. Für die Jacky geht das in Ordnung, wenn du ihn dir ausborgst.«

Mehr als nicken kann der Horvath nicht.

»Des wird schon wieder, Bruder.«

Er nickt noch einmal, obwohl er weiß, dass es nicht wieder wird. Aber wie soll er das einem Guru erklären, der schwarz mit dem Moped seines Bruders fährt, weil er es nur bis zum Lamaführerschein geschafft hat.

Als die Feuerwehr eintrifft, bevorzugt der Horvath es, zu gehen. Er will nicht sehen, wie der Chevy auf die Rampe geladen und abtransportiert wird.

»Wennst mich jetzt fragst, ob ich getragen werden will, sag ich net Nein.«

\*\*\*

Offiziell waren es Vandalen, die eine Zigarette in den offenen Tank mit dem fehlenden Deckel gesteckt haben, der schon vor Monaten hätte repariert werden müssen. Es schmerzt ihn, den Täter vorerst davonkommen zu lassen, aber er darf sich jetzt, wo er Bertis Mörder so nahe ist, keinen Fehler erlauben. Sich zu tief in die Karten schauen zu lassen wäre ein solcher Fehler.

Der Horvath parkt Jackys rosa Golf vor dem Haus der Hubers und bleibt noch ein paar Minuten darin sitzen, um sich auf seine Befragung vorzubereiten. In Gedanken versunken, lässt er die kleine Taschenlampe am Autoschlüssel hin- und herbaumeln. Wenn Hubers Behauptung, Erika habe das Hundehalsband gestohlen, stimmt, gilt es herauszufinden, wo sie es gestohlen hat, denn diese Spur führt ihn zum Mörder. Er muss klar und scharfsinnig bleiben, denn die Hubers haben nach wie vor das stärkste Motiv, Berti und Rudi tot sehen zu wollen. Es ist davon auszugehen, dass sie ihm alles auftischen werden, um ihren Allerwertesten zu retten. Wer weiß, zu welchen Mitteln sie noch greifen werden. Mit Geld lässt sich beim Horvath jedenfalls nichts regeln, egal, wie dringend er ein paar Hunderter brauchen könnte. Die einzige Währung, die er akzeptiert, ist die Wahrheit.

Um Punkt zehn Uhr steht der Horvath vor der Haustüre der Hubers und läutet an. Nichts. Er läutet erneut. Zehn Minuten später schleicht er um das Haus, aber von den Hubers ist nichts zu hören oder zu sehen. Der Horvath könnte sich selber ohrfeigen. Wie konnte er nur so blöd sein, ihnen das Hundehalsband zu überlassen. Es war sein wichtigstes – nein, sein einziges Beweisstück, das die Erika belastet.

Auf der gegenüberliegenden Seite des Grundstücks schaut er hoch zu den breiten, eckigen Fenstern. Verstecken sich die Hubers hinter den heruntergelassenen Jalousien? Aus den Augenwinkeln nimmt der Horvath eine Bewegung wahr. Sein Blick schweift über das verwilderte Grundstück, das an das der Hubers angrenzt. Eine Schar aus Kindern und deren Müttern strömt auf die Wiese und verwickelt sich zum Menschenknäuel. Diesmal ist er sich fast sicher. Die, die so schnell weggegangen ist, als er die Gruppe gemustert hat, war Fini Blondini.

Schon lange hat der Horvath keine so große Strecke mehr rennend zurückgelegt. Seine Bänder spannen, und das Seitenstechen fühlt sich an, als würde man ihm ein Messer in die Rippen rammen.

»'tschuldigung«, keucht er und rempelt sich durch die Horde von Menschen, die dabei sind, Picknickdecken und Kinderspielzeug auf der Wiese zu verteilen. Ein Kleinkind kreuzt krabbelnd seinen Weg. Er springt darüber und erntet erzürnte Schreie von den Frauen.

An der Straße angekommen, krümmt sich der Horvath und reibt zur Linderung der Schmerzen seine Hände über die Waden. Angestrengt inspiziert er die Gabelung des Weges. Keine Spur von der blonden Frau.

Schweißgebadet kehrt er zurück zum Haus der Hubers. Sein Herz dröhnt im Körper wie ein Presslufthammer. Jetzt ja keinen Infarkt bekommen, mahnt er sich selber.

Wie so oft in den letzten vierundzwanzig Stunden wählt er Fini Blondinis Handynummer. Anstelle des Freizeichens springt sofort die Tonbandansage des Mobilfunkanbieters an. »Der gewünschte Gesprächspartner ist vorübergehend nicht erreichbar.«

Der dringende Wunsch, die Frau zu finden, mutiert zu Ärger. Warum zum Teufel rennt sie weg, wenn sie mit der Jagd nach Bertis Mörder dasselbe Ziel verfolgen?

»Mah, Horvath, was is denn mit deinem Auto passiert?«

Erschrocken fährt der Horvath herum und erkennt die alte Frau Schütz, die ihn früher Ribisel aus ihrem Garten hat naschen lassen. So schnell hat die Geschichte von seinem brennenden Chevy also die Runde gemacht.

»Irgendwer hat sich einen blöden Scherz erlaubt«, relativiert der Horvath die Angelegenheit und spürt, wie sein Magen rotiert.

»Um Gottes willen. So was hat es früher nicht gegeben.« Sie schlägt zuerst die Hände zusammen und bekreuzigt sich dann. »Des waren sicher diese narrischen Klimaaktivisten. Am Tag picken sie sich auf die Straße, und in der Nacht gehen s' Feuer legen.«

Der Horvath verkneift sich einen Kommentar dazu. »Frau Schütz, Sie wissen nicht zufällig, ob die Hubers daheim sind?«

Die alte Frau kommt näher. »Was ich dir erzähl, bleibt unter uns, gell? Sonst heißt es, ich belausch die Leut. Die zwei haben gestern einen Krach g'habt, als sie vom Friedhof heim'kommen sind. Die Frau hat g'schrien wie eine Furie, ich sag's dir. Sie is nicht einmal mit ins Haus, sondern gleich in die Garage, und kurz darauf is sie wegg'rast.« Frau Schütz lächelt verlegen, und ihr Gesicht schaut aus wie zerknittertes Papier. »Nicht dass du jetzt glaubst, ich spionier die Nachbarn aus, aber ich wohn ja gleich da oben und hab zufällig aus dem Fenster g'schaut.« Sie deutet auf das kleine Haus, das direkt gegenüber dem der Hubers steht.

»Und der Huber? Is der auch weggefahren? Wir haben nämlich einen Termin.«

Frau Schütz schüttelt den Kopf. »Heute Nacht war er

da. Der hört ja immer so laut Musik, weißt. Heute hab ich von ihm aber noch nichts g'hört oder g'sehen.«

Der Horvath verabschiedet sich und wartet, bis die Frau am Ende der Gasse verschwindet. Während des Gesprächs mit der Frau Schütz ist ihm das abgeschraubte Sichtschutzelement wieder eingefallen. Er umrundet das Grundstück und freut sich darüber, dass die Lücke im Zaun noch nicht geschlossen wurde.

Auf der Baustelle ist es heute still, und auch vom Huber gibt es keine Spur. Der Horvath betritt den Garten.

»Huber!«, schreit er, um sich nicht wie ein Einbrecher vorzukommen. »Huber, bist du da?«

Er erhält keine Antwort.

Auf dem Terrassentisch steht eine Kaffeetasse, daneben wird ein Kugelschreiber vom Wind hin- und hergerollt.

Der Horvath nähert sich der Glasfront. Er presst die Nase an die Scheibe und legt die Hände an seinen Kopf, um das einfallende Sonnenlicht abzuschirmen. Schemenhaft lassen sich die Konturen der Wohnzimmermöbel ausmachen, aber vom Huber oder seiner Frau ist nichts zu sehen. Der Horvath will schon umdrehen und gehen, da fällt ihm auf, dass die Glasfront ein Stück offen steht. Vorsichtig schiebt er sie weiter auf und stellt einen Fuß ins Haus.

»Huber? Bist du da? Wir haben einen Termin.«

Gepackt von Neugier und dem Gefühl, dass etwas nicht in Ordnung ist, betritt er das Haus. *Gar nicht klug*, meldet sich der Kommissar. *Du brichst gerade bei den Hubers ein und lieferst ihnen einen Grund, dich zu erschießen.*

Im Haus herrscht penible Ordnung, abgesehen von einer Ansammlung leerer Flaschen und Gläser, die auf dem Wohnzimmertisch stehen. Entweder haben die Hubers kürzlich eine Party gefeiert, oder der Wolfgang hat den Streit mit seiner Frau in Hochprozentigem ertränkt.

Der Horvath macht einen Rundgang durch das Untergeschoss, dann kehrt er zurück zur Terrassentüre und beschließt zu gehen.

Da sieht er ihn. Den gelblichen Lichtkegel eines Beamers, der auf der Kommode steht. Das will er sich näher anschauen und tritt an die Kommode heran. Neben dem Beamer liegt ein Notebook, auf dem ein pausiertes Video angezeigt wird. Der Horvath drückt den Play-Button, und Hubers Gesicht erscheint auf der Wand zwischen Erikas überdimensionierten Porträts.

Sekunden später dröhnt Hubers Stimme durch den Raum. »Das ist mein Geständnis. Ich gebe zu, den Stammtisch heimlich verlassen und dem Berti einen vergifteten Marillenknödel vor die Türe gestellt zu haben. Ich habe das gemacht, weil er meine Obstbäume vergiftet hat. Das Gleiche hatte ich auch mit dem Rudi vor, der am Anschlag auf meine Bäume beteiligt war. Nachdem aus Versehen der Hund Rudis Knödel gefressen hat, habe ich das Gift und die Zutaten für den Knödel in seinem Keller versteckt, damit es so ausschaut, als hätte er den Berti umgebracht. Als Trophäe habe ich dieses Hundehalsband mitgenommen.«

Der Huber hält Bellos Halsband vor die Kamera. Dann spricht er weiter. »Weil ich nicht mit dieser Schuld leben kann, werde ich meinem Leben ein Ende bereiten. Der Erika möcht ich noch sagen, dass ich sie liebe. Lebts wohl. Euer Wolfgang.«

In der Garage hängt der Huber an einem Holzbalken. Unter ihm Malerfolie, damit sein Tod keine Spuren im makellosen Haus hinterlässt. Sogar beim Sterben wollte er es der Erika noch recht machen, denkt der Horvath und wartet auf das Eintreffen der Polizei.

***

»Zwanzig Ehejahre, und der Rudi fährt nach seiner Entlassung direkt nach Schwechat und fliegt fort, anstatt bei der Maria zu sein«, empört sich die Mimi, was nur selten passiert. »Sie hat ihm zwar g'sagt, dass sie Zeit für sich braucht und es besser is, wenn er ein paar Tage im Hotel wohnt, aber ein Hotel auf Mallorca war damit nicht gemeint.«

Dem Horvath tut der Rücken vom Liegen weh. Er würde sich gerne anders hinlegen, aber die Mimi hat sich neben ihn auf die Couch gesetzt. Wenn er sich jetzt in ihre Richtung dreht, muss er ihr ins Gesicht schauen, und das schafft er nicht, denn überall sieht er nur die toten Augen vom Huber.

»Hase, du liegst jetzt seit vier Tagen da und sagst kein Wort. Ich weiß, dass es dir nicht super geht, aber irgendwann musst wieder unter die Leut. Und ich würd mich auch freuen, wennst wieder mit mir redest.«

Vier Tage. Damit hat der Horvath nicht gerechnet. Ihm ist, als stünde die Zeit still, seit er den Huber erhängt in der Garage gefunden hat. Dabei ist viel passiert. Der Bello wurde exhumiert, der Berti eingeäschert, die Erika nach einem Nervenzusammenbruch ins Landesklinikum Krems eingewiesen und der Huber als Mörder auf dem Titelblatt der DonauWelt abgedruckt.

»Du kannst nix dafür, dass sich der Huber umgebracht hat. Er hätt seine Schuld ja auch absitzen können.« Die Mimi beugt sich über den Horvath und drückt ihm einen Kuss auf den Mund. »Der Rudi ist aus dem Gefängnis raus. Dank dir ist der Fall gelöst. Du bist ein Held, Hase.«

Genau das ist das Letzte, was er hören will, denn ein Held ist er bestimmt nicht. Der Horvath lauscht Mimis Bewegungen und denkt, sie würde aus dem Zimmer gehen. Stattdessen zerrt sie ihm das Shirt vom Körper.

»Mimi, was machst du denn? Was ist das?«

Die Mimi hält ein kleines Fläschchen in ihren Händen.

»Das hat dir der Shaman gebraut. Es ist ein Öl, das dir dabei helfen soll, dich mit der Erde zu verbinden.«

»Wofür soll ich mich mit der Erde verbinden? Ich bin doch eh schon komplett am Boden.«

»Jetzt, wo du wieder redest, kannst mir sagen, was dich so bedrückt, Hase. Um deine Aura werd ich mich später kümmern.«

Der Horvath hat keine Ahnung, was die Mimi ihm auf die Brust geschmiert hat, aber seither fühlt er sich besser.

Er sitzt auf der Kante des Küchentischs, schaut der Mimi beim Kochen zu, und es fühlt sich an wie früher, bevor der Berti ermordet worden ist und er sich des Falls angenommen hat.

Eine Dampfwolke strömt aus dem Kochtopf und hüllt die Mimi ein. So wie sie herumtänzelt und rührt, erinnert sie ihn an eine Hexe, die einen Krötentrank braut. So wie es in der Küche riecht, könnte das, was sie fabriziert, auch einer sein.

»Ich hab mir gedacht, wir könnten die Maria und den Shaman einmal zu einer energetischen Seelenhygiene einladen. Die Aura von der Maria gefällt mir nämlich gar nicht«, schlägt die Mimi vor.

»Wir könnten auch irgendwas machen, wofür die Nachbarn uns nicht die nächsten drei Monate auslachen.«

»Das heißt, du hast kein Problem damit, dass die Maria und der Shaman sich anfreunden?«

Der Horvath nimmt einen Schluck Kaffee und zuckt mit den Schultern. »Los werd ich den glatzerten Guru ja sowieso nimma. Wie geht es der Maria?«

»Ich war gestern bei ihr. Sie hat die Staffelei und die Ölfarben aus dem Keller geholt und wieder angefangen zu malen. Ab Montag geht sie wieder arbeiten.«

»Und wie kommt sie über den Rudi hinweg?«

»Er schickt zwanzig Nachrichten am Tag. Rudi am Strand, Rudi am Buffet, Rudi vor dem Sonnenuntergang. Die Maria wollt keine davon lesen. Ich hab sie alle für sie gelöscht.«

»Und die Jacky?« Dem Horvath kommt es vor, als wäre er aus einem jahrelangen Koma erwacht und müsste sich erst wieder auf den aktuellen Stand der Dinge bringen. Die Situation hat etwas seltsam Befremdliches, das ihm gar nicht behagt.

»Sie sucht noch immer ganz Wien nach der Fini ab.« Mimi trinkt einen Schluck einer blutroten Flüssigkeit, deren Anblick den Horvath schaudern lässt.

»Ist zwischen uns beiden alles in Ordnung?«, erkundigt er sich zögerlich und wagt es kaum, sie anzuschauen.

»Na sicher, Hase.« Mimi kommt auf ihn zu und schlingt ihre Arme um seinen Hals.

»Na, geh«, jammert der Horvath, als sein Handy klingelt. Er schiebt es unter einen Stapel alter Zeitungen. »Hört eh von selber wieder auf.« Damit hat er recht, doch Sekunden später klingelt Mimis Handy, und die nimmt den Anruf an.

Der Horvath steht auf und geht ins Wohnzimmer. Auf dem Tisch wartet sein Laptop. Er klappt ihn auf und starrt wie so oft in den vergangenen Wochen auf das letzte Kapitel seines aktuellen Manuskripts. Er will den Kommissar auferstehen lassen, aber jedes Mal wenn er die Finger auf die Tastatur legt, kommen ihm die Worte abhanden. Und wenn er es schafft, etwas zu schreiben, ist es so schlecht, dass er schon von vornherein die vernichtenden Rezensionen der Leser vor sich sieht. Das Einzige, was dem Kommissar noch helfen kann, ist ein Wunder.

»Horvath!«

Wenn die Mimi ins Zimmer stürmt und seinen Namen

ruft, ist das selten ein gutes Zeichen, es sei denn, sie hat ihr Fruchtbarkeitsritual vollzogen.

»Es war die Jacky. Sie ist auf dem Weg zu uns. Die Fini ist tot aus der Donau gefischt worden.«

Jackys Tränen sind schwarz gefärbt von Wimperntusche und bilden eine Lache auf Horvaths Küchentisch. Auf dem Weg zu ihm und der Mimi hat sie den Shaman am Bahnhof aufgesammelt, und nun sitzen sie zu viert in der kleinen Küche, in der Mimis angebranntes Abendessen dem Horvath ebenfalls Tränen in die Augen treibt.

»In Mautern haben sie ihr Auto gefunden. In Tulln haben sie dann die Fini entdeckt. Die Polizei sagt, dass sie sich umgebracht hat«, erzählt die Jacky und bekommt endlich die ersten Worte heraus. »Sie sagen, dass sie das wegen ihren Schulden gemacht hat und weil man sie bei keinem Casting mehr gewollt hat.«

»Mah«, zeigt sich die Mimi feinfühlig. »Des tut mir so leid.«

Der Shaman legt seinen Arm um die Jacky.

»Ich hab mich gerade für den Auftritt fertig gemacht, da haben sie mich angerufen. Ich kann's einfach nicht glauben.«

»Es dauert eine Weile, bis man es glauben kann, wenn jemand gestorben ist. Der Shaman hat aber sicher ein Loslassritual, mit dem er dir –«

»Ich meine, dass ich nicht glaub, dass sie sich umgebracht hat. Ich kenn die Fini.«

Der Horvath, der sich die ganze Zeit nicht geregt hat, richtet sich nun in seinem Sessel auf und wird aufmerksam.

»Die Fini ist ermordet worden«, redet die Jacky weiter, nachdem sie einen Obstler hinuntergekippt hat.

»Das war der Huber …«, mischt sich der Shaman ein.

»Die Fini hat ihm nachgestellt und herausgefunden, dass

er den Berti ermordet hat«, ergänzt die Mimi, und der Shaman nickt. »Die Erika tut mir auch leid. Sie hatte einen Kollaps, nachdem sie erfahren hat, dass ihr Mann ein Mörder ist. Vielleicht sollten wir sie einmal besuchen. Die Maria hat erzählt, dass sie heute aus dem Krankenhaus entlassen wird.«

Der Horvath kann sich nicht mehr beherrschen. Er haut mit der Hand auf den Tisch, und alle zucken zusammen. Sämtliche Puzzleteile fügen sich ineinander. Alles, was ihm in den letzten Tagen im Magen rumort und ihn nicht hat schlafen lassen, ergibt nun einen Sinn.

In Gedanken spielt er wie so oft in den letzten Tagen Hubers Videogeständnis ab. Der Wortlaut, sein Blick, die Sache mit dem Hundehalsband und sein Wissen um Rudis geplante Ermordung.

»Ich bin mir sicher, dass ich die Fini im Dorf gesehen hab, als der Huber schon längst in der Garage gehängt ist. Der Huber hat die Fini nicht ermordet«, sagt er ruhig. »Der Huber hat gar keinen ermordet außer sich selber.«

# 6. Schritt

*Die Butter entfaltet ihren kräftigen, fetten Duft im Keller, vermischt sich mit Nuancen von gärendem Wein und Schimmel.*

*Natürlich habe ich mich für richtige Butter entschieden, nicht für einen pflanzlichen Ersatz, der die Cholesterinwerte weniger stark in die Höhe schnellen ließe. Ein bisschen Völlerei ist an diesem denkwürdigen Tag durchaus angebracht.*

*Ich kippe das Gemisch aus Kristallzucker, Bröseln und Vanillezucker hinein und rühre, während die Masse eine goldbraune Farbe annimmt. Der Duft weckt Erinnerungen an meine Kindheit, in der meine Mutter Marillenknödel mit Erdäpfelteig zubereitet hat, weil das billiger war.*

*Der Löffel mit Zimt kreist über der Pfanne. Ich zögere und frage mich, ob der Rudi Zimt mag, aber ich erinnere mich nicht daran. Mein Fluchen hallt heiser von den Wänden wider, als mir der Löffel aus den Händen gleitet und das Gewürz in den Zuckerbröseln landet. Das feine Pulver herauszusieben wäre eine langwierige Arbeit, und mehr Brösel habe ich nicht vorrätig, um ein neues Gemisch zuzubereiten. Ein dummer Fehler, doch nun muss ich das Risiko eingehen und alles so belassen, wie es ist.*

✳✳✳

»Horvath, jetzt sag endlich, wohin wir fahren und was los ist.«

Horvaths Hände krampfen sich um das Lenkrad von

Jackys Golf. Er tritt das Gaspedal voll durch und treibt das Auto stadtauswärts über die Ringstraße.

»Schleich di, du Gscherter!«, flucht er und reißt das Auto nach einem gescheiterten Überholvorgang zurück auf seine Spur. »Wir fahren zur Erika. Entweder ist sie eine Mörderin, oder sie ist selber in Gefahr.«

»Was?«, fragen die Mimi, der Shaman und die Jacky fast gleichzeitig. Zur selben Zeit ploppt Kommissar Krüger auf der Rückbank auf.

Der Horvath atmet erleichtert durch. Es ist Verlass auf den Kommissar, und er ist offensichtlich nicht nachtragend für jemanden, der in die Luft gesprengt worden ist.

»Aber wenn der Huber nicht der Mörder ist, wie konnte er dann vom geplanten Anschlag auf den Rudi wissen?«, fragt die Mimi.

»Und warum sollte er ein Geständnis ablegen und sich umbringen?«, ergänzt die Jacky.

Dem Horvath wird schlecht. Er würde die Antworten lieber für sich behalten. »Das ist meine Schuld. Ich hab der Erika am Friedhof die Informationen über den geplanten Mord am Rudi und den toten Bello gegeben. Ich wollte sie unter Druck setzen, damit sie mit der Sprache herausrückt, warum sein Hundehalsband in ihrem Haus gelegen ist.«

»Ja, und warum war Bellos Band im Haus der Hubers?«, wirft der Shaman ein.

»Der Huber hat mir auf dem Friedhof erzählt, dass die Erika ein Langfinger ist. Sie ist eine Kleptomanin. Zu dem Zeitpunkt hat der Huber gedacht, dass es um Diebstahl geht. Wahrscheinlich hat er sie danach zur Rede gestellt, und sie hat ihm vom zweiten Marillenknödel und vom toten Hund erzählt.«

»Das erklärt aber noch immer nicht, warum du glaubst, dass er unschuldig ist, und warum er sich trotzdem schuldig bekannt hat«, ist Mimis berechtigter Einwand, den sich der Horvath auch erst nach und nach erklären konnte.

»Er hat die Erika für die Mörderin gehalten und wollt sie schützen. In seinem Geständnis hat er den gleichen Wortlaut verwendet, den ich auf dem Friedhof benutzt habe. Wäre er der Mörder, hätte er sich nicht so vage ausdrücken müssen. Trotzdem hat sein Hintergrundwissen über den vergifteten Hund und Marias Aussage über den leeren Teller vor ihrem Haus gereicht, um ihn schuldig aussehen zu lassen.«

»Die Maria hat erzählt, dass der Huber seiner Frau komplett hörig war«, meint der Shaman und schüttelt den Kopf. Der Horvath ist überrascht über so viel Rationalität beim Guru.

»Und was hat das jetzt mit unserem Besuch bei der Erika zu tun?«, will die Jacky wissen und lehnt sich zwischen den Sitzen nach vorne zu Horvath und Shaman.

»Wir überprüfen ihr Alibi. Vielleicht hat der Huber seine Frau zu Recht geschützt, und sie ist die eigentliche Mörderin …«, erklärt der Horvath.

Die Mimi vervollständigt seinen Satz. »Oder die Erika hat den Mörder bestohlen, was gar nicht super für sie ausgehen könnt.«

Darauf sagt keiner mehr etwas.


Der Horvath rast die Bundesstraße an der Donau entlang. Draußen dämmert es allmählich. Wenn die Erika tatsächlich aus dem Krankenhaus entlassen worden ist, könnte die Dunkelheit den Mörder auf den Plan rufen.

Kleptomanen, so hat der Horvath recherchiert, verdrängen ihre Taten oft und haben keine Erinnerung daran, wo sie gestohlen haben oder dass sie überhaupt etwas gestohlen haben. Der Selbstmord ihres Mannes tut vermutlich sein Übriges, um ihren Verstand zu vernebeln, was erklärt, warum sie wegen des Halsbandes noch nicht bei der Polizei war. Früher oder später wird ihre Erinnerung aber zurückkehren. Wäre der Horvath der Mörder, würde er keine Zeit verlieren, um die Erika auszuschalten.

Schmerzliche Erinnerungen an seinen Chevy kommen im Horvath hoch, während er Jackys Auto etwas abseits vom Haus der Hubers parkt. Sollte sich die Erika als Mörderin erweisen und sein geliebtes Auto auf dem Gewissen haben, würde er sich sehr zurückhalten müssen, um nicht selber zum Mörder zu werden.

»Wie lautet der Plan?«, fragt der Shaman. Die vier haben das Haus der Hubers einmal umrundet und stehen nun vor Erikas Türe.

Der Horvath ist ratlos. Das abmontierte Sichtschutzelement wurde inzwischen wieder angeschraubt, und das Grundstück der Hubers ist weder einsehbar noch zu betreten.

»Wie wäre es mit Anläuten, falls ihr Dorfleute schon mal was davon gehört habt?« Jackys Finger drückt den Klingelknopf, bevor der Horvath sie davon abhalten kann. »Wenn die Frau meine Fini und den Bert umgebracht hat, dann will ich es wissen. Und wenn sie es nicht war, werd ich ihr den Gedächtnisverlust austreiben und dafür sorgen, dass sie sich daran erinnert, wem sie das Hundehalsband gestohlen hat.«

Der Horvath reibt sich die Stirn. Auf einen weiteren Amateur in der Runde hätte er verzichten können. Noch vor einer Stunde hat er selbstbewusst seine Lederjacke übergezogen, aber jetzt ist er sich seiner Sache nicht mehr sicher. Er hätte alleine herkommen sollen, aber die Mimi hat eindeutig bewiesen, wer bei ihnen das Sagen hat, und die Jacky hat ihm ihr Auto nur unter der Bedingung geliehen, dass sie mitfahren darf.

»Shaman, kannst du bitte die Micky-Maus-Ohren ab-
nehmen?« Der Horvath mustert zuerst ihn, dann die Mimi
in ihrem floralen Kimono und danach die Jacky mit der
zerrupften Perücke. »Vergiss es. Die Ohren machen das
Kraut auch nicht mehr fett.«

Der Shaman tastet über seinen Kopf. »Das ist ein schüt-
zendes Walddruiden-Stirnband –«

»Da ist ein Licht angegangen«, unterbricht die Mimi und
deutet auf eines der Fenster im Obergeschoss.

Erikas Schrei ist so schrill, dass sie keine Zeit verlieren.
Die Mimi ist die Erste, die vom Horvath, dem Shaman und
der Jacky über die Sichtschutzwand gehievt wird. Die Jacky hat es mit ihrer Körpergröße einfacher, die zwei Meter
zu überwinden. Horvaths Kreuz spielt nicht mit, aber der
Shaman stemmt ihn hoch, bis er sich aus eigener Kraft an
die oberste Kante ziehen kann.

Unsanft, aber heil landet der Horvath auf dem Rasen im
Garten der Hubers. Ein Adrenalinschub verhilft ihm schnell
auf die Beine. Gefolgt von den anderen, sprintet er los in
Richtung Terrasse.

»Schlag die Scheibe ein!«, schreit die Mimi und hält dem
Horvath einen Pflasterstein entgegen, den sie auf der Pool-
baustelle aufgesammelt hat. Der Horvath zögert, die Mimi
nicht. Sie holt aus und schmettert den Stein durch die Glasfront.

Die Scherben verteilen sich quer über den Fliesenboden
bis ins Atrium. Von der Erika ist nichts zu sehen. Mit schnellen Schritten bewegt sich der Horvath in Richtung Treppe.

»Sie ist oben!«, ruft er den anderen zu. Dann wendet er
sich an die Mimi. »Du bleibst hier und versteckst dich. Ich
will nicht, dass dir etwas passiert.«

Eine Person taucht unvermittelt vor dem Horvath auf.
Er stößt einen dumpfen Schrei aus. Aus dem Schatten der

Treppe tritt der Shaman hervor, und der Horvath legt eine Hand auf die Brust, um seine Atmung zu beruhigen.

»Wo kommst du her?«, flüstert er.

»Die war nicht zugesperrt.« Der Guru deutet zur Haustüre und drückt dann dem Horvath einen Gegenstand in die Hand, den er nicht identifizieren kann.

»Was ist das?«

»Das ist mein Klangschalen-Schlägel. Ist besser als gar keine Waffe.«

Mit dem Schlägel in der Hand geht der Horvath vor den anderen die Treppe hoch.

»Mimi, ich hab gesagt, du sollst unten bleiben«, zischt er, als er einen Blick über die Schulter wirft und aus den Augenwinkeln ein rotes Haarbüschel im Dämmerlicht sieht.

»Wenn du umgebracht wirst, will ich mit dir zusammen umgebracht werden, Hase«, flüstert sie.

So was Romantisches hat dem Horvath noch nie jemand gesagt, aber für Rührseligkeiten ist jetzt keine Zeit. Die vier steigen die Treppe bis zum letzten Absatz hoch. Vor der ersten Türe halten sie inne. Wasserrauschen ist zu hören, und der Geruch von Badeschaum dringt durch den Türspalt. Der Horvath legt die Hand auf die Klinke und wirft der Mimi einen Blick zu. Er weiß, wie schlimm es ist, eine Leiche zu sehen, und wünscht sich, er hätte die Mimi nicht ins Haus der Hubers mitgenommen. Was auch immer sie hinter dieser Türe erwartet, es wird kein schöner Anblick sein, das spürt der Horvath. Und das hätte er seiner Mimi gerne erspart.

Die Klinke wird dem Horvath aus den Händen gerissen, ehe er versteht, was passiert. Die Türe schlägt auf, und die Mimi, der Shaman und die Jacky kreischen erschrocken. Grelles Licht dringt aus dem Badezimmer. Der Horvath reißt den Schlägel hoch und richtet ihn auf die Silhouette im Türrahmen. Geblendet zwinkert er der Person entgegen. Er könnte schwören, zwei riesige falsche Brüste vor sich zu sehen.

»Alexa, Licht ganzes Haus an!«, schreit die Erika, und alles erhellt sich. Barbusig steht sie vor den Einbrechern und mustert zuerst den Horvath, dann die Mimi, den Shaman und zuletzt etwas ausgiebiger die Jacky. »Was soll das sein? Reunion der Village People?«

»Wir sind da, um zu helfen!«, erklärt die Mimi.

»Bei was denn helfen? Beim Baden? Sorry, aber ich stehe nicht auf billig gefärbte Rothaarige.« Ihr Blick gleitet über Horvaths Schlägel. »Auf Holzdildos stehe ich auch nicht.«

»Wir haben einen Schrei gehört«, stottert der Shaman, offensichtlich noch immer geschockt, wobei der Horvath nicht einschätzen kann, ob es an der Situation oder an Erikas Anblick liegt.

»Mein Therapeut mir hat geraten zu schreien für Stressabbau. Wie sind die Retter in meine Haus gekommen?« Jetzt mustert sie den Horvath mit ihrem stechenden Blick. »Oh verdammt. Ich wieder vergessen habe, Tür zuzusperren.«

»Bist du die Mörderin von meinem Bert und der Fini? Gestehe!«, beginnt die Jacky zu heulen und wischt sich mit dem Ärmel ihres Paillettenshirts über die Nase.

»Können bitte alle mal kurz die Papp'n halten? Und die lustige Witwe zieht sich jetzt was an. Es gibt ein paar offene Fragen.«


Der Horvath patrouilliert vor dem Ankleidezimmer, während sich die Erika anzieht. Die anderen haben sich im Büro gegenüber versammelt und sitzen schweigsam auf einem breiten weißen Ledersofa.

Dieses riesige, kalte Haus mit all den Zimmern und Winkeln bereitet ihm Unbehagen. Was ihm noch mehr Unbehagen bereitet, sind die monströs großen Bilder der Hausherrin an den Wänden des Obergeschosses. Treffender beschrieben, einige ihrer explizit dargestellten Körperteile in Schwarz-Weiß, die so groß sind wie Einmannzelte. Als Buben hätten der Berti, der Rudi, der Huber und er die hellste Freude daran gehabt.

»Voilà«, singt die Erika, als sie gefolgt vom Horvath das Arbeitszimmer betrit und sich auf den Schreibtisch schwingt. »Was ihr wollt von mir?«

»Frau Huber, Sie schulden mir noch eine Antwort. Wo waren Sie am Tag von Bertis Ermordung?«

»Erstens, ich schulde dir gar nichts. Zweitens, du hast geschlafen, Horvath? Der Fall ist abgeschlossen«, sagt sie, und der Horvath ist nicht sicher, ob ihre Stimme aus Unsicherheit oder vor Trauer zittert.

»Mein Beileid, Frau Huber«, kondoliert der Horvath ordnungsgemäß und senkt ein paar Sekunden den Blick. »Aber bitte beantworten Sie die Frage.«

»Warum kapiert keiner, dass diese Möchtegern-Sherlock-Holmes hat keine Recht zu schnuffeln.« Erikas Blick gleitet über Mimis, Shamans und Jackys unbeeindruckte Gesichter. Sie erntet nicht die Reaktion, die sie sich erhofft hat, und schüttelt den Kopf. »*Vy idioti. Nemůžu tomu uvěřit!*«

Sie springt auf. Alarmiert nimmt der Horvath Position in der Türe ein, um ihr den Weg abzusperren, aber die Frau bleibt vor einem Wandschrank stehen, reißt die Türe auf und zieht einen weißen Aktenordner heraus.

Der Horvath fragt sich, ob es in diesem Haus irgendetwas Farbiges gibt, und lässt seinen Blick durch das Büro schweifen. Hier drinnen jedenfalls nicht, abgesehen von der

Mimi, dem Shaman und der Jacky. Sogar die Erika ist von den weißen Ballerinas bis zum weißblonden Haaransatz nahezu farblos.

Sie reißt ein Blatt aus dem Ordner, stürmt auf den Horvath zu und hält es ihm vor das Gesicht. »Hier ist meine Alibi, wie meine Mann dir hat schon gesagt. Und wenn du noch immer nicht glaubst, du kannst anrufen die Krankenkasse oder Dr. Ullrich von die psychiatrische und neurologische Zentrum. Sie mich hat behandelt zwei Tage.«

Der Horvath kontrolliert das Datum. Die Erika sagt die Wahrheit. Ihr Alibi ist dokumentiert.

»Du jetzt bist zufrieden, Horvath? Was du willst noch sehen? Meine Röntgenbilder? Meine Unterwäsche? Meine alte Tagebücher?«

»Ich möchte wissen, wem Sie das Hundehalsband gestohlen haben.«

»Was soll das? Nicht nur, dass ich habe verloren meine Mann. Er auch noch gewesen ist eine Mörder. Jetzt ihr mich belästigt in meine eigenes Zuhause. In seine Video er hat gesagt, woher diese Band kommt.«

»Und warum hat er dann vorher behauptet, Sie hätten es gestohlen?«

»Weil er nicht wollte sich selber belasten«, kommt Erikas Antwort wie aus der Pistole geschossen. Und sie klingt durchaus plausibel, wäre da nicht Horvaths Menschenkenntnis, die ihm sagt, dass der Huber niemals die Erika angeschwärzt hätte.

»Dieses belastende Band, das angeblich eine Trophäe war, hat er einfach so im Haus herumliegen lassen?«

Erika zuckt mit den Schultern und verdreht trotzig die Augen.

»Wenige Stunden später hat er sich nicht nur selber belastet, sondern auch umgebracht, meinen Sie? Kann es nicht eher sein, dass er Sie für die Mörderin gehalten hat und Sie mit einem falschen Geständnis schützen wollte?«

Erikas Augen werden glasig, und ihre Mundwinkel zeigen nach unten. *Bingo*, ruft Kommissar Krüger. *Jetzt hast du den richtigen Nerv getroffen, Herr Kollege.*

»Frau Erika«, sagt der Horvath jetzt ruhiger und freundlicher. Er ist schließlich kein Unmensch, den Frauentränen unberührt lassen. »Ich bin kein Kaufhausdetektiv. Es ist mir wurscht, was Sie wann und wo mitgehen lassen. Aber dieses rote Band, das dem Bello gehört hat, haben Sie dem Mörder vom Berti gestohlen. Und dieser Mörder war nicht Ihr Mann. Wissen Sie, was das für Sie bedeutet? Sie sind in Gefahr. Erinnern Sie sich bitte.«

Die Erika verbirgt das Gesicht hinter ihren Händen. Der Horvath wendet den Blick ab. Fast tut ihm die Frau leid. Er betrachtet die Mimi, die ergriffen zwischen dem Shaman und der Jacky sitzt und ebenfalls gegen die Tränen ankämpft. Ein Schluchzer hallt durch das kahle Zimmer.

»Frau Erika«, sagt der Horvath ruhig und hofft insgeheim, dass der Shaman irgendetwas tut. Einen Kreistanz aufführen, einen Troll opfern oder was auch immer er für verzweifelte Witwen in petto hat. »Sie können sich uns anvertrauen. Wir sind Ihre Freunde.«

Die Erika nimmt die Hände vom Gesicht, und der Horvath versteht zuerst nicht, was er da sieht. Die Erika weint nicht, sie lacht. Ein schrilles, lautes Lachen, das ihr glatt gebügeltes Gesicht in Falten legt und sich auf ihren gesamten Körper überträgt.

»Ihr meine Freunde? Schaut euch an«, kichert sie und wird dann ernst. »*Ani nechci být pohřben vedle idiotů jako jsi ty.* Verschwindet aus meine Haus. Ich ertrage eure dumme Gesichter nicht länger.«

»Wie bös du bist«, schimpft die Mimi und hält sich sichtlich zurück. Das Friedensmantra, das die Worte wettmacht, die sie der Witwe gerne an den Kopf hauen würde, muss erst noch erfunden werden.

»Damit ich mir halte dumme Menschen fern, die kommen mit absurde Phantasien. Und jetzt raus, bevor ich rufe die Polizei.«

Der Horvath bedeutet der Mimi, dem Shaman und der Jacky mit einer Kopfbewegung zu gehen. Die drei steuern auf die Türe zu, und der Horvath greift zu einem Kugelschreiber und einem Notizzettel am Schreibtisch und kritzelt etwas darauf. Er reicht der Erika den Zettel, den sie verwundert anstarrt.

»Apropos anrufen«, erklärt er lächelnd. »Das ist die Nummer vom Herrn Meyer, einem Glaserer. Schönen Abend noch.«

✳ ✳ ✳

Die Mimi, der Shaman und die Jacky sind aufgelöst und reden unaufhörlich, während sie auf dem Weg zum Auto sind. Die Nacht ist tropisch heiß, und in den Gassen riecht es nach Heu und verfaultem Obst. In solchen Nächten sitzt er normalerweise mit der Mimi am Donauufer oder im Wellen.Spiel. Aber normal ist nichts mehr, seit der Berti tot ist. Es ist schon seltsam, wie der Tod eines einzelnen Obstbauern alles auf den Kopf stellt, denkt der Horvath und schaut hoch zum Himmel.

»Die Frau ist eine Hexe«, schnieft die Jacky. »Kein normaler Mensch nimmt ein Wellnessbad in dem Haus, in dem sich ein paar Tage vorher der Ehemann umgebracht hat.«

Der Shaman holt tief Luft. »Ich hätt ja nie gedacht, dass ich so was einmal sagen würd, aber wenn da draußen ein Mörder auf die Erika wartet, dann soll er ihr halt die Gurgel umdrehen.« So grantig schaut der Guru sonst nicht einmal drein, wenn der Horvath den zehnten Witz auf seine Kosten macht.

»Ich glaub, die Erika ist unsere Mörderin, so bös, wie die is, auch wenn sie ein Alibi hat. Vielleicht hat sie sogar ihren Mann umgebracht und es wie einen Selbstmord ausschauen lassen. Außerdem weiß ich, dass sie mit dem Rudi g'schnackselt hat. Das hat mir die Maria erzählt«, fügt die Mimi hochgeschaukelt von den Emotionen der anderen hinzu. »Aber warum hat sie die Fini umgebracht, falls es wirklich ein Mord war?«

»Es war Mord!«, regt sich die Jacky auf. »Niemals hätt mich die Fini allein zurückgelassen. Alle, die ich lieb, sind umgebracht worden! Ich will nix von Selbstmord hören.«

»Hörts auf zu streiten«, geht der Horvath dazwischen, bleibt stehen und lehnt sich an die Friedhofsmauer. Er rauft sich die Haare und stöhnt. Sein Lächeln reicht nicht ganz bis zu den Augen, aber er meint es ernst. »Burschen und Mädchen, ihr habts das super gemacht heut. Ich bin stolz auf euch.«

Die Mimi fällt dem Horvath um den Hals und küsst ihn. »Bist mir eh net bös, weil ich das Fenster eingeschlagen hab?«

»Hasi«, erwidert der Horvath sanft und streicht ihr eine Haarsträhne aus der schweißnassen Stirn. »Ich dreh sofort um und schlag mit dir noch die restlichen Fenster ein, wenn dich das glücklich macht.«

»Ihr seids süß«, sagt die Jacky. Tränen schwappen aus ihren Augen. »Ich vermiss die Fini und den Bert so.«

Der Horvath breitet seine Arme aus. Minutenlang stehen die vier vor dem Friedhof und umarmen einander. Fieberhaft überlegt der Horvath, wie es jetzt weitergehen soll. Als Kommissar mag er versagt haben, aber als Freund gibt er der Mimi, dem Shaman, der Jacky, dem Berti und irgendwie auch dem Huber das stumme Versprechen, den Mörder zu finden. Er hebt den Kopf und erkennt eine verschwommene Gestalt, die vom Friedhof kommt, kurz anhält, sie beobachtet und dann um die Ecke huscht.

Die Frau Bierhansl.

Die Mimi, der Shaman und die Jacky liegen nach zwei Flaschen Obstler kreuz und quer verteilt in seiner Wohnung herum. Der Horvath ist ruhelos, rennt umher und stolpert permanent über Gliedmaßen. Er ist zu aufgebracht, um zu schlafen. Vor allem aber fühlt er sich schuldig.

Wütend auf sich selber, stampft er die Treppe hinunter in Richtung Fußgängerzone. In den Lokalen und Restaurants herrscht reges Treiben. Das Stimmengewirr von gut gelaunten Menschen lullt den Horvath ein und beruhigt allmählich seine Nerven. Von irgendwoher meint er, seinen Namen zu hören. Er duckt sich, richtet den Blick auf die Pflastersteine unter seinen Füßen und schleicht durch die Nacht wie einer, der sich auf der Flucht befindet. Und irgendwie ist er das auch.

*Kollege*, redet Kommissar Krüger mantraartig auf den Horvath ein. *Lass dich nicht von deinen Emotionen in die Irre führen.*

»Geh weg, Krüger! Schleich dich einfach.« Der Horvath legt einen Zahn zu und biegt in die Göglstraße, um zurück zur Ringstraße zu gelangen. Ein Ehepaar kommt ihm entgegen, mustert ihn argwöhnisch und wechselt auf die andere Straßenseite.

*Der Selbstmord vom Huber war nicht deine Schuld.*

»Hätt ich die Erika nicht auflaufen lassen, hätt der Wolfi keinen Grund gehabt, ihre vermeintliche Schuld auf sich zu nehmen.«

*Das kann schon sein, aber dass er sich umbringt, hat er für sich alleine entschieden. Kollege, du kannst in keinen reinschauen und weißt nicht, was ihn wirklich dazu getrieben hat. Aber eines kann ich dir mit Garantie sagen: Du hast alles richtig gemacht und nach bestem Wissen und Gewissen gehandelt. Ohne dich würd dein Bruder im Gefängnis dahinvegetieren.*

»Was ist mit Fini Blondini? Sie hätte ich retten können. Stattdessen bin ich auf der Couch gelegen und hab mich volllaufen lassen.«

*Du hast alles getan, um sie zu finden. Es gibt keinen Grund, dir Vorwürfe zu machen. Aber du solltest deinen Alkoholkonsum reduzieren.*

»Und wie geht es jetzt weiter?«

*Morgen wirst du den Mörder vom Berti und der Fini finden.*

»Danke, Krüger.«

*Gerne, Herr Kollege. Wie wäre es, mich als Dankeschön von den Toten auferstehen zu lassen?*

Der Horvath nickt stumm.

*Wo wir gerade darüber sprechen. Die heiße Krankenschwester aus dem zweiten Kapitel wär mir viel lieber als die grantige Streifenpolizistin.*

»Wird gemacht, Kollege.«

Der Horvath schaut hoch zum Mond. Als er seinen Blick wieder auf die Straße richtet, ist der Kommissar verschwunden.

Zu Hause angekommen, starrt er auf seinen Laptop, der eingeschaltet auf dem Tisch steht. Das Manuskript ist geöffnet, und er zögert keine Sekunde. Er setzt sich, scrollt zur letzten Seite, und seine Finger bewegen sich wie von selber über die Tastatur.

Bei Sonnenaufgang kommt die Mimi in die Küche.

»Bevor du fragst«, sagt der Horvath, »nein, ich onanier nicht. Ich hab dem Kommissar gerade den besten Showdown seines Lebens geschrieben.« Und eine Sexszene, die der Lektorin die Wangen rot färben wird, fügt er in Gedanken hinzu.

»Super«, erwidert die Mimi. »Aber kannst mir das später erzählen? Ich wollt eigentlich nur das Räucherwerk und die Ozean-Trommel holen. Mir is so schlecht von dem g'schissenen Schnaps.«

\*\*\*

»Hase, bist munter?«

Der Horvath zwinkert gegen die Sonnenstrahlen. Kleine Staubteilchen fliegen wie Schneeflocken durch den Raum, und der Horvath weiß nicht, ob er wach ist oder träumt. Er richtet sich auf, schüttelt seine steifen Arme und schaut sich um. Er sitzt an seinem Küchentisch, aber er hat keine Erinnerung daran, wie er hierhergekommen ist.

»Du wirst nicht glauben, wer da ist«, sagt die Mimi. »Der Rudi!«

»Welcher Rudi?«, fragt der Horvath heiser und rümpft die Nase. Der faulige Geschmack in seinem Mund ist widerlich, und seine Zunge fühlt sich pelzig an. Er greift nach der Wasserflasche und trinkt ein paar zügige Schlucke.

»Du bist lustig. Dein Bruder natürlich.«

So natürlich ist das für den Horvath nicht, und lustig findet er das schon gar nicht. Der Rudi war noch nie bei ihm daheim, außerdem sollte der auf Mallorca oder sonst wo sein.

»Mimi, ich will einfach nur schlafen. Ich war die ganze Nacht munter.«

»Jetzt sei halt nicht so. Der Rudi wartet im Wohnzimmer.

Ich hab ihm einen Leberkräutertee gemacht. Lange wird er sicher nicht bleiben.«

Der Horvath nimmt den seltsamen Geruch eines Kräutergemisches wahr, der aus einem Kochtopf dampft und seinen Magen rotieren lässt. »Nein, bestimmt bleibt der Rudi nicht lange.«

Sein Bruder steht auf, als der Horvath das Wohnzimmer betritt. Diese Art von Höflichkeit kennt er nicht von ihm. Auch optisch hat sich einiges an ihm verändert. Er hat ein paar Kilos verloren, und sein neuer Schnauzer bringt die achtziger Jahre zurück in sein Gesicht. Rudi streckt ihm die Hand entgegen, und der Horvath schüttelt sie zögerlich. Als sie sich zum letzten Mal berührt haben, hat der Rudi auf ihm draufgesessen und mit ihm um das letzte Packerl Manner-Schnitten gerauft.

»Danke, Horvath. Ohne dich würd ich noch immer im Gefängnis sitzen.«

Sie setzen sich hin. Alles ist merkwürdig förmlich zwischen ihnen.

»Ich lass euch mal ein bisserl alleine«, tönt Mimis Stimme aus irgendeiner Richtung. Der Horvath hat nicht einmal bemerkt, dass sie da war.

Der Rudi reibt sich das Kinn und fixiert eine Stelle an der Zimmerdecke. »Ich hätt mich schon viel früher bedanken sollen, aber ich hab einfach wegmüssen«, presst er nach einigen Minuten des Haderns hervor.

»Passt schon.«

Dem Horvath dröhnt der Schädel, und er fühlt sich, als wäre er soeben aus einer Vollnarkose aufgewacht. Nur langsam kann sein Verstand alles verarbeiten.

»Ich will zurück zur Maria gehen. Irgendwie werden wir uns schon wieder zusammenraufen. Das haben wir ja immer.«

Der Zeiger der Wanduhr tickt lange vor sich hin, bevor der Horvath seine Gedanken sortiert hat.

»Das ist die blödeste Idee, die du neben allen anderen blödesten Ideen in den letzten Jahren hattest«, sagt der Horvath dann und schaut dem Rudi pfeilgerade ins Gesicht. »Denk zuerst einmal darüber nach, was du der Maria angetan hast. Wenn du reumütig genug bist und es schaffst, deine Finger in Zukunft bei dir selber und bei der Maria zu behalten, kannst wieder heimgehen. Wenn sie dich dann noch will.«

»Ich hab's mir doch gedacht. Sie hat was mit dem Pfeiffer Schorsch aus Langenlois, hab ich recht? Die Leut reden eh schon.«

Der Horvath fährt sich durch die Haare. Eben noch ist Sympathie für seinen Bruder aufgeflackert, schon wird jegliche Illusion, dieser Depp könnte sich irgendwann ändern, zerstört.

»Ausgerechnet so ein glatzerter Geisterbeschwörer. Was soll ich denn jetzt tun, Horvath?«, jammert der Rudi, wie er es sonst nur im Suff an der Bar irgendeiner Dorfspelunke macht.

»Schau ich aus wie die Gerti Senger? Wennst Beziehungstipps brauchst, bist bei mir an der falschen Adresse.« Demonstrativ dreht er sich zur Seite. »Die ganze Scheiße hast du dir außerdem eh selber ein'brockt«, fügt er dann noch hinzu.

Der Horvath ist nicht sicher, ob er sich das nur einbildet oder ob der Rudi tatsächlich ein paar Zentimeter geschrumpft ist. Was ihm noch komischer vorkommt, ist, dass der Rudi nur dasitzt und zuhört, während seine Augen ganz glasig werden.

»Außerdem«, redet der Horvath weiter, »rennt dort draußen noch immer ein Mörder herum, bei dem wir nicht wissen, ob er schon fertig ist.«

Der Rudi hält den Atem an. »Was? Aber der Huber …«, presst er stoßweise hervor.

»Der Huber hat niemanden umgebracht. Nicht einmal auf dich hat er es abgesehen gehabt, obwohl er jeden Grund dazu gehabt hätt.«

»Hab ich es doch gewusst!«, schreit der Rudi. »Es war die Erika, oder? Sie hat ihm den Mord angehängt …«

»Nein, die war es mit ziemlicher Sicherheit auch nicht.« Der Horvath lehnt sich im Fernsehsessel nach vorne, stützt die Ellenbogen auf den Knien ab und verschränkt die Finger ineinander. Eindrücklich und streng schaut er seinen Bruder an. »Der Mörder hat Fini Blondini in die Donau befördert und es wie einen Selbstmord aussehen lassen. Zu diesem Zeitpunkt war der Huber schon im Jenseits und die Erika mit einem Nervenzusammenbruch im Krankenhaus.«

»Fini wer?«

»Fini Blondini. Das war die Freundin vom Berti.«

»Die tote Tänzerin und Schauspielerin? Es wird erzählt, dass der Berti einen Dreier mit ihr und einer Transe hatte.«

»Eine polyamore Beziehung«, berichtigt der Horvath. »Und die Jacky ist eine Travestiekünstlerin.«

Erstaunen zeichnet sich in Rudis Gesicht ab. »Also stimmt es wirklich …« Eine Weile denkt er nach. Noch nie zuvor hat der Horvath seinen Bruder so demütig erlebt, und noch nie zuvor hat sein Bruder ihm gegenüber freiwillig auf einen Seitenhieb verzichtet. Ein Mord, der alles auf den Kopf stellt, denkt der Horvath.

»Die Hubers hätten einen Grund, mich umzubringen. Aber wenn sie nicht die Mörder sind, wo liegt dann die Verbindung zwischen dem Berti, seiner Freundin und mir, abgesehen von der Gemeinsamkeit, dass wir es offensichtlich gerne bunt treiben, wennst verstehst?«

Rudis letzter Satz klingt im Horvath nach, als dieser längst weg ist. Der Horvath weiß nicht, wo sich sein Bruder aufhalten wird, bis der Mörder gefasst ist. Und das ist auch gut so. Genauso sollte es auch die Jacky machen, dämmert es ihm, und eine Gänsehaut überzieht seine Unterarme. Aus Bruchstücken setzt sich in seinem Kopf eine Theorie zusammen, vor der ihm graut. Er hat sich verrannt, war auf einer falschen Fährte aus vergifteten Obstbäumen und Hubers verrückter Ehefrau, dabei lag das wahre Motiv des Mörders von Anfang an direkt vor seinen Augen.

Gesprächsfetzen und Ereignisse spulen sich vor dem Horvath ab wie ein Film. Je länger er hinsieht, desto klarer werden die Gesichter der Protagonisten. Es schaudert ihn. Wenn er die Geschehnisse richtig miteinander verknüpft hat, wird sein altes Heimatdorf bald nicht mehr dasselbe sein.

»Hase!«, reißt die Mimi ihn aus seinen Gedanken. »Telefon für dich.« Sie drückt dem Horvath das Handy in die Hand, und ihre Lippen formen sich zu einem stummen Wort, das er nicht ablesen kann.

»Horvath«, meldet er sich.

»Grüß Sie. Hier spricht die Petra Bierhansl. Mein Anliegen klingt vielleicht ein bisserl komisch, aber ich hab gehört, dass Sie im Mordfall vom Berti ermittelt haben, deshalb hab ich zuerst an Sie gedacht. Meine Mutter ist verschwunden.«

* * *

»Gestern hast du noch gesagt, wie super wir dir geholfen haben. Warum willst du uns dann heute nicht dabeihaben?«, will die Mimi wissen. Drei Augenpaare sind auf den Horvath gerichtet, während er sich die Jacke überzieht.

»Wir lassen dich nicht alleine ins Dorf fahren. Jedes Mal wenn du dort bist, passiert irgendwas, Bruder.«

Die Jacky und die Mimi stimmen Shamans Worten nickend zu.

»Es ist zu gefährlich. Ich hätt euch nie in meine Arbeit reinziehen dürfen. Die Mimi wurde zu einer kriminellen Handlung genötigt, musste sich von der Erika beleidigen lassen und wär fast von einem Kreuz erschlagen worden. Und dir wurde die Schulter ausgekugelt.«

Bei Horvaths letzten Aufzählungen senkt die Jacky beschämt den Blick.

»Und du, Jacky, solltest schleunigst zurück nach Wien fahren. Was für den Rudi gilt, gilt nämlich genauso auch für dich.«

»Was meinst du?«

»Wenn meine Theorie stimmt, bist du in Gefahr. Du könntest das nächste Opfer sein.« Mehr will der Horvath dazu nicht sagen. Schon einmal hat er den Fehler begangen, voreilig Insiderwissen preiszugeben, was der Huber mit seinem Leben bezahlt hat. Wenn die Jacky jetzt durchdreht, könnte das auch für sie fatal enden.

Die Jacky wird blass, was man heute besonders gut sieht, denn sie trägt weder Make-up noch Perücke.

»Mimi, du fährst mit der Jacky mit. In Wien seid ihr am sichersten aufgehoben«, fügt der Horvath hinzu, bevor er geht. »Ich will nicht, dass dir was passiert.«

Der Horvath trifft mit Shamans Moped im Pfarrhaus ein, wo Petra Bierhansl auf ihn wartet. Die Frau bewegt sich fahrig und redet wie aufgezogen, sobald er den Helm abgenommen hat und sich mit ihr auf den Weg ins Haus macht.

»Ich hab Ihr Buch gelesen, Herr Kommissar«, schwärmt sie, und dem Horvath geht das runter wie Öl. »Sind das alles echte Fälle, die Sie schildern, oder dürfen Sie das nicht verraten? Schreiben Sie schon an etwas Neuem?«

Der Horvath redet gerne über seine Schriftstellerei, aber nicht heute. Er murmelt eine Antwort, die sogar für seine eigenen Ohren unverständlich ist, aber Petra Bierhansl fragt nicht weiter nach.

»Wann haben Sie Ihre Mutter zum letzten Mal gesehen?«

Petra Bierhansl lacht verlegen. »Wir haben nicht den besten Kontakt, wissen S'. Ich hab's nicht so mit der Kirche. Dass ich ausgetreten bin, hat sie mir nie verziehen. Aber sie ruft jeden zweiten Tag an. Gestern ist der Anruf ausgeblieben, und heute hab ich sie nicht erreicht. Als ich hergekommen bin, war die Wohnung leer, ich konnte sie weder am Friedhof noch in der Kirche oder bei den Nachbarn finden.«

»Ist sie vielleicht weggefahren?«

Petra Bierhansl verdreht die Augen. »Die Mama ist immer nur im Dorf. Nicht einmal zu mir nach Krems kommt sie.«

Der Horvath legt seinen Helm auf einer Kommode ab und geht in der spärlich eingerichteten Wohnung, die nur aus einem Wohn-Schlaf-Raum, einer Kochecke und einem Bad besteht, hin und her. Sein Blick schweift über die Jesusbilder und die Kreuze. In einem Bücherregal entdeckt er zwischen Bildbänden, der Bibel und ein paar Kochbüchern sein Buch. Wahrscheinlich hat die Pfarrersköchin es nur aus Neugier gekauft.

Er versucht, sich den gestrigen Abend in Erinnerung zu rufen. Hat er auf dem Weg zum Auto tatsächlich Frau Bierhansl gesehen, oder hat er sich ihre Erscheinung nur eingebildet? Sosehr er sich anstrengt, er bekommt die Bruchstücke der Erinnerung nicht mehr aneinandergereiht. Der Krüger hat recht. Er sollte dringend seinen Alkoholkonsum reduzieren, bevor er so endet wie seine Mutter.

»Bestimmt ist alles gut, und sie taucht jeden Moment wieder auf …« Petra Bierhansl lässt den Rest des Satzes unausgesprochen. Zwei Wochen früher wäre dieser Gedanke naheliegend gewesen. Die Leute haben sich sicher gefühlt in ihrem engen Donautal. Aber die Ereignisse der letzten Tage haben gezeigt, dass das Unheil selbst vor einem Dorf wie diesem nicht haltmacht. Es ist, als wäre mit dem Mord am Berti eine Pforte geöffnet worden.

Petra Bierhansl zieht einen Sessel unter dem Küchentisch hervor und sinkt träge darauf. Es ist schwer zu glauben, dass diese freundliche Frau die Tochter der alten Bierhansl ist. Sie greift nach ihrem seitlich gebundenen Zopf und zwirbelt eine Strähne davon zwischen Daumen und Zeigefinger.

Das ist der Moment, in dem sich der Horvath an die Petra von früher erinnert. Er ist in die Volksschule gekommen, als sie schon in die Oberstufe gewechselt ist. Seither hat er sie nie wieder im Dorf gesehen. Ihm war nie bewusst, wie jung Frau Bierhansl gewesen sein muss, als sie Mutter wurde.

»Die Mama hat sich neuerdings sehr zurückgezogen. Na ja, sie war schon immer ein wenig eigen, aber in den letzten Tagen war sie irgendwie verhuscht, wenn Sie verstehen, was ich meine.«

Der Horvath versteht genau, was sie meint, denn diesen Eindruck hatte auch er von der alten Bierhansl. Er hat es auf ein allgemeines Unbehagen zurückgeführt, immerhin hat es einen Mord im Dorf gegeben. Bei allem Verständnis für die Sorge um ihre Mutter steigt Ungeduld im Horvath auf. Erst muss er sich Rudis Gejammer anhören, dann das Gerede der überängstlichen Petra Bierhansl, und das, obwohl dort draußen ein Mörder auf freiem Fuß ist.

»Ich glaube, dass die Mama was über den Mord am Berti weiß«, platzt es aus Petra Bierhansl heraus, als der Horvath gerade den Reißverschluss seiner Jacke zuzieht und den Helm aufhebt, um sein Gehen anzukündigen.

»Hat sie irgendwas Konkretes angedeutet, was Ihnen Anlass gibt, das zu denken?«

Petra Bierhansl lacht freudlos auf. »Die Mama ist ein Buch mit sieben Siegeln. Ich bin die Allerletzte, mit der sie offen reden würd.«

Na also, denkt der Horvath. Dass er hergekommen ist, ist reine Zeitverschwendung.

»Aber die Mama ist auch ein Gewohnheitsmensch. Sie ist stur, und alles ist bei ihr vorhersehbar«, ergänzt Petra Bierhansl hastig, springt auf und sieht den Horvath herausfordernd an. »Im zehnten Kapitel haben Sie es selber geschrieben, Herr Horvath. Wenn Menschen plötzlich von ihren Gewohnheiten abweichen, dann sollte man hellhörig werden.«

Langsam legt der Horvath den Helm wieder ab. Wer sein Buch so genau liest, der hat zumindest seine Aufmerksamkeit verdient.

»Von welchen Gewohnheiten ist sie abgewichen?«

Petra Bierhansl zuckt mit den Schultern. »Mein Vater war ein ungarischer Lesehelfer, der offiziell nie existiert hat. Die Mama hat mich zur Tante gegeben, als ich acht war. Weil sie immer nur in der Pfarre gearbeitet hat, ist von ihr nie mehr als ein bisserl Unterhalt gekommen. Zum Geburtstag hab ich das Spielzeug gekriegt, das die Leut der Kirche gespendet haben und das beim Flohmarkt keiner kaufen wollt. Letzte Woche hat sie mir auf einmal Geld überwiesen. Das erste Geschenk seit mehr als vierzig Jahren. Verstehen Sie, was ich damit sagen will? Die Mama ist eine strenggläubige Frau, die Angst vor der Hölle hat. Ich glaub, sie hat gewusst, dass der Huber ein Mörder war, und wollt mit ihrer Großzügigkeit ihr Gewissen reinwaschen.« Petra Bierhansl schluckt mehrmals hintereinander. Jegliche Farbe ist aus ihrem Gesicht gewichen. »Ich glaube, dass sie sich etwas antun will.«

Der Horvath runzelt die Stirn und verschränkt die Arme vor der Brust. »Ich fasse zusammen: Weil Ihre Mutter Ihnen kürzlich Geld überwiesen hat und heute nicht daheim ist, denken Sie, es könnt was mit dem Huber zu tun haben, und spekulieren mit Selbstmordabsichten?«

»Wenn ich verarscht werden will, les ich die DonauWelt«, blafft sie den Horvath an. »Ich red nicht von ein bisserl Kleingeld aus dem Opferstock. Sie hat mir zehntausend Euro überwiesen.«

Dem Horvath steht der Mund offen. Plötzlicher Geldsegen scheint im Dorf zu grassieren wie ein Virus.

Petra Bierhansl zieht die schmal gezupften Augenbrauen hoch und schürzt die Lippen. »Sie sind genauso ein egozentrischer Prolet wie der Kommissar Krüger. Aber wenn einer meine Mutter finden wird, dann sind Sie es.«

»Ich werd mein Bestes geben, Frau Bierhansl.«

Petra Bierhansl nickt und schiebt sich am Horvath vorbei, ohne ihn eines weiteren Blickes zu würdigen. Sie erreicht die Türe, dreht sich zu ihm um, greift in ihre Handtasche und holt Kommissar Krügers ersten Fall heraus. »Könnten Sie noch kurz das Buch signieren?«


»Jedes Geschenk kommt von oben, und als guter Christ sollte man keine Gabe des Herrn anzweifeln, aber der Buchsbaumzünsler muss ein Irrläufer gewesen sein«, empfängt den Horvath eine dumpfe Stimme, als er von der Türschwelle in den Garten tritt. Er schaut sich um und entdeckt den Pfarrer hinter einem Busch.

»Fällt so eine Äußerung nicht schon unter Blasphemie?«

Der Pfarrer lässt die Heckenschere sinken und kommt auf ihn zu. »Ah geh. Wenn man in der Chefetage sitzt, redet man ein bisserl salopper miteinander, weißt.« Er streift die Blätter und den Dreck an seiner Kutte ab und reicht dem Horvath die Hand. »Grüß dich, Horvath. Ich nehm an, du bist wegen der Frau Bierhansl hergekommen.«

»Haben Sie eine Idee, wo sie sein könnt?«, erwidert der Horvath. »Ihre Tochter macht sich Sorgen.«

Der Pfarrer schüttelt den Kopf. »Ich vertrau auf den Herrn. Und unter uns gesagt, halt ich die Sorgen von der Petra für übertrieben. In letzter Zeit ist viel passiert im Dorf, da ist es gut vorstellbar, dass die Gerti ein bisserl Zeit für sich selber braucht.«

Der Horvath und der Pfarrer stehen einander gegenüber. Seine Gedanken kreisen um das Geld, zu dem die Frau Bierhansl überraschend gekommen ist, aber eine andere Sache brennt ihm noch viel stärker auf der Seele. »Ganz wie der Papa, haben S' neulich bei Bertis Verabschiedung gesagt. Wie haben S' das gemeint?«

»Du bist ihm wie aus dem Gesicht geschnitten, und er hat auch immer probiert, mich mit seinen Witzen aus der Reserve zu locken.« Das breite Grinsen des Pfarrers gibt die Sicht auf einen Goldzahn frei. »Er war dir ein guter Vater«, fügt er nach einer kurzen Pause hinzu.

»Trotzdem war sein Geschenk von oben der Krebs, was eine ziemliche Oarschlochaktion war. Das können S' Ihrer Chefetage ausrichten, ganz salopp.«

Der Horvath lässt den Pfarrer ohne Verabschiedung stehen und geht in Richtung Moped. Gerade will er sich den Helm aufsetzen, da fällt sein Blick auf das Kirchentor.

Es kostet ihn Überwindung, die Türklinke nach unten zu drücken und über die Schwelle zu treten. Die Kirche ist für ihn ein Ort, den er vor allem mit dem Tod verbindet. Als er ein kleiner Bub war, war das noch anders. Da hat er sich immer ausgemalt, irgendwann in einer Kirche zu heiraten, aber dazu kam es nie. Die Helga und er haben sich am Standesamt das Jawort gegeben, und die nackerte Mimi und einen trommelnden Shaman kann er sich hier drin auch nicht vorstellen, falls die Mimi und er jemals heiraten sollten.

Er schaut sich um. Weder Frau Bierhansl noch sonst jemand ist zu sehen. Ihr Verschwinden, das kein Zufall sein kann, geht ihm nicht aus dem Kopf. Es passt nicht zu seiner Theorie. Oder lag er mit allem falsch?

Unbehagen breitet sich im Horvath aus. Ihm ist, als würde ihn jemand beobachten, und von den Wänden hallt ein kaum merkliches Knarren wider. Er legt einen Schritt zu und durchschreitet den Gang bis zum Altar.

»Servas, Lattenpeppi«, begrüßt er die Jesusfigur. »Was mach ich eigentlich hier?«, murmelt er dann und wendet sich zum Gehen. Er verharrt vor dem aufgeschlagenen Gotteslob, das in einer der Holzbänke liegt. Zwei Dinge stechen ihm zeitgleich ins Auge. Die Beschriftung im Buch und der schmale Goldring, der auf der Sitzfläche daneben liegt.

»Pfarreigentum«, steht auf der ersten Seite des Gesangbuches. Der Horvath erkennt die Schrift sofort. Der Kringel anstelle des i-Punktes, die dominante Schlaufe unter dem g. Es ist dieselbe Schrift, in der die Drohbriefe verfasst worden sind. Und da ist dieser Ring, den er schon irgendwo gesehen hat. Er greift danach, hebt ihn hoch und dreht ihn hin und her. Dann fällt es ihm ein. Es ist der gleiche Ring, den Jacky trägt und den vermutlich auch die Fini und der Berti getragen haben. Dieser goldene Ring, den er nur zur Hälfte über seinen kleinen Finger ziehen kann, hat eindeutig Fini Blondini gehört.

*\*\**

Jackys rosa Golf steht noch immer vor seinem Haus. Er rennt die Treppe hoch und flucht in seinen Jackenkragen. Er hätte wissen müssen, dass die drei nicht auf ihn hören.

Aufgelöst und außer Atem betritt er seine Wohnung. Der Geruch von angebratenen Zwiebeln und Tomaten steigt ihm in die Nase. Als er in die Küche stürmt, dort einen Berg frischer Lebensmittel und die Jacky am Herd sieht, verpufft sein Zorn.

»Die Jacky ist eine gelernte Köchin, Hase«, erzählt die Mimi und stellt Teller auf den kleinen runden Küchentisch. »Wir haben uns ausgemacht, dass wir alle hier bei dir bleiben, solange der Mörder auf freiem Fuß ist. In Krimis machen die Leut das nämlich immer falsch. Sie trennen sich, und dann stirbt einer.«

»Das passiert nur in Thrillern. Abgesehen davon ist bei vier Leuten in der kleinen Wohnung die Gefahr größer, dass wir uns gegenseitig umbringen«, grummelt der Horvath und wirft über Jackys Schulter hinweg einen Blick in den Kochtopf. »Wem gehört das Geld?«, fragt er dann und deutet auf die drei Hunderter, die unter dem Obstkorb stecken.

»Ich hab sonst immer der Fini Miete gezahlt, aber für die Zeit, in der ich bei dir wohn, kriegst du das Geld.«

Der Horvath nickt anerkennend. »Der glatzerte Guru denkt sich nie was dabei, wenn er meine Wohnung wie selbstverständlich mit seinen Zauberlehrlingen in Beschlag nimmt«, richtet er seine Antwort an Mimi.

»Gut, dass du es ansprichst. Der Shaman wird in nächster Zeit nicht hier sein.«

»Das muss einen Haken haben.«

Die Mimi kommt auf ihn zu und drückt ihm einen Kuss auf die Wange. »Der passt auf die Maria auf.«

Der Horvath wartet auf einen ruhigen Moment nach dem Essen. Als er mit der Jacky alleine ist, zieht er den Ring aus seiner Hosentasche. Ihre Tränen erübrigen die Frage, ob es sich um Finis Ring handelt.

»Ich hab ihn in der Kirche gefunden.«

Die Jacky wischt sich mit dem Handrücken über die Augen, und der Horvath reicht ihr ein Taschentuch. »Die Ringe hat uns der Bert geschenkt. Wir haben zusammen gegessen, auf einmal hat er drei kleine Schachterl aus seiner Sakkotasche gezogen und sie uns überreicht. Einen Ring für die Fini, einen für mich und einen für ihn selber. Er hat gesagt, dass wir jedem zeigen, dass wir zusammengehören. Am Wochenend drauf haben wir uns an der Alten Donau symbolisch vermählt.«

Der Horvath weiß nicht, was er darauf erwidern soll, also sagt er nichts. Vor seinem geistigen Auge spielt sich diese Szene jedoch in einer Dauerschleife ab. Der Berti im weißen Anzug auf einem Boot, Fini Blondini und Jacky neben ihm. Das Leben schreibt die verrücktesten Geschichten, leider auch die traurigsten. Gern hätte der Horvath die drei miteinander erlebt, und bestimmt hätte er reichlich dreckige Schmähs für das ungewöhnliche Trio auf Lager gehabt.

»Ich kenn die Fini. Mit dem Ring wollt sie uns einen Hinweis geben, sonst hätt sie ihn niemals abgenommen«, schnieft die Jacky.

»Jetzt ist er jedenfalls bei dir, und du kannst ihn aufheben.«

Die Jacky nickt. Inzwischen trägt sie wieder Schminke, ein Minikleid und eine Perücke, die sie wie die größere Version von Fini Blondini aussehen lässt. »Du findest mich lächerlich, oder?«

»Wos?«, fragt der Horvath ehrlich überrascht von Jackys plötzlicher Feindseligkeit, die ihr ins Gesicht geschrieben steht. In den letzten Tagen scheinen die Frauen ein Problem mit ihm zu haben. Die Maria, die Erika, sogar Petra Bierhansl, die in einer Sekunde noch Lorbeeren über ihn geschüttet und ihn in der nächsten Sekunde angeblafft hat, und jetzt die Jacky.

»Dass ich als Kerl Frauenkleider anzieh, dass ich was mit dem Berti gehabt hab und dass ich mich jetzt an einen Ring klammere, als wär er ein Rettungsseil.«

Es gibt hundert Dinge, die der Horvath darauf erwidern will, stattdessen setzt er die Mineralwasserflasche an, kippt den letzten Rest hinunter und wischt sich den Mund am Handgelenk ab.

»Ich wett, du bist so einer, der auf Hochzeiten Scheidungswitze erzählt und sich dabei noch richtig gut vorkommt.«

Der Horvath spürt, wie ihm Magensäure aufsteigt. Ob es an der Leberkässemmel liegt, die er auf der Heimfahrt verschlungen hat, oder an Jackys Worten, weiß er nicht. »Das ist wahrscheinlich noch der geringste Blödsinn, der auf Hochzeiten erzählt wird. Aber wenn's dir Genugtuung verschafft, einmal hab ich dafür eine Tätschen bekommen.«

»Du bist ein Klischee, Horvath. Ein richtiger Provinz-Blutzer. Aber ich wär gern wie du. Ich wünsch mir, dir nachzueifern.« Die Jacky dreht den Ring zwischen Daumen und Zeigefinger hin und her. »Ich wünsch mir, ein Mann zu sein, der nicht deppert ang'schaut wird, wenn er im Rüschenkleid durch den Billa rennt.«

»Das ist das gemeinste Kompliment, das ich je bekommen hab«, erwidert der Horvath und schaut die Jacky während ihres Gesprächs zum ersten Mal direkt an. »Für mich bist du eine Frau. Keine besonders schoafe, aber das ist Geschmackssache.« Er stupst die Jacky mit dem Ellenbogen an, und sie lächelt.

»Erzähl mir was über den Berti und über die Fini. Wie waren die zwei?«, fragt der Horvath, weil er spürt, dass der Jacky noch so einiges am Herzen liegt.

»Der Bert war manchmal ein bisserl so wie du. Ein Rüpel, aber ein lieber. Er hat alles für die Fini und mich getan. Und auch wenn die Leut was anderes behaupten, die Fini war in ihn verliebt, und zwar so richtig.«

»Und du? Warst du net in den Berti verliebt?« Der Horvath würgt das letzte Wort heraus wie zähen Schleim. Das Gefühlsgeplänkel ist ihm peinlich.

Die Jacky zuckt mit den Schultern. »Ich hab sie beide geliebt, aber so narrisch verliebt wie der Bert und die Fini war ich nicht. Ich glaub, es ist mir mehr um Sicherheit gegangen. Als Mann in Frauenkleidern findest nicht viele Menschen, die dich annehmen, so wie du bist. Das hat leider auch die Conchita net ändern können.«

»Wie wolltets weitermachen mit eurem Trio infernale?«

»Der Bert wollt nach Wien ziehen. Wir haben uns jede Woche Wohnungen ang'schaut.«

Knapp zu spät, denkt der Horvath und schlägt sein Notizbuch auf, um die letzten Einträge zu überfliegen. Er muss sich auf andere Gedanken bringen, bevor ihn die Jacky mit ihrem Gerede komplett weichspült.

Als wüsste sie, was in ihm vorgeht, steht sie auf, strafft den Oberkörper und rennt vor dem Fenster auf und ab. »Es ist nicht deine Schuld, dass sie umgebracht worden ist.«

»Wieso sagst du das jetzt?«

Die Jacky verdeckt ihr Gesicht mit den Händen. »Weil du irgendwann erfahren wirst, dass du es warst, vor dem sie sich versteckt hat. Wir haben dich für den Mörder gehalten, deshalb ist sie vor dir weggelaufen, und als sie draufgekommen ist, wer den Bert wirklich umgebracht hat, war es schon zu spät.«

»Warte, ihr habt den Rudi sofort freigesprochen, aber mir habt ihr zugetraut, den Berti vergiftet zu haben?«

»Versteh das nicht falsch, du denkst dir so geisteskranke Morde aus in deinen Krimis ... Nach der Geschichte am Friedhof hab ich sofort gecheckt, dass du dem Bert nix angetan hast. Aber da hab ich die Fini nicht mehr erreichen können.«

Das muss der Horvath erst einmal sacken lassen. Er starrt zur Zimmerdecke, als könnte er dort Antworten auf all die offenen Fragen, die ihm durch den Kopf rasseln, ablesen.

Jacky steht wie eingefroren da. Minuten vergehen, bevor sie sich wieder regt. »Ich hab darüber nachgedacht, was du heute Vormittag zu mir gesagt hast. Über den Mörder und darüber, dass ich in Gefahr bin.«

Nachdenklich schaut sie aus dem Fenster. Der Horvath kennt sie kaum, aber er spürt, dass sie mit sich hadert und nicht sicher ist, ob sie die nächsten Worte aussprechen soll.

»Ich will, dass der Mörder gefasst und zur Rechenschaft gezogen wird. Und ich möchte der Lockvogel sein.«

»Auf keinen Fall.«

»Wir wissen beide, dass es nicht um Obstbäume oder Nachbarschaftsrivalitäten geht. Es geht um uns. Um den Bert, die Fini und mich. Der Rudi war nix als ein Nebenprodukt in diesem Mordkomplott gegen uns.«

Der Horvath presst die Lippen aufeinander und verschränkt die Arme vor der Brust. »Ich werd dich keiner Gefahr aussetzen.«

»Willst du den Mörder wirklich davonkommen lassen?« Die Jacky und der Horvath schauen einander in die Augen. »Oder sollte ich besser *die Mörderin* sagen?«

✳✳✳

Der Horvath mag mehr Schwächen als Stärken haben, aber eine seiner besten und hilfreichsten Eigenschaften ist seine Geduld. Anstatt überstürzt zu agieren, grübelt er über dem Computer und durchdenkt seine nächsten Schritte. Es ist fast wie beim Austüfteln seiner Geschichten, nur dass es beim Überführen eines echten Mörders keine Backspace-Taste gibt, um Fehler zu korrigieren.

Dass die Jacky sich freiwillig dieser Gefahr aussetzen möchte, rechnet er ihr hoch an. Er hat größten Respekt vor dieser Frau, die er insgeheim auch um ihre Stärke beneidet. Trotzdem wäre es fahrlässig, sie als Lockvogel einzusetzen. Der Berti, der Huber, die Fini – es sind schon zu viele Menschen gestorben, und er war nicht in der Lage, das zu verhindern. Wer garantiert ihm, dass es mit der Jacky anders sein wird? Ein Moment der Unachtsamkeit, und die Sache könnte verheerend ausgehen. Die Mörderin zu überführen und Hubers Namen reinzuwaschen reicht ihm nicht. Jetzt geht es in erster Linie darum, Jackys Leben zu retten.

»Alles klar beim Shaman und der Maria?«, erkundigt sich der Horvath, nachdem die Mimi ihr Telefonat beendet hat.

»Alles super.« Die Mimi setzt sich auf seinen Schoß und schlingt die Arme um ihn. »Es war so ein genialer Einfall vom Shaman, vom Dachboden aus das Haus von der Erika mit dem Teleskop zu beobachten, findest nicht?«

Der Horvath nickt.

»Du wirst nicht glauben, was er gesehen hat. Die Erika hat sich den Gärtner ins Haus geholt, und ich geh mal davon aus, dass es drinnen keinen Rasen zu pflegen gibt.«

Die Mimi betrachtet ihn, als er nichts erwidert. Ihre Hand bewegt sich streichelnd über seinen Rücken. »Du wirkst so nachdenklich, Hase.«

»Alles ist so anders geworden. Du rennst nicht mehr nackert in der Wohnung herum, mein Bruder hasst mich nicht mehr, und ich empfind nur noch halb so viel Freude, wenn ich den Shaman beleidige.« Was der Horvath sagt, meint er so. Mit Veränderungen hat er schon immer seine Probleme gehabt. Aber von dem, was ihm am allermeisten durch den Kopf geht, will er der Mimi lieber nichts sagen.

»Sollen wir das gemeinsam wegatmen?«

»Ich glaub, da könnt die Luft ziemlich dünn werden, wenn ich das alles wegatme.« Der Horvath streicht der Mimi die Stirnfransen aus dem Gesicht. »Hast du nie das Bedürfnis, bei euch im Büro so einen richtigen Bahö zu machen? Oder, wenn die Leut im Bus auf dir picken, mit dem Knie auszuholen und dem nächstbesten Typen so richtig in die –«

»Wenn ich in zerstörerische Emotionen geh, sing ich ein Om-Namah-Shivaya-Mantra oder mach ein Feuerritual«, unterbricht ihn die Mimi.

»Na, schau. Da haben wir doch was gemeinsam. Ich hab den Hauptwohnsitz in meinen negativen Emotionen und stell mir permanent vor, wie ich alles um mich herum abfackle.«

»Geh, Hase«, flötet die Mimi amüsiert. »Du bist ein Scherzkeks.«

Der Horvath fasst die Mimi an den Schultern und hält sie auf Armlänge. »Du, sag einmal. Findest nicht, dass wir nach Mittelerde reisen sollten, damit ich deine Eltern kennenlern, jetzt, wo wir über ein Butzi reden?«

Seit sie sich kennen, macht die Mimi ein Staatsgeheimnis aus ihren Eltern. Allmählich fragt er sich, ob sie ihn ebenso geheim hält wie der Berti seine polyamore Beziehung mit Fini und Jacky.

Mimis Wangen nehmen das Rot ihrer Haare an. »Das wird sich schon einmal ergeben«, kichert sie, und es braucht kein kriminalistisches Gespür, um herauszuhören, dass sie ihm ausweicht.

»Ich hab geglaubt, die größte Ungereimtheit ist der Obstbauern-Mord. Aber die größte Ungereimtheit bist du, Mimi.«

Dass die Mimi einschläft, wenn man ihr den Rücken krault, das weiß der Horvath schon seit ihrem zweiten Date. Heute krault er besonders ausgiebig und behält dabei die Uhrzeit im Blick. Die Mimi rutscht tiefer in die Couch, liegt bald auf seinen Oberschenkeln und schnarcht vor sich hin. Der Horvath windet sich unter ihrem Körper hervor und schiebt ein Kissen unter ihren Kopf. Bevor er die Wohnung verlässt, wirft er einen Blick auf die Jacky, die mit Kopfhörern in der Küche steht und den Abwasch macht. Daran könnte er sich gewöhnen. Kein Wunder, dass sich der Berti für die Polyamorie entschieden hat.

Zwanzig Minuten später kommt er im Dorf an. Heiße Luft schlägt ihm entgegen, als er aus Jackys klimatisiertem Golf steigt. Was er nun tun wird, fällt ihm so schwer wie lange nichts mehr.

»Horvath, wieso parkst du denn an der Straße?«

Es ist die Maria. Es hätte den Horvath auch gewundert, wenn sie ihn nicht entdeckt hätte.

Der Horvath hat nicht vor, diese Frage zu beantworten. »Gibt es was Neues von der bösen Hexe aus dem Nordosten?«, fragt er stattdessen.

»Die Erika liegt den ganzen Tag in der Sonne. Dazwischen trinkt sie Cocktails oder telefoniert. Ich hab immer gewusst, dass die es nur auf seinen Lottogewinn abgesehen hat.«

»Ein Lottogewinn, von dem du auch was hast.«

Diese Feststellung lässt die Maria erröten. »Ich hab einen Teil des Geldes an die Kinderkrebshilfe gespendet. Kannst auch was brauchen? Recht flüssig bist in letzter Zeit offensichtlich nicht.«

»Lieber verkauf ich meine Organe, die noch nicht hinich sind, oder geh in die Politik. Trotzdem danke.«

Der Horvath zwinkert gegen die Sonne und betrachtet seine Schwägerin, die heute ganz anders aussieht als sonst. Sie trägt ihre Haare zum Pferdeschwanz gebunden, und in dem blumigen Minikleid wirkt sie zehn Jahre jünger.

»Was ist mit dem Rudi?«

Die Maria zuckt mit den Schultern. »Ich weiß nicht. Ich glaub, ich brauch Abstand. Viel Abstand.«

»Wegen dem Guru?«

Marias Wangen färben sich pfirsichrot. »Ich mag ihn. Er hat mir das Meditieren beigebracht, und ich kann mit ihm reden und lachen. Alles andere wird sich zeigen.«

»Meinen Segen habt ihr«, sagt der Horvath nach ein paar Minuten des Schweigens und nickt der Maria zu.

»Danke, Horvath. Das bedeutet mir wirklich viel.« Sie lächelt ihn an, wie sie es noch nie gemacht hat, dann wird sie wieder ernst. »Ich weiß übrigens, dass du nicht ab'poscht bist und den Rudi mit allem allein gelassen hast, nachdem sich eure Mama umgebracht hat. Der Shaman hat was durchklingen lassen.«

»Die Mama hat immer g'sagt, dass sie mich irgendwann enterbt. Leider war sie dauernd zu b'soffen, um zum Notar zu gehen. Aber ich hab ihr ihren letzten Wunsch erfüllt und hab mich g'schlichen.«

»Ihr seids noch so jung g'wesen …« Marias Stimme zittert. »Entschuldigung, wenn ich das sag, aber sie war ein Monster, so bös, wie sie zu dir war.«

»Sie war kein Monster. Ich hab sie zu sehr an den Papa erinnert. Das hat sie net ausg'halten.«

Am liebsten würde der Horvath wegrennen. Das war genug Seelenstrip für einen einzigen Tag. »Tust mir einen Gefallen?«, fragt er und sieht, wie die Maria eifrig nickt. »In den letzten zwanzig Jahren sind wir uns so schön auf die Nerven 'gangen, es wär schad, wenn sich das jetzt ändert.«

»Ich muss erst wieder reinkommen, aber spätestens bei deinem nächsten Pflichtbesuch werd ich wieder eine richtige Bissgurn sein, versprochen.«

»Wenn ich dir eines glaub, dann das.«

»Wo willst eigentlich hin, Horvath?«

Der Horvath zögert und deutet dann mit dem Kinn zu Margaretes Haus. »Wo wir schon dabei sind, ehrlich miteinander zu reden – wie viel weißt du?«

Die Maria holt tief Luft. »Ich weiß im Grunde gar nichts, und ich will keine falsche Anschuldigung aussprechen. Red selber mit ihr.«

Das überrascht den Horvath. Sonst ist die Maria eine, bei der kein Geheimnis sicher ist. Dass sie ausgerechnet die Margarete schützt, nach allem, was passiert ist, sieht ihr nicht ähnlich. Offensichtlich blendet sie die Wahrheit ebenso aus, wie er sie ausgeblendet hat.

Der Horvath verabschiedet sich von der Maria, dann macht er sich auf den Weg zur Margarete.

\*\*\*

Die Margarete öffnet die Türe. Ihr Anblick und die vertrauten Gerüche, die ihm entgegenschlagen, katapultieren den Horvath zurück in seine Kindheit, wo die Margarete der einzige Mensch war, der ihm die Türe aufgemacht hat. Bei der Margarete hat er den besten Germknödel seines Lebens gegessen, und sie hat ihn vor einem Fünfer in Deutsch bewahrt. Sie hat ihm die Schuhe geputzt, ihm die Haare geschnitten, und in ihrem Medizinschrank hatte sie gegen jedes Wehwehchen ein passendes Mittel. Sie hat ihn zu Freunden gefahren und von dort wieder abgeholt, wenn seine Mutter längst im Delirium war. Und als seine Mutter mit einer Alkoholvergiftung tot gefunden wurde, war der Horvath insgeheim froh, dass es nicht die Margarete erwischt hat.

»Ja, Horvath. Schön, dass du vorbeikommst. Komm rein. Ich hab grad Marillenkuchen gebacken. Der ist noch warm, so wie du ihn als Bub immer gerng'habt hast.«

Der Horvath betritt das Haus. Vielleicht war es ein Fehler, den anderen nicht gesagt zu haben, was er vorhat. Aber diese Sache muss er alleine klären.

Die Margarete bietet ihm einen Platz am Küchentisch an, und unweigerlich muss der Horvath auf den Boden schauen. Er stellt sich vor, wie der Berti hier gelegen ist, und der Geruch des Marillenkuchens beschert ihm Übelkeit.

»Der Bugl-Wirt hat als Übersetzung für die Deutschen ›Aprikosen-Klöße‹ auf seiner Speisekarte stehen, kannst dir das vorstellen? Von unserer schönen Sprache wird bald nix mehr übrig sein.«

»Aprikosen-Klöße«, wiederholt der Horvath und verzieht das Gesicht. »Das hört sich an wie eine Diagnose.«

»Dann ertränkt er die Knödel auch noch in Vanillesoße. Wenigstens das ist dem Berti erspart geblieben. Egal, wie viel Gift du in einen Marillenknödel mischst. Ein wahres Verbrechen ist es erst, wennst Vanillesoße dazu servierst.«

Horvaths Miene ist schon beim Eintreffen im Dorf gefroren. Dieses Gespräch macht es nicht besser.

Die Margarete nimmt ihn kurz, aber scharf ins Visier. Sie kennt ihn gut und wittert, dass etwas im Busch ist. Ihr hat er noch nie etwas vormachen können. Egal, ob er mit einer schlechten Note aus der Schule gekommen ist oder heimlich im Stadel geraucht hat. Seither ist ein halbes Leben vergangen, aber manches scheint sich nie zu ändern.

»Ich hab gehört, dass du dich wegen der verschwundenen Bierhansl umhörst. Bist deswegen zu mir gekommen?«

»Hast du eine Ahnung, wo sie sein könnt?«, stellt der Horvath eine Gegenfrage, so wie immer, wenn er auf Zeit spielt.

»Ich bin zwar viel in der Kirche, aber richtig gut sind die Gerti und ich schon lange nimma. Vor allem in den letzten Tagen hat sie sich merkwürdig verhalten.«

»Wie meinst denn das?«

»Auf einmal hat sie auf feine Dame gemacht, hat sich beim C&A neue Sachen gekauft und so gschert dahergeredet. Ich glaub, da ist ein Mann im Spiel.«

»Eher eine Frau.« Die Margarete fährt merklich zusammen. »Nicht so, wie du denkst. Ich red von ihrer neuen Busenfreundin, der Erika. Die will sich vom Fegefeuer frei- kaufen.«

»Die Huber-Witwe?«

Der Horvath nickt, während er der Margarete beim Ab- wischen des Tisches zuschaut. Die Huber-Witwe, wieder- holt er in Gedanken. In so einem kleinen Dorf geht es schnell mit der Vergabe neuer Titel.

»Wenn ich mit Besuch gerechnet hätt, hätt ich vorher ein bisserl sauber gemacht.« Sie drückt den Putzschwamm im Spülbecken aus und streift sich die Hände an der Kittel- schürze ab. »Magst einen Kaffee zum Kuchen?«

»Ich mag gar nichts. Ich möcht nur mit dir reden.«

»Geh, Horvath. Mach mir keine Angst. Du hörst dich so ernst an.«

Die Margarete lässt ihn nicht aus den Augen, während sie die Kochschürze abnimmt, an den Haken hängt und ihm gegenüber Platz nimmt. »Ist irgendwas mit der Mimi?«, fragt sie besorgt.

»Der Mimi geht's gut.«

»Dank sei Gott.« Die Margarete bekreuzigt sich. »So eine liebe und anständige Frau, das wollt ich dir schon lange sagen. So eine hätt ich mir für den Berti auch gewünscht. Oder so eine wie die Maria, die Arme. Ich kann noch immer net glauben, dass der Rudi so ein Hallodri geworden ist. Dabei war er einmal so ein lieber Bub.«

Der Horvath schluckt. Das ist sein Stichwort. Er muss es ansprechen, egal, wie viel die Margarete ihm bedeutet. Mord ist Mord. Er kann sie nicht davonkommen lassen.

Der Horvath räuspert sich. »Ich hab das Telefonat von dir und der Maria gehört.«

Die Margarete schlägt die Hand vor den Mund. »Mein Gott, ich wollt die Maria nie in Verlegenheit bringen.« Sie schluckt und senkt den Blick. »Sie hat mich daheim gesehen, obwohl ich im Kurhotel hätt sein sollen. Aber ich musste nach dem Rechten schauen. Der Berti hat so viel Blödsinn gemacht. Und dann hat sich das einfach so ergeben …«

So schnell wirft den Horvath nichts um, aber dieses Geständnis bringt ihn ins Wanken. »Margarete … Wie konntest du ihnen das antun?«

»Das Gift ist mir in die Hände gefallen, und alles ist so schnell gegangen.« Margaretes Stimme zittert, und ihre runzeligen Finger trommeln nervös auf die Tischdecke.

»Du bist skrupellos. Ich kenn dich gar nimma.«

»Aber geh, jetzt übertreib net. Die waren eh unnötig. Keiner hat sie gebraucht.«

»Und wie ist es dann weitergegangen?«, fragt der Horvath, obwohl er sich vor jeder weiteren Wahrheit fürchtet.

»Ich hab es erledigt, hab nach dem Rechten gesehen, und dann bin ich zurück zur Kur. Ist gar keinem aufgefallen, dass ich weg war.«

»Und wieso wolltest dem Rudi schaden? Weil er ein Hallodri geworden ist?«

»Dem Rudi?« Die Margarete wirkt verwirrt.

Der Horvath fragt sich, ob die alte Frau im Laufe der

Jahre vielleicht verrückt geworden ist. Anders kann er sich ihre Taten und ihre fehlende Reue nicht erklären.

»Was hat das mit dem Rudi zu tun?«

»Nachdem die Sache nicht wie geplant gelaufen ist, wolltest alles ihm anhängen.«

»So ein Blödsinn. Ich wollt es niemandem anhängen. Hast du was 'trunken, Horvath?«

Der Horvath reibt sich den Bart. Der Kommissar erscheint hinter der Margarete und blickt auf sie hinab. *Irgendwas ist hier faul, Kollege.*

»Alles muss grün, veganisch und bio sein. Die Leut sind komplett verweichlicht und vertrottelt. Wie sollen die den Klimawandel überleben, wenn sie nicht einmal mehr eine normale Marille vertragen, so wie wir sie früher 'gessen haben?«

Der Horvath richtet sich auf. »Moment. Von was redest du?«

»Na, von den depperten Bio-Marillen vom Huber. Von was denn sonst?«

»Du hast seine Bäume vergiftet?«

Die Margarete zuckt mit den Schultern und schaut hoch zum Jesuskreuz, das an der Wand neben ihr hängt. »Der Herrgott hat es mir verziehen. Zumindest hab ich das geglaubt. Bis er mir den Berti genommen hat.«

Horvaths Blick wandert zum Fenster, das die Sicht auf die andere Seite des Grundstückes freigibt. Hinter Margaretes üppiger grüner Pracht an Marillenbäumen stehen die Baumskelette der Hubers. Mit ihren kahlen Ästen sehen sie aus, als hätten sie sich in die falsche Jahreszeit verirrt.

Erleichterung durchströmt den Horvath.

»Muss ich jetzt ins Gefängnis?«

Der Horvath schüttelt den Kopf. Er ist unfähig, etwas zu sagen. Seine komplette Theorie wurde binnen wenigen

Minuten auf den Kopf gestellt, und zwar von ihm selber. Wie konnte er die Margarete für Bertis Mörderin halten? Sie mag ein altes Biest mit antiquierten Ansichten sein, das den eigenen Sohn für sein Liebesleben verurteilt hat, aber ihn deshalb umbringen? Irrsinn. Da hat er sich ordentlich verrannt. Aber wenn die Margarete nicht die Mörderin ist, wer dann?

Ein Scheppern lässt ihn aufhorchen. »Ist jemand hier?«

»Ich hab einen Marder am Dach«, erwidert die Margarete unbehelligt.

Der Horvath steht auf und lauscht. Schon wieder ein Geräusch, aber es kommt bestimmt nicht vom Dachboden.

»Ich glaub, der Berti ist manchmal da.«

Mit dieser Erklärung gibt sich der Horvath, der weder an Geister noch an Übersinnliches glaubt, nicht zufrieden. Mit schnellen Schritten stürmt er zuerst ins angrenzende Wohnzimmer, dann ins Vorzimmer und zuletzt in die beiden Schlafzimmer.

»Magst jetzt doch einen Marillenkuchen?«, fragt die Margarete, als der Horvath zurück in die Küche kommt.

»Nein, mir ist nicht nach Marillen. Wahrscheinlich werde ich nie wieder welche essen können.«

Die Margarete deutet auf einen der Küchenschränke ganz oben. »Sei so lieb und gib mir einen schönen Glasteller herunter. Die sind da oben neben den Kochbüchern. Dann kannst der Mimi ein Stück mitbringen. Ich hol derweil Frischhaltefolie aus dem Hauswirtschaftsraum.«

Der Horvath streckt sich, öffnet die Türe und zieht einen Glasteller heraus. Ein Buch weckt seine Aufmerksamkeit. Er hält es zunächst für ein Kochbuch, aber es ist eine Bibel. Es ist nicht das Buch selber, das ihn in Alarmbereitschaft versetzt, es sind die bunten Markierungen, die zwischen den Seiten hervorstehen, und es ist die Schrift darauf, die er sofort erkennt. Er fischt die Bibel heraus und lässt seine Finger über die gekennzeichneten Seiten fliegen. Dutzende angestrichene Bibelverse, darunter einer, den er bereits wenige Tage zuvor gelesen hat. »Da ließ der Herr Schwefel und Feuer regnen von dem Herrn vom Himmel herab auf Sodom und Gomorrha.« Dann sieht er es und hält den Atem an: ein handgeschriebenes, zusammengefaltetes Marillenknödelrezept.

Margaretes Schlapfen schlurfen über den Holzboden. Schnell legt der Horvath die Bibel dorthin zurück, wo er sie hergenommen hat. Er starrt ins faltige Gesicht der alten Frau und fasst einen notwendigen Entschluss.

»Die Jacky wird heute bei der Maria im Haus sein. Sie weiß momentan nicht, wo sie hinsoll. Vielleicht zieht sie ganz ins Dorf. Die Maria hat jetzt eh viel Platz.«

Margaretes Blick verdüstert sich. »Diese gottlose Person, die meinen Berti verdorben hat?«

»Sie hat den Berti gerngehabt. Beide haben sie ihn gerngehabt. Und er sie auch. Hast du gewusst, dass sie geheiratet haben?«

Verächtlich verzieht die Margarete ihre Mundwinkel. »Wenn's wenigstens eine Frau wär.« Sie zieht ihr Kopftuch ab und tupft sich damit Schweißtropfen von der Oberlippe. »Ich hab immer so viel gebetet für euch Buben. Ich hab den Herrn angefleht, den Berti auf den rechten Weg zurückzubringen.«

»Da hat die Sekretärin was falsch ausgerichtet, und der Herr hat den Berti zum anderen Ufer gebracht.« Der Horvath setzt ein mildes, aber falsches Lächeln auf. »Der Berti war glücklich mit der Jacky und der Fini. Er wollt sogar nach Wien ziehen.« Die Worte schnüren ihm den Hals zu. Genau so hätte es kommen sollen. Der Berti hätte die Chance verdient, sein Leben so zu leben, wie er es für lebenswert gehalten hat.

»Der Berti hätt mich nie verlassen.« Die Margarete hört sich an wie ein trotziger Teenager.

»Wie auch immer. Das Leben geht weiter«, floskelt der Horvath, um zu seinen nächsten Worten überzuleiten. »Apropos. Die Maria unternimmt heut Abend was mit der Mimi. Vielleicht kannst du ihr Haus im Aug behalten. Die Jacky wird ganz allein sein, und sie kennt sich ja überhaupt nicht aus bei uns am Land.«

# 7. Schritt

*Der erste Knödel steigt aus seinem Wasserbad an die Oberfläche und signalisiert, dass er durch ist. Ich nehme die Pfanne von der heißen Platte und schalte den Campingkocher ab.*

*Mit dem Abseihlöffel hole ich die Knödel nacheinander aus dem Topf und wälze sie vorsichtig in den Butterbröseln. Einer platzt auf, und ich löffle ihn schnell aus der Pfanne, bevor sich das Gift verteilt und der bittere Geschmack die Brösel ungenießbar macht. Wie gut, dass ich das vorausgesehen und mehr Knödel als benötigt zubereitet habe.*

*Fast zwölf Uhr. Es ist Zeit, die Knödel in das Tuppergeschirr zu legen, Staubzucker darüberzustreuen und mich auf den Weg nach oben zu machen. Danach werde ich ausgiebig putzen und alle Spuren beseitigen.*

*Ich halte inne, bevor ich den Deckel auf das Plastikgefäß setze. Schön sind sie geworden, meine Marillenknödel. Fast so schön wie die vom Bugl-Wirt. Ich muss mich zügeln, um nicht nach einem zu greifen und hineinzubeißen. Vielleicht koche ich aus den restlichen Marillen morgen noch ein paar Knödel für mich selber.*

*Ich stelle mir Bertis strahlendes Gesicht vor. Im Gegensatz zu Rudi hat er seit Tagen nichts Ordentliches gegessen und wird nach der Mehlspeise gieren. Ein Grinsen breitet sich auf meinem Gesicht aus.*

*So ein schöner Tod. Eigentlich viel zu schön für die zwei Hallodris.*

\*\*\*

»Ich kann einfach nicht glauben, dass die Margarete eine Mörderin ist.« Die Mimi ist aufgewühlt und schüttelt immer wieder ungläubig den Kopf.

»Der Horvath hat als Kind so viel Zeit bei ihr verbracht ...«, erwidert der Shaman, den die Angelegenheit ebenso mitnimmt. »Er hat im Haus der Mörderin gegessen, Aufgaben gemacht ...«

Der Horvath verdreht die Augen. »Geht's ein bisserl weniger theatralisch? Damals war sie noch keine Mörderin.«

»Einmal Mörder, immer Mörder«, insistiert die Jacky. »Das ist Veranlagung. Das Mörder-Gen hast schon bei der Geburt in dir, hab ich in einem Kommentar unter einem YouTube-Video gelesen.«

»Mörder-Gen? So a Blödsinn. Abgesehen davon ist man erst ein Mörder, wenn man einen anderen um'bracht hat, und nicht, wenn man in der Zukunft jemand umbringen wird.« Der Horvath zieht sein Handy aus der Hosentasche und kontrolliert die Uhrzeit. »Können wir dieses philosophische Gespräch auf ein anderes Mal verschieben? Ich muss jetzt ins Dorf fahren.«

Maria, die bisher stumm und bleich dagesessen ist, presst ein heiseres »Mhm« hervor.

»Hase, das lass ich ganz bestimmt nicht zu. Was, wenn dir was passiert?«, protestiert die Mimi.

Der Horvath, die Mimi, der Shaman, die Jacky und die Maria sitzen im Wohnzimmer und starren einander ratlos an.

»Die Mimi hat recht. Die Margarete ist gefährlich und wird immer unberechenbarer. Die Bierhansl hat sie sicher auch umgebracht. So neugierig, wie die war, hat sie bestimmt was herausg'funden, was die Margarete belastet hätt.«

»Eine Frau, die ihren eigenen Sohn ermordet, wird auch

nicht davor zurückschrecken, dich zu ermorden«, schließt sich der Shaman an.

»Genau das ist der Plan. Ich will sie anlocken. Ich tu so, als wäre ich die Jacky, und wenn sie kommt, tappt sie in die Falle.« Der Horvath verschränkt die Arme vor der Brust.

»Auf keinen Fall wirst du alleine hinfahren. Mindestens zwei von uns sollten mitkommen und ein Aug auf dich haben, Bruder.«

Das klingt für den Horvath vernünftig. »Na gut. Maria, du bleibst bei der Mimi in Krems, damit sie keinen Blödsinn macht. Jacky und Shaman, ihr beide wartet in Jackys Auto und behaltet die Häuser im Blick. Sobald ihr seht, dass sich die Margarete auf den Weg zu mir macht, ruft ihr die Polizei.«

Die Jacky ist sofort auf den Beinen. Ihr Glitzerbustier spannt sich über die falschen Brüste. Ihr Blick ist entschlossen. »Ich werd der Lockvogel sein. Das bin ich dem Bert und der Fini schuldig.«

»Und der Horvath und ich werden vor dem Haus patrouillieren und für deine Sicherheit sorgen«, meldet sich der Shaman zu Wort.

»So machen wir das«, stimmt der Horvath zu und nimmt seinen Notizblock vom Wohnzimmertisch. »Ihr beide kommt mit. Aber es gelten meine Regeln.«

Der Shaman springt auf und krempelt die Ärmel seines Kleides hoch. Er stellt sich neben die Jacky, die sich die Perücke vom Kopf reißt und durch die Luft schwingt.

»Und wir sollen hier sitzen, Spinattee trinken und warten, wie die Sache ausgeht? Warum dürfen wir nicht helfen?«, will die Mimi wissen. Trotzig stemmt sie die Hände in die Hüften.

»Das ist was für …« – der Horvath hält inne und mustert den Shaman und die Jacky – »… echte Männer.«

Es dämmert über der Wachau. Die Ruine auf der anderen Donauseite steht da wie ein beleuchteter verfaulter Zahn. Kurz fragt sich der Horvath, wie Bauwerke Hunderte Jahre in ihrer Substanz bestehen können. Wie sie Kriegen und anderen menschlichen Dummheiten zum Trotz weiterexistieren, während es die Menschen bei der kleinsten Kleinigkeit dahinrafft.

In den Häuserzeilen entlang des Flusses flackern Fernsehbildschirme. Der Horvath wünscht sich zurück in sein gemütliches Wohnzimmer, zusammen mit der Mimi, einer Packung Chips und einem unspektakulären Abend. Doch es gibt kein Zurück. Er muss tun, was ein Kommissar tun muss. Margarete und ihre Mütterlichkeit hin oder her. Eine Mörderin gehört dorthin, wo sie hingehört.

»Bevor wir weiterfahren, noch mal der Ablauf. Ich bring die Jacky zur Haustüre. Dort werden wir eine Weile reden, damit die Margarete uns sieht. Shaman, du nimmst den Hintereingang und schaust, dass du unentdeckt bleibst. Danach werd ich mich von der Jacky verabschieden, ins Auto steigen und so tun, als würd ich wegfahren. Dann heißt es warten und beobachten, bis die Falle zuschnappt.«

Die Jacky greift in ihre Handtasche und zieht drei Dosen Pfefferspray heraus. »Nehmt die. Besser als gar keine Waffe.«

Der Shaman fasst danach und steckt die Dose in seine Beuteltasche.

»Nein«, lehnt der Horvath ab. »Keine Waffen.« Der Gedanke, einen Pfefferspray auf die Frau zu richten, die vor dreißig Jahren sein Überleben gesichert hat, missfällt ihm. Er ist Kommissar und kein Sadist. Gegen die Margarete kann er sich notfalls auch anders zur Wehr setzen.

Der Horvath startet den Motor und lenkt den Golf zurück auf die Straße. Die Fahrt zieht sich endlos. Wie früher im Schulbus, wenn er nach einem langen Tag nur noch nach Hause wollte, egal, was ihn dort erwartete.

Weinreben rasen im Halbdunkel an ihm vorbei. Die herzförmigen Blätter und die Trauben, die darunter versteckt sind, haben heute keine beruhigende Wirkung auf ihn. Er versucht krampfhaft, sich daran zu erinnern, wie gerne er früher von ihnen genascht und das eine oder andere Mal dafür eine auf die Finger bekommen hat. Immer wieder werden seine Erinnerungen von Jackys Worten durchkreuzt. »Einmal Mörder, immer Mörder.«

Wann hat die Margarete begonnen, über Leben oder Tod zu entscheiden? Er sieht sie vor sich, wie sie Nacktschnecken mit der Schere in zwei Hälften schneidet, während sie Wespen aus der Regentonne fischt und zum Trocknen auf die Gneismauer setzt. Wie oft war er selber eine dieser Wespen, und wann ist der Berti in ihren Augen zur Nacktschnecke geworden?

»Ich fürchte mich«, tönt es von der Rückbank.

Der Shaman dreht sich zur Jacky um. »Alles wird gut gehen. Die Mimi und ich haben ein Schutzritual –«

»Bück dich, Shaman!«, ruft der Horvath und drückt den Oberkörper vom Guru nach vorne. Er spürt seine Wirbelsäule unter den Fingern knacksen und vernimmt einen verhaltenen Schmerzenslaut.

Die Margarete biegt mit Korb und Plastiksackerl in der Hand in die Zufahrtsstraße zu ihrem Haus ein, aber sie hat den Guru nicht bemerkt. Der Horvath hupt und winkt ihr zu. *Alles läuft nach Plan*, hört er Kommissar Krügers Stimme.

Die Nacht bringt Regenwolken und tiefe Temperaturen mit sich. Der Horvath zieht den Reißverschluss seiner Jacke zu, streckt sich kurz und hockt sich wieder hinter Margaretes

Holzstoß. Von hier aus hat er alles im Blick. Margaretes Haustüre, Jacky, die immer wieder auffällig am Fenster vorbeiläuft, und den Shaman.

»Was machst du da?«, flüstert er dem Guru zu, der auf der anderen Seite des Zauns auf Marias Grundstück sitzt.

»Meine Anwesenheit lockt manchmal wilde Tiere an. Mit dieser Rassel simuliere ich eine Klapperschlange, die diese Tiere fernhält.«

Der Horvath verdreht die Augen.

»Würfelst du den Blödsinn jeden Morgen, oder wie kommst du auf all das?«, fragt er, ohne eine Antwort vom Shaman zu erwarten. Der hat längst gelernt, mit seinen spitzen Bemerkungen umzugehen. Unbehelligt schwingt er weiter die Rassel und zwinkert dem Horvath verschwörerisch zu.

Sollte der Shaman die Nacht überleben, wird dieser Verrückte im schlimmsten Fall so etwas wie sein Schwager. Da bleibt dem Horvath nur zu hoffen, dass die Maria das Geld für die Kinderwunschklinik rechtzeitig verprasst, bevor die beiden auf die Idee kommen, sich kleine Gurus anschaffen zu wollen. Der Horvath schnauft und inhaliert dabei eine Gelse. Nur mit viel Beherrschung unterdrückt er den Hustenreiz.

Ein Rumpeln hallt durch die Nacht und lässt die Männer zusammenzucken.

»Achtung«, flüstert der Horvath und spürt Adrenalin durch seinen Körper strömen. Tief geduckt verharrt er auf seiner Position, aber nichts passiert. Keine Türe wird geöffnet, keine mordlustige Margarete tritt aus dem Haus.

Ein weiteres Rumpeln, gefolgt von einem Schrei, lässt den Horvath hochfahren. Mit tauben Beinen rennt er in Richtung von Margaretes Küchenfenster.

»Da!«, schreit der Shaman. Der Horvath will ihn gerade

für sein Herumgeplärre rügen, da entdeckt er sie. Eine schwarz gekleidete Gestalt mit Kapuze, die aus Margaretes Hintereingang kommt und sich mit schnellen Schritten vom Haus entfernt. Sein Blick haftet noch immer am Küchenfenster. Er kann nicht glauben, was er sieht.

»Shaman!«, ruft er und deutet auf Margarete, die regungslos mit von sich gestreckten Gliedmaßen auf dem Boden liegt. »Kümmere dich um sie«, weist er ihn an und nimmt die Verfolgung der unbekannten Person auf.

Dass der Horvath in den letzten Wochen von der Mimi auf eine ayurvedische Diät gesetzt worden ist, kommt ihm heute überraschenderweise zugute. Trotz gelegentlicher Leberkäs- und Cheeseburger-Orgien bleibt er dem Unbekannten mühelos auf den Fersen, dass er ihn beinahe riechen kann.

Sie erreichen die Straße. Der Horvath stößt einen Schrei aus, als die Gestalt vor einem daherrasenden Pkw über die Straße rennt. Die Bremsen quietschen, und der Fahrer drückt die Hupe. »Du G'schissener!«, schimpft er aus seinem Auto.

Beschwichtigend hebt der Horvath seine Hand und überquert ebenfalls die Straße, aber von der Gestalt ist nichts mehr zu sehen. Ziellos rennt er weiter bis zur nächsten Weggabelung. Die Person könnte überallhin geflüchtet sein. Ohne eine Spur führt die Verfolgung ins Nichts. Es ist Zeit, sich einzugestehen, dass er sie verloren hat.

Erst jetzt merkt der Horvath, wie sehr sein Körper von der Verfolgung geschunden worden ist. Er beugt sich nach vorne, hat Mühe zu atmen und kann sich kaum auf den Beinen halten. Margaretes Anblick will ihm nicht aus dem Kopf gehen. Alles ist schiefgegangen, ganz gewaltig schiefgegangen.

Mühevoll schleppt er sich weiter in Richtung Dorfplatz

und verharrt dort. An der Parkbank vor dem Friedhof lehnt eine keuchende Person mit schwarzer Kapuze. Alarmiert von seinen Schritten, reißt sie den Kopf herum. Der Horvath macht einen lautlosen Sprung nach rechts und presst sich gegen die Friedhofsmauer. Mit viel Glück ist seine Anwesenheit unentdeckt geblieben.

Mit trägen Schritten bewegt sich die Kapuzengestalt voran. Diesmal ist der Horvath vorsichtiger, vergrößert zunächst den Abstand und schleicht sich dann wie ein Raubtier an. Vor dem Pfarrhaus verlangsamt die Person das Tempo. Erneut dreht sie ihren Kopf, und erneut presst sich der Horvath gegen die Friedhofsmauer, um unentdeckt zu bleiben. Sein Herzschlag ist bis zum Scheitel zu spüren, und er wagt es nicht, sich zu regen.

Das darauffolgende Geräusch ist gleichermaßen vertraut wie überraschend. Ein Klimpern. Die Kapuzengestalt wühlt einen Schlüsselbund aus ihrer Tasche.

Der Horvath wagt einen Blick in Richtung Pfarrhaus und erkennt gerade noch, wie die Person den Pfarrgarten betritt und hinter der massiven Holztüre verschwindet.

Hätte Kommissar Krüger jemals ein Türschloss geknackt, wäre es für den Horvath eine Leichtigkeit gewesen, ins Haus zu gelangen. So bleibt ihm nichts anderes übrig, als die Scheibe in einem der hinteren Räume des Pfarrhauses einzuschlagen. Damit hat er diese Woche ja bereits Erfahrung gemacht.

Um sich vor Schnitten zu schützen, zieht er die Lederjacke über seinen Kopf und klettert ins Haus. Glasscherben knacken unter seinen Schuhsohlen. Er bleibt stehen und lauscht. Nichts.

Im Haus ist es dunkel, aber der Horvath wagt es nicht, auf einen Lichtschalter zu tippen. Orientierungslos tappt er durch die schmalen Gänge, bemüht, kein Geräusch zu machen. An der Treppe angelangt, weiß er sofort, wohin er will. Längst hat er begriffen, wer die Person ist, die vor ihm weggelaufen ist. In der legeren Kleidung hätte er sie beinahe nicht erkannt, aber ihr drahtiger Körper und die kantigen Bewegungen haben sie entlarvt.

Der Horvath tastet sich am Geländer entlang die Steintreppe hoch. Er zögert nicht lange, drückt die Klinke hinunter und stemmt sich gegen die Türe.

Das Zimmer ist hell erleuchtet, seine Augen müssen sich erst an das Licht gewöhnen. Es ist kalt hier drin, und wie beim letzten Mal riecht es nach einer Mischung aus Brot, kaltem Kaffee und Weihrauch.

»Servas, Frau Bierhansl«, begrüßt er die Pfarrersköchin. Anders als sonst trägt sie eine Hose und einen Kapuzenpullover anstatt eines blumigen Kleides und eines Kopftuchs. Gelassen lehnt sie an der Küchenzeile, als hätte sie auf ihn gewartet.

Offensichtlich hat sie das auch. »Ich hab schon geglaubt, du kommst nicht mehr, Horvath.«

Der Horvath mimt Gelassenheit und bedeutet der Frau, sich mit ihm an den Tisch zu setzen. Er selbst nimmt zuerst Platz, um Redebereitschaft zu demonstrieren. Schweiß dringt aus jeder seiner Poren und pickt seine Unterarme am braun gemusterten Plastiktischtuch fest.

»Warum der Berti?«, fragt er, obwohl er die Antwort kennt. »Und warum, verdammt noch mal, mein Chevy?«

Die Frau setzt sich ebenfalls hin und blickt ihm pfeilgerade ins Gesicht. Selbst dem Horvath fällt es schwer, in dieser alten Dame eine kaltblütige Mörderin zu sehen.

Mit ihrem aufgetürmten grauen Haar, das unter der Kapuze nur zu erahnen ist, und der schwarzen Kleidung schaut sie aus wie eine Schachfigur. Genau darum geht es auch.

Es ist ein Spiel, und es bedarf geschickter Züge, um seine Gegnerin schachmatt zu setzen.

»Mit seiner Sünde hat er Verderben über unser Dorf gebracht. Er war eine Schande, und dein Auto war ein Klimaverbrechen.«

»Und der Rudi, was war der?«

Frau Bierhansl lacht verbittert auf. »Der war keinen Deut besser. Ein alter Hurenbock war der, ganz wie der Berti.«

»Aber er war nicht so verfressen wie der Berti«, stellt der Horvath nüchtern fest und trifft damit einen wunden Punkt bei Frau Bierhansl. »Er hatte es, im Gegensatz zu seinem Hund, nicht eilig, eine abgestellte Mehlspeis zu essen.«

»Der arme Bello. Ich wollt verhindern, dass er den Knödel frisst, aber es war zu spät. Ich hab ihm das Halsband abgenommen, weil ich ihm das Atmen erleichtern wollt, aber es hat nichts gebracht.«

»Sie haben es mitgenommen, und die diebische Witwe hat es gestohlen, weil sie es für ein Designerband gehalten hat«, sagt der Horvath mehr zu sich selber als zur Bierhansl. »Was haben Sie mit der Fini gemacht?«

Die Alte lacht hämisch. »Die hat herumgeschnüffelt, aber das ist mir gerade recht gekommen. Es war mir wichtig, die Menschheit von ihr zu befreien, aber nicht so wichtig, dass ich dafür extra nach Wien gefahren wär.«

Dem Horvath wird heiß und kalt gleichzeitig. »Was hat Ihnen die Margarete getan? Sie war Ihre Freundin.«

Frau Bierhansl seufzt. »Ich hab mich heimlich in ihren Keller geschlichen, weil ich schauen wollte, ob der Rudi nach der Entlassung aus dem Gefängnis nach Hause zurückkommt. Ich war noch nicht fertig mit ihm. Dann hat sie die Türe zugesperrt, und ich hab nicht mehr rauskönnen. Ich hab sie gerngehabt, die Margarete. Sie war eine gute Christin, aber dann hab ich Schlimmes hören müssen.«

Der Horvath reibt sich den Bart. »Sie haben unser Gespräch über die vergifteten Marillenbäume belauscht«, dämmert es dem Horvath. »Warum haben Sie Ihre Bibel mit den Versen und dem Marillenknödelrezept in Margaretes Küchenschrank versteckt? Wollten Sie sie damit belasten?«

»Die Bibel hab ich vor ein paar Tagen bei ihr vergessen. Das war keine Absicht. Ich hab sie gesucht, aber nicht mehr gefunden. Ich bin halt auch nicht mehr die Jüngste.« Frau Bierhansl lacht freudlos auf und setzt danach ernst fort: »Ich hab getan, was getan werden musste. Gott wird nun über ihr Schicksal richten.«

Der Horvath schmeckt Galle. Er hätte den Angriff auf Margarete verhindern können, hätte sie schützen müssen. All die Jahre war sie für ihn da, und er hat ihr einen Mord zugetraut. Er kämpft gegen das Bild der am Boden liegenden Margarete an und ringt mit den Tränen. *Bleib bei der Sache und bring den Fall zu Ende*, hört er den Kommissar.

Der Horvath nickt und zieht sein Handy aus der Jackentasche.

»Sie reden von Sünde, aber Sie sind nichts als eine scheinheilige Mörderin. Sollte es einen Gott geben, hat er Ihre Reservierung für da oben längst storniert.« Der Horvath kann seine Wut kaum zügeln. »Auch den Huber haben Sie indirekt auf dem Gewissen. Sie haben ihn in den Selbstmord getrieben, weil er seine Frau für die Mörderin gehalten hat. Aber vorher haben Sie noch ordentlich abgecasht bei ihm.«

Der Horvath tippt die Notrufnummer der Polizei ins Tastenfeld seines Handys. Ein Klicken lässt ihn erstarren.

»Falsch, Columbo. Leg das Telefon weg.«

Es ist die Erika. Sie tritt aus der Dunkelheit des Nebenzimmers in die Küche. Im diffusen Licht des Lusters schauen ihre Locken wie ein dunkler Heiligenschein aus. Ihre behandschuhten Finger liegen um den Griff einer Pistole, die sie direkt auf Horvaths Kopf richtet.

Der Horvath, der sich nur schwer mit dem Gedanken arrangieren kann, eine Kugel in den Körper gejagt zu bekommen, legt das Telefon vorsichtig auf den Tisch. Frau Bierhansls Hand schnellt herüber und reißt es an sich.

»Wolfgangs Tod war gar kein Selbstmord«, spricht der Horvath aus, was sein Unterbewusstsein längst begriffen hat. »Sie haben Ihren Mann umgebracht.«

»Schon wieder falsch«, singt die Erika. »Das war Teamwork. Es war ein Deal. Ich meine Klappe halte und nichts sage über Mord an Berti, und sie mir mit meine Mann hilft. Ach ja, und die Frau Blondini ich habe in Donau geworfen. Das zu harte Arbeit war für Frau Bierhansl, sie aus die Kirche zu schaffen, ihre Auto wegzubringen und sie in die Donau zu befördern.«

»Aber wie sind Sie aus der Klinik gekommen?«

»Bin ich nicht. Eine perfekte Timing schafft eine perfekte Illusion für Alibi. Wie eine Magier. Aber sowieso jeder hat Geschichte von Selbstmord geglaubt.«

Der Horvath wirft einen Blick über seine Schulter. Wenn er es schafft, aus der Wohnung zu rennen, könnte er lebend aus der Sache herauskommen. Wenn er es nicht schafft, sinkt die Chance, seine Mimi jemals wiederzusehen, auf null. Er muss Zeit schinden.

»Habt ihr den Wolfgang zu diesem Video gezwungen?«

Die Erika setzt sich auf den Küchentisch und mimt Nachdenklichkeit. »Na ja«, murmelt sie. »Nicht ganz, aber du bist nahe dran. Meine geliebte Ehemann sich für mich aufopfern wollte, nachdem Frau Bierhansl mit ihm hat geredet. Er mich hat gehalten für Mörderin, aber er mir war verfallen. Dann er hat gesoffen und geschluckt Tabletten und hat abgelegt diese Geständnis. Dummerweise ich bin zurückgekommen zu früh, und er mir hat entlockt die Affäre mit Rudi. Dann er wollte löschen die Video, aber meine gute Frau Bierhansl eine starke Frau ist.« Erika tippt der Bierhansl auf den Bizeps. Diese blickt beschämt nach unten. »Zusammen wir haben ein bisschen nachgeholfen.«

»Warum der Wolfi? Ihr habts grad erst geheiratet. So schnell kann man sich ja gar net hassen.« Der Horvath schaut von Frau Bierhansl zur Erika und dann wieder zur Frau Bierhansl. Er kann sich schon denken, warum der Huber sterben musste, aber er muss Zeit gewinnen, bevor den beiden endgültig die Sicherungen durchknallen.

»Der alte Esel hat gesessen auf seine viele Geld. Ich immer ihn musste fragen, wenn ich wollte kaufen Gucci-Tasche oder Armani-Gürtel.«

»Ein hartes Leben«, erwidert der Horvath.

»Reichtum ist nichts wert, wenn du bist gefesselt an eine Mann. Jetzt ich bin reich und frei. Das ist der wahre Jackpot.«

Der Horvath meint, ein kleines Zucken in Frau Bierhansls Gesicht vernommen zu haben. »Damit kommen Sie nicht durch.« Das ist ein Satz, von dem der Horvath gehofft hat, ihn niemals aussprechen zu müssen. Als Krimiautor weiß er, dass Verbrecher davon unbeeindruckt bleiben. Als Krimiautor weiß er auch, dass er sich mit diesem Satz in den Showdown manövriert. Aber ist er dazu schon bereit? Der Retter ist nicht in Sicht. Schlimmer noch. Der entsprechende Protagonist ist noch nicht einmal geschrieben.

Die Erika formt ihren Mund zum Schnabel und rollt mit den Augen. »Ich glaube schon.« Sie betrachtet Frau Bierhansl, dann ihn.

Der Horvath schluckt hart. Er denkt an die Mimi, verdrängt das Bild von ihr im schwarzen Kleid an seinem Grab, auch wenn dieses Bild sowieso nicht zu ihr passt. Wahrscheinlich würde sie einen bunten Kimono tragen und mit Räucherwerk um sein Waldgrab tanzen, aber das spielt keine Rolle. Er kann die Mimi nicht alleine lassen. *Wie willst mir denn tot ein Butzi machen?*, hört er sie fragen.

Die Erika richtet die Waffe auf Frau Bierhansl, und der Horvath presst die Augen aufeinander, um nicht sehen zu müssen, was er befürchtet. Als er sie wieder öffnet, ist es Frau Bierhansl, die die Pistole in ihren Händen hält.

»Los, Gerti. Erschieß ihn!«

Frau Bierhansls Augenlider flattern nervös. »Aber er hat keine Sünde begangen.«

Wut funkelt in Erikas Pupillen. »Das war der Deal. Ich dich habe gedeckt, ich dir habe die blonde Schlampe von die Hals geschafft und dir gegeben großzügige Spende für die Kirche. Schieß«, befiehlt sie.

Die Bierhansl zittert am ganzen Körper. Der Horvath wittert seine Chance. »Frau Bierhansl, sei'n S' net deppert. Für die anderen Morde wird man Verständnis haben. Sie wollten ja nur das Dorf retten«, blufft er. »Aber ich bin ohne Sünde. Ich bet neuerdings sogar und onanier gar nimma.«

»Schieß!«, brüllt die Erika.

»Der Horvath hat doch eh schon so viel im Leben mitg'macht«, erwidert die Bierhansl. »Er hat den Vater verloren, musste sich um die Mutter kümmern und sich in der Schule alles von den anderen Kindern gefallen lassen. Dann ist ihm auch noch die Helga fremdgegangen. Nicht einmal einen g'scheiten Vornamen hat er bei seiner Geburt bekommen.«

Der Horvath sieht, wie sie langsam den Arm senkt und ihn dann ruckartig wieder hebt. Verdammt. Dieser Sinneswandel kam schnell, und es schaut nicht gut für ihn aus.

»Was glauben Sie, was passiert, wenn Sie mich erschie-

ßen?«, sagt der Horvath, ohne sich von Erikas Aufgebracht-
heit anstecken zu lassen. »Die Erika wird Sie die Treppe
hinunterstoßen oder was auch immer. Sie braucht keine
Freundin. Sie braucht einen Sündenbock. Und sie braucht
Schmauchspuren an Ihren Händen, um mit allem davon-
zukommen.«

»Schieß jetzt.« Erikas Stimme wird gefährlich leise.

Was dann geschieht, dauert nur Sekunden. Frau Bierhansl
dreht sich in Erikas Richtung und richtet die Waffe auf sie.
Erika drückt ihren Arm nach unten und reißt ihr die Pistole
aus der Hand. Als der Schuss fällt, ist der Horvath bereits
im Treppenhaus und stürmt die Stufen hinunter.

✳✳✳

Das Erdgeschoss ist ein finsteres Gewirr aus Türen und
Gängen. Der Horvath rüttelt an der ersten Türe. Nichts. Er
versucht es bei der nächsten, aber auch die ist zugesperrt.
Das eingeschlagene Fenster fällt ihm wieder ein, zu spät. Es
liegt auf der anderen Seite des Hauses. Was für ein dummer
Fehler.

Erikas Schritte nähern sich. »Horvath, du keine Chance
hast rauszukommen. Wir alle Wege haben versperrt«, hört
er ihre Worte, die seinen Herzschlag aussetzen lassen.

Natürlich haben sie das, denkt der Horvath. Auf ihrer
Flucht hat die Bierhansl ihn absichtlich ins Pfarrhaus ge-
lockt. Erika und die Pfarrersköchin haben ihm eine Falle
gestellt, in die er wie ein Anfänger hineingetappt ist. Zwar
stehen für Erika die Chancen, ihr Leben als reiche Witwe
wie bisher fortzusetzen, zunehmend schlechter, aber was
nützt ihm das, wenn er kalt in der Forensik liegt?

Der Horvath tastet sich die fensterlose Wand entlang. Von
der gegenüberliegenden Seite des Ganges strömt Decken-

licht wie eine Giftwolke herüber. Ihm bleibt nicht mehr viel Zeit, bis die Erika ihn entdeckt.

*Kollege*, hört er Kommissar Krüger. *Die Türe rechts am Ende des Ganges ist offen.*

Der Horvath zwinkert hinüber. Ausgerechnet aus dieser Richtung hört er die Erika kommen. Ihr Körper wirft bereits Schatten an die Wände. Sollte der Kommissar falschliegen, wird er ihr direkt in die Arme rennen.

*Mach schon, Kollege. Du hast mir im ersten Band so oft das Leben gerettet, jetzt ist es Zeit, dass ich deines rette.*

Der Horvath überlegt nicht lange. Er reißt seinen Oberkörper herum und hechtet los. Sein Kopf schlägt gegen das Türblatt, und er spürt ein Rinnsal, das wie ein warmer Platzregen über sein Gesicht strömt. Er zerrt die Türe im selben Moment auf, in dem das Licht angeht und die Erika vor ihm steht. Ohne zu sehen, was sich vor ihm befindet, wirft er sich in den dunklen Raum und schlägt die Türe hinter sich zu.

»Danke, danke, danke«, flüstert er, als er den Schlüssel ertastet. Er dreht ihn und lässt die fluchende Erika hinter sich zurück.

Der Raum ist gar kein Raum, stellt der Horvath fest, als er wieder denken und atmen kann. Es ist ein Kellerabgang. Der feuchte und modrige Geruch verursacht ihm Übelkeit. Nein, dämmert es ihm dann. Es ist nicht der Geruch. Es ist die marillengroße Beule an seiner Schläfe. Wahrscheinlich hat er eine Gehirnerschütterung.

Vergebens sucht der Horvath nach einem Lichtschalter. Er tastet sich die Mauer entlang nach unten, spürt Spinnhäute zwischen seinen Fingern und aufgescheuchte Motten, die um seinen Kopf schwirren.

Unten angekommen, sorgt das spärliche Licht, das durch den Luftschacht dringt, für Orientierung. Der Horvath schaut sich um und erkennt schemenhaft Gartengeräte, Schränke und Gerümpel. Aber er entdeckt noch etwas, das ihm viel interessanter erscheint. Einen Holzverschlag am Boden.

Der Horvath hebt die Bretter an und greift in das Loch. Es ist ein Schacht, in den eine Leiter hinunterführt. Er erinnert sich an die Gruselgeschichten, die sie sich als Buben erzählt haben. Von unterirdischen Gängen, die sich durch das ganze Dorf ziehen und in die Kleiderkästen der Kinder münden. Daran glaubt der Horvath nicht mehr, aber etwas Wahres scheint an den Erzählungen dran gewesen zu sein.

Vom Pfarrhaus dringt scheppernder Lärm in den Keller. Erika ist dabei, die Türe aufzubrechen. Dem Horvath bleibt keine andere Wahl. Er muss dort runter, bevor es ihr gelingt, sich Zutritt zu verschaffen. Er zieht den Reißverschluss seiner Lederjacke zu, da erinnert er sich an die kleine Taschenlampe, die an Jackys Autoschlüssel hängt. Er holt ihn aus der Jackentasche und drückt auf den Einschaltknopf. Das Licht ist schwach, aber es sorgt für etwas Sicht, als er in den Schacht klettert und den Bretterverschlag wieder über die Luke zieht.

Der Horvath steigt die Leiter in den unterirdischen Gang hinunter. Eisige Kälte lässt seine Finger steif werden. Inständig hofft er, dass er nicht auf dem Weg in sein eigenes Grab ist, denn er hat keine Vorstellung davon, wo dieser Weg hinführt.

»Was ist das?«, flüstert er und richtet die Taschenlampe auf eine Holztruhe, die das niedrige Gewölbe in der Breite fast vollständig ausfüllt. Er bückt sich und klappt den Deckel auf.

Der Horvath erkennt Bertis grasgrüne Arbeitsjacke auf Anhieb. Darauf liegt Hubers protzige goldene Halskette, die er bei seinem letzten Besuch bei ihm getragen hat. Mit Daumen und Zeigefinger zieht der Horvath die Jacke heraus und entdeckt darunter noch andere Gegenstände, die wie morbide Erinnerungsstücke in der Truhe liegen. Einen Seidenschal, ein graviertes Taschenmesser und einen grünen Hut mit Feder. Schaudernd erinnert er sich an den abgängigen Jäger Hans, der dafür bekannt war, auf die Nachbarskatzen zu schießen und Giftköder für Hunde auszulegen. Das nächste Fundstück bringt den Horvath nahe an die Ohnmacht. Es ist ein roter Ledergürtel. Er weiß, wie weh es tut, wenn dessen kirschenförmige Schnalle seinen Rücken trifft, denn dieser Gürtel hat früher seiner Mutter gehört.

Der Horvath würgt sein Entsetzen hinunter wie ein schlecht zerbissenes Apfelstück. Er kann später darüber nachdenken, wie viele Menschenleben auf Frau Bierhansls Kappe gehen. Jetzt muss er schauen, dass er hier rauskommt.

Er rennt durch den schmalen Tunnel. Das Licht der Taschenlampe erlischt, als er das Ende erreicht hat, wo eine weitere Leiter wartet, die nach oben führt. Er steigt hinauf, drückt gegen den Bretterverschlag und hebt ihn an. Der Schlüsselbund samt Taschenlampe rutscht ihm aus den Händen und landet dumpf auf dem erdigen Tunnelboden. Egal, er hat es hinausgeschafft und wird sie nicht mehr brauchen. Der Geruch verrät, wo er sich befindet. Stöhnend kriecht er aus dem Schacht und erkennt, dass er einen Fehler begangen hat.

Dass es den Horvath im Angesicht des Todes in die Kirche treibt, damit hätte er nicht gerechnet. Die Erika dummerweise schon, denn sie lauert in der Dunkelheit. Er kann sie nicht sehen, aber er hört ihre Atemgeräusche und riecht ihr beißendes Parfum.

»Hallo, Horvath«, begrüßt sie ihn. »Ich dir habe gesagt, dass kein Weg führt für dich hinaus.«

Die Helga hat ihm immer prophezeit, dass es seine Cholesterinwampe sein würde, die ihm irgendwann zum Verhängnis wird. Ausnahmsweise wünscht er sich, sie hätte recht gehabt. Er wirft sich auf den Boden und windet sich kriechend durch die Bänke. Der Vollmond ist von Wolken verdeckt, und durch die Glaskuppel dringt kaum Licht in die Kirche. Er kann seine Angreiferin nicht sehen, aber er hört, dass sie ihm dicht auf den Fersen ist.

»Komm raus, du Feigling«, hallt das Echo ihrer Stimme von den Wänden wider. »Wo ist die verdammte Lichtschalter? Alexa, Licht ganze Kirche an!«

Der Horvath krabbelt weiter, bemüht, so leise wie möglich zu sein. Vor sich nimmt er vage die Konturen des Altars wahr, dahinter die Jesusfigur.

»Der Rudi und ich sagen nie wieder Lattenpeppi, wenn du mir hilfst, das zu überleben«, flüstert er, steht auf und macht einen Sprung hinter den Altar. Er erkennt die Umrisse eines Kelches, den er sich schnappt und auf die Erika abfeuert, bevor er in Deckung geht. Der Kelch verfehlt sein Ziel, und der Horvath bereut, Jackys Pfefferspray abgelehnt zu haben. Auf einem Stuhl neben dem Altar sieht er eine Bibel. Er greift sie sich und schleudert sie in die Dunkelheit.

»Aua!«, schreit die Erika, aber ihre Schritte lassen erahnen, dass sie nur gestreift wurde und sich ihm weiterhin nähert.

Wenn er diese verdammte Kirche doch nur öfter von innen gesehen hätte, könnte er sich blind zu einem der Ausgänge tasten. Nun sitzt er in der Falle, und die Erika ist mit ihrer Pistole klar im Vorteil. SOS an irgendeinen Gott, betet er lautlos. Allah, Buddha, Krishna, Kurt Cobain oder wer auch immer gerade online ist, schickt mir ein Wunder.

Der Chant dröhnt lauter durch die Kirche als die Sonntagsorgel. Ungläubig springt der Horvath auf. Die Taschenlampe blendet ihn zunächst, dann erkennt er dahinter die Mimi, die mit schnellen Schritten auf ihn zukommt. Erika ist im Lichtkegel gefangen wie ein Reh im Autoscheinwerferlicht. »Was zum Teufel …!«, brüllt sie.

»Meine Hennafarbe war gar net billig. Der Horvath hat fünfundsiebzig Euro dafür zahlen müssen.« Mit diesen Worten holt die Mimi aus und befördert die Erika mit einem Faustschlag zu Boden.

# Epilog

»Ist es nicht schon genug, dass der Guru in meine Familie einheiratet? Nein. Das Ganze muss auch noch bei einer esoterischen Großveranstaltung vollzogen werden.« Der Horvath zupft an seinem Poncho. »Außerdem schau ich aus, als wär ich von einem Kindergartenkind in der Puppenecke angezogen worden.«

»Hase, du bist so schön«, flötet die Mimi und tänzelt um ihn herum.

Alles wäre dem Horvath lieber als dieses Event, das die DonauWelt als die »größte spirituelle Massenhochzeit Österreichs« bezeichnet hat. Jetzt steht er hier in diesem Anwesen, ist umringt von Menschen, die ihn mit ihrer Fröhlichkeit um den Verstand bringen.

Es ist Mitte August, und die Sonne hat an Kraft verloren. Die üppigen herzförmigen Blätter der Weinreben sind nicht mehr ganz so grün wie vor einigen Wochen. Bald neigt sich der Sommer dem Ende zu, und der Horvath freut sich auf einen ruhigen Herbst mit der Mimi in ihrer neuen gemeinsamen Wohnung. Es ist nicht viel Zeit vergangen, seit die Morde im Dorf passiert sind, aber eines hat der Horvath gelernt: Nicht die Zeit ist es, die Veränderung bringt und die ihm früher so große Angst beschert hat. Auf der Timeline des Lebens sind es die täglichen Entscheidungen der Menschen, die Marillenbäume mitten im Sommer kahl dastehen lassen oder im Winter für Hitze sorgen. So wie damals, als ihm am Glühweinstand in Krems die Mimi zum ersten Mal aufgefallen ist.

»Bruder«, begrüßt ihn die Maria. Mit ihrem türkisen

Kleid und dem bunten Perlenschmuck im Haar erinnert sie den Horvath an eine Elfe.

»Wenn ich dein Bruder bin, dann war die Ehe mit dem Rudi eine noch größere Grauslichkeit, als sie eh schon war.«

»Wo ist der Rudi eigentlich?«, will die Jacky wissen und kommt mit dunkler Perücke und einem weißen Kleid auf den Horvath, die Mimi und die Maria zu. Der neue Look steht ihr, muss der Horvath zugeben. Es ist, als würden die Geister der letzten Wochen allmählich von ihnen allen ablassen.

»Der ist mit seiner Friseurin ab'poscht.« Die Maria lächelt, während sie das sagt, und der Horvath fragt sich, ob sich der Shaman auch mit Exorzismus auskennt, denn von der Teufelin, die noch vor ein paar Wochen aus der Maria herausgeschaut hat, ist nichts mehr übrig.

»Sei nicht grantig, Hase. Freu dich. Dein neues Buch kommt bald heraus, und die Margarete wird morgen aus der Reha entlassen.«

»Wie war es bei der Margarete?«, fragt der Horvath und betrachtet die Jacky erwartungsvoll. »Wolltest du sie nicht diese Woche besuchen?«

»Zuerst hat sie mich eingeladen, aber kaum war ich bei ihr im Zimmer, hat sie es sich anders überlegt, das Kreuz vom Nachtkastl genommen und es mir auf den Kopf gehaut. Trotzdem glaub ich, dass wir auf einem guten Weg sind.« Die Jacky schiebt dunkle Haarsträhnen zur Seite und entblößt damit eine verkrustete Wunde an ihrer Schläfe.

»Das erinnert mich an unser Kennenlernen auf dem Friedhof. Karma sagt man dazu, stimmt's?« Der Horvath grinst zuerst die Jacky an, dann die Mimi.

»Dann ist es wahrscheinlich auch Karma, dass die Bierhansl den Schuss überlebt hat, sich aber in ihrer ersten Woche im Häfn eine Lebensmittelvergiftung geholt hat«, lacht die Maria. »Vielleicht von einem verdorbenen Marillenknödel«, fügt sie noch hinzu.

»Bleibt nur zu hoffen, dass die Erika von ihrer Zelle aus mitkriegt, wie ihr makelloses Haus jetzt von ihrer ehemaligen Schwägerin bewohnt wird, dann ist die Gerechtigkeit vollständig wiederhergestellt«, mischt sich der Horvath ein, und die Mimi drückt sich prustend die Hand auf den Bauch.

»Auf den Fenstern picken Window-Color-Bilder, und den Pool haben s' zugeschüttet und einen Spielplatz für die Kinder 'baut. Ich wett, die ganzen weißen Möbel sind inzwischen vollg'schmiert mit Schokolade und Babyspeibe.«

Der Horvath entfernt sich ein Stück von der Maria und der Jacky, und die Mimi folgt ihm. Er nimmt einen Schluck von seinem Kräutertee.

»Magst dir nicht was zu essen nehmen, Hase?«

Der Horvath wirft einen Blick auf das Buffet und schüttelt den Kopf. »Spätestens in einer halben Stunde bin ich weg«, flüstert er der Mimi ins Ohr. »Dann geh ich rüber zum Pulker Heurigen und ess eine Brettljause.«

»Der Bohneneintopf würd dir schmecken. Das sind Reinkarnationsgerichte, Hase.«

»Genauso schauen sie aus. Ein Löffel von dem Gatsch, und die Seele verlässt den Körper umgehend freiwillig.«

Der Horvath stellt seine Augen scharf und zieht die Mimi an sich heran. »Hasi, siehst du das Auto mit den getönten Scheiben dort draußen am Parkplatz?«

Die Mimi nickt und kommt dem Horvath ein wenig blass vor. »Da parken ganz viele Autos, ich weiß nicht, welches du meinst.«

»Diesen schwarzen Mercedes.«

Die Mimi schaut auf den Boden, anstatt seinem ausgestreckten Zeigefinger zu folgen.

»Der hat sich vor zehn Minuten eingeparkt, aber keiner

ist ausgestiegen. Ich befürchte, wir werden beobachtet.« Unruhe pulsiert im Horvath.

Auch die Mimi erscheint ihm plötzlich seltsam fahrig. Sie zwirbelt die Kordel ihrer Meditationskette und weicht seinem Blick aus. »Schwarzer Mercedes S-Klasse, Badener Kennzeichen, kleine Delle auf der Motorhaube?«, fragt sie und starrt noch immer auf ihre Zehen.

»Woher …?«

»Das sind meine Eltern. Sie wollten dich sehen.«

Der Horvath verschluckt sich beinahe an seiner Spucke. »Warum kommen sie nicht herein? Komm, holen wir sie vom Parkplatz ab.« Kaum hat der Horvath den Vorschlag ausgesprochen, leuchten die Scheinwerfer des Mercedes auf, und er schiebt rückwärts aus der Parklücke. »Wieso fahren sie wieder weg?«

Die Mimi lächelt verlegen. »Na ja, sie haben dich ja jetzt gesehen. Es wird sich schon irgendwann ergeben, dass ihr euch richtig kennenlernt.«

»Aber …« Der Horvath schaut dem wegfahrenden Auto hinterher. Er weiß nicht, was er noch dazu sagen soll.

»Bruder!«, ruft der Shaman und rennt auf den Horvath zu. Er macht einen Schritt zur Seite, aber der Guru fällt ihm schneller um den Hals, als er ausweichen kann. »Es ist so schön, dass du gekommen bist.«

Der Horvath zupft wieder an seinem kurzen Poncho, den er der Mimi zuliebe angezogen hat. Der Stoff kratzt überall. Hätte ihm die Mimi wenigstens erlaubt, Unterwäsche darunter zu tragen. »Ich muss bald wieder los. Ich schreib gerade am dritten Kommissar-Krüger-Band.«

Der Kommissar erscheint in der Menschenmenge und nickt ihm zu. Seine Besuche sind seltener geworden, jetzt, wo der Fall des toten Obstbauern gelöst und Ruhe eingekehrt ist.

»Apropos«, sagt der Shaman und fährt sich über die Perücke. »Ich hab etwas für dich arrangiert.«

Der Horvath verdreht die Augen. »Ich mach mich nicht nackert, ich werd nicht in der Gruppe speiben, und ich werd nicht deiner Sekte beitreten.«

Der Shaman lacht und nimmt den Horvath an der Hand. »Komm mit«, sagt er und zieht ihn von den anderen weg.

Hand in Hand winden sie sich durch die Menschen ans andere Ende des Anwesens. Vor einem Tisch, auf dem neben Blumenschmuck ein Foto vom Horvath lehnt, bleiben sie stehen.

»Werd ich rituell geopfert?«

Der Shaman schüttelt den Kopf. »Das ist dein Signiertisch, mein Bruder.«

»Mein was?« Der Horvath schaut sich um, und mit einem Mal sieht er, was ihm zuvor entgangen ist. Sämtliche Gäste halten den ersten Band seines Kommissar-Krüger-Krimis in den Händen. Und hinter dem Tisch stehen die Kartons, die bis heute Morgen in seiner Wohnung untergebracht waren.

»Die ganze Gemeinschaft hat dein Buch gekauft. Ich hoffe, du willst noch ein bisserl bleiben. Es wird lange dauern, bis du alle signiert hast. Deinen zweiten Band wollen sie übrigens auch haben. Der Verlagsshop ist schon kollabiert, weil es so viele Vorbestellungen gibt.«

»Wie hast du die Leute dazu gebracht? Mit einem Gebet, einem Fluch, einem Tieropfer?«

Der Shaman zuckt mit den Schultern. »Ich hab auf Instagram gepostet, dass mein Bruder einen spannenden Krimi geschrieben hat, und einen Newsletter rausgeschickt.«

Dem Horvath steht der Mund offen. Weil er nicht weiß, was er sagen soll, fällt er dem Shaman um den Hals. »Danke, Guru«, flüstert er. »Danke, mein Freund.«

Der Guru löst sich aus der Umarmung und hält den Horvath auf Armlänge. »Sag einmal, wie heißt du eigentlich mit richtigem Namen?«

»Horvath«, erwidert der Horvath.

»Ich mein deinen Vornamen.«

»Na gut«, willigt der Horvath ein. »Ich verrat ihn dir, weil du jetzt offiziell ein Freund bist. Ich heiße –«

»Hase!«, schreit die Mimi und kommt mit dem Handy in der Hand auf den Horvath und den Shaman zugelaufen.

»Der Bürgermeister hat gerade angerufen. Im Dorf ist schon wieder ein Mord passiert.«

# Wachauer Marillenknödel
(gelingen todsicher)

*Zutaten*

Für die Füllung:
12 Marillen (reif)
12 Stück Würfelzucker
1 Schuss Rum

Für den Topfenteig:
140 g Butter
2 Eier
140 g Grieß
etwas Salz
140 g Mehl
500 g Topfen

Für die Butterbrösel:
200 g Butter
400 g Brösel
80 g Kristallzucker
20 g Vanillezucker
Zimt (gemahlen)
Staubzucker (zum Bestreuen)

Danke schön, ganz kurz und knapp,
aber aus vollstem Herzen:

Mein Dank gilt meiner Familie, meinen Leserinnen und Lesern, dem Verlag und allen Menschen, die mich auf meinem Weg begleiten, unterstützen und inspirieren.

Dieses Buch war in vielerlei Hinsicht heilsam für mich. Horvath, Mimi und Shaman haben es mir ermöglicht, mich neu zu entdecken und bisher unbekannte Wege einzuschlagen, die sich gut anfühlen und sehr viel Spaß machen, im besten Fall auch Ihnen.